Colección Narrativa Latinoamericana

Director Mempo Giardinelli

Mujeres en espejo, I
Narradoras latinoamericanas, siglo XX

Portada: Elsa Amado

Primera edición, 1983
©Folios Ediciones, S.A.

Obra completa, ISBN 968-478-020-6
Primer volumen, ISBN 968-478-021-4

Sara Sefchovich
Introducción y selección

Mujeres en espejo

Folios Ediciones

Índice

Para Marta Lamas
la más generosa de las mujeres.

Primera parte: La salamandra

1. Creación y lectura

La escritura comenzó siendo un privilegio de clase y dentro de ella un privilegio masculino. Las mujeres de la aristocracia estuvieron excluidas de la educación formal, de modo que resultaba difícil su acceso a la escritura y a su difusión.

Con todo, las mujeres leían y escribían: cartas, diarios, poemas, eran —como el bordado, la pintura en acuarela y la interpretación de instrumentos musicales— ocupaciones no condenadas socialmente y hasta modos elegantes de su época: desahogos, ocupación del tiempo de ocio, refinamiento espiritual.

A partir de la revolución industrial la mujer empieza a tener acceso al mundo del trabajo productivo y a tomar parte en el proceso de reproducción social, lo que sienta las condiciones objetivas para su emancipación. Sin embargo, como escribe Simone de Beauvoir, no puede haber emancipación sin abolir la explotación del hombre por el hombre, y visto así, la revolución industrial vino a acentuar las viejas diferencias de clase y el acceso a ciertos privilegios, entre ellos la escritura. Las mujeres campesinas siempre estuvieron incorporadas al trabajo productivo, sin contar por ello con privilegio alguno. Con la revolución industrial aparece la mujer obrera cuya explotación y enajenación serán dobles debido a la carga de trabajo en el exterior y en el interior del hogar. Sólo las mujeres de la burguesía gozarán —como hasta entonces las de la aristocracia— del privilegio de disponer

13

de más tiempo libre, gracias a los nuevos bienes y servicios que aligeraron la carga del trabajo doméstico. De ese ocio y aburrimiento, de esa frustración, saldrá en adelante una escritura de las mujeres de la burguesía, como antes salió de las aristócratas.

Un lugar común que debe repetirse es que que las mujeres no son una clase; pero las que escriben sí forman parte de la burguesía con una amplia gama de diferenciación. Son ellas las que han escrito y siguen haciéndolo desde hace algunos siglos, y no las obreras ni las campesinas, cuyas condiciones de explotación y opresión, de doble jornada, de falta de educación formal, de medios económicos o siquiera de tiempo libre, les impide plantearse este problema. Por eso la llamada "escritura femenina" tiene características comunes: porque corresponde a las preocupaciones comunes a una clase y expresa dentro de ella la particularidad de la condición de la mujer.

El error principal en los análisis recientes que han hecho las feministas sobre la existencia o no de una literatura femenina se debe a que han tomado como base de su interpretación un hecho que no es universal ni absoluto y que ellas han considerado como si lo fuera: el hecho de que los hombres hacen el trabajo visible y las mujeres el invisible, es decir, que lo masculino ha significado participación económica activa, vida fuera del hogar y preocupaciones políticas y sociales, mientras que lo femenino se ha restringido a un existir subordinado y sin participación activa en las esferas políticas o de la producción. Esto les parece la clave para analizar la escritura femenina y hasta para proponer una crítica literaria particular. Sin embargo, lo anterior sólo es cierto en la medida en que no se pierda de vista que este esquema se refiere a una clase social y a un determinado momento histórico, y que el único patrón común a las mujeres es una ideología que ha sobrevivido a su base material. En efecto, las mujeres de todas las clases han estado condicionadas a la obediencia, la sumisión, la reproducción de los valores sociales en el seno de la familia y la dominación sexual. En esa medida puede hablarse de opresión sexista como característica común a las mujeres, pero no de explotación.

Con todas las anteriores consideraciones, queda claro que al hablar de mujeres que escriben se hace referencia sólo a ciertas mujeres de una clase que puede hacerlo: la burguesía. Y pode-

mos ya plantearnos las preguntas: ¿se puede sostener que existe
una literatura femenina por el hecho de estar escrita por mujeres?; ¿es diferente la literatura que escriben las mujeres de aquella que escriben los hombres, aunque unas y otros pertenezcan a
la misma clase?; es decir, ¿hay alguna especificidad en la literatura femenina? y, de ser así, ¿en qué consiste esa especificidad?

La escritora, en la medida en que ocupa un lugar particular
dentro de su sociedad, de su clase y de la ideología, necesariamente expresa una especificidad en su creación. Éste es el punto
de partida. Pero la literatura no es cuestión de sexo, ni siquiera de temas o de lenguaje: es el conjunto de todo esto, de los
significantes y significados que se producen en un momento
histórico, en un lugar y por un autor determinado, con la carga
de tradiciones, patrones, esquemas, relaciones de poder, técnicas,
convenciones, lenguaje y código que las condicionan. El arte no
sólo es espejo de la vida sino que a partir de él se reproduce la vida.
Es resultado de la experiencia y la realidad pero al mismo tiempo las condiciona. La especificidad consiste en un modo particular de apropiación y transformación de la realidad, del lenguaje
para expresarla y construirla, del modo de estructuración de un
texto.

Y de ahí que, una vez afirmada la especificidad de la escritura femenina, sea necesario aclarar en qué consiste y cómo se da.

Hay temas y formas de tratarlos, hay lenguajes y estilos, que
recorren de modo común la escritura de las mujeres. "La escritora —escribe Lucía Guerra— como ente social en un grupo particular, posee una visión de la realidad diferente a la de los hombres y esta visión se elabora a partir de técnicas literarias que no
son necesariamente idénticas a aquellas utilizadas en la literatura
de sus coetáneos varones."

¿Cuáles son las diferencias con los hombres y las semejanzas
entre las mujeres? O, como se preguntaba Virginia Woolf, ¿desde qué punto de vista ve la vida la mujer mientras escribe?

La escritura de las mujeres se propicia (hasta hoy) como salida, de la misma forma que lo venía siendo la lectura desde los
siglos de la historia. Simonne de Beauvoir dijo alguna vez que
ninguna mujer ha reunido (todavía) el talento y la locura que
hacen juntos al genio. Y es cierto. El secreto de la escritura femenina reside en que es una lucha contra el silencio y los cáno-

15

nes que impone la sociedad y, sobre todo, contra la falta de un cuarto propio y de medios económicos propios. De ahí que sea expresión del aburrimiento, del ocio, de la soledad, por la infelicidad y la frustración que significa el encierro en el ámbito doméstico y en las tradiciones; por la atención concentrada en la familia y la imposibilidad de salir al mundo o de respirar en él a sus anchas. En una palabra: por la opresión, por la pasión enjaulada, por la falta de perspectivas. Y no porque el ámbito doméstico no contenga su grandiosidad, sino porque dentro de él sólo se ha dejado paso a la asfixia sin permitir que surja y se desarrolle la creatividad. Por eso en la escritura de las mujeres aparecen el hogar y los hijos, el matrimonio y los amantes, el cuerpo y el erotismo, la vejez, la religión, la culpa, el miedo y las ganas. Emociones que parecían privadas, individuales, desconectadas de lo que se considera "la realidad" son las que aparecen en las obras escritas por mujeres; lo que se ha dado en llamar ficciones íntimas, domésticas, subjetivas y sentimentales, para devaluar precisamente aquello que nutre en lo fundamental al ser humano.

No se trata —como sostiene Kaplan— de una conciencia femenina de la diferencia, sino de una actitud de las mujeres hacia su propia femineidad. No se trata tampoco de una sensibilidad particular en las mujeres que escriben, sino de una búsqueda por entender y salir, a través de la caracterización de sí mismas en la ficción. Los marcos sociales e históricos han condicionado a las mujeres a preocuparse por asuntos que para los hombres resultarían periféricos y hasta mínimos. De ahí esa unidad de valores, convenciones, experiencias y sueños que muestra la literatura femenina: se debe sin duda a la igualdad en condición social a que se hallan sometidas las mujeres y se debe también a que ellas mismas han caído en el juego ideológico de no valorar lo mejor que tienen. De ahí el sometimiento de su expresividad y de su capacidad para elegir alternativas de vida (¿el hogar?, ¿el trabajo?, ¿la nada?), por una concepción de sí mismas y del mundo dominada por los valores y esquemas, por la ideología de la sociedad burguesa: dominada, represiva, moralizada y moralizante, silenciada.

Pero no se trata de examinar solamente los temas, los problemas sicológicos o una imaginación diferente, sino también, como sostiene Spacks, de analizar las categorías estilísticas, el lenguaje, el modo de estructuración de los textos en los que se manifiesta la ideología, el condicionamiento. Virginia Woolf rompe las tradiciones formales de su época con los temas más banales. La cuestión fundamental radica, pues, en buscar en la escritura de las mujeres la queja, la complacencia o la ruptura. Para Adrienne Rich el lenguaje de la mujer es más simbólico que el del hombre puesto que su universo también lo es. Stanley y Robinson incluso aseguran que se trata de procesos conceptuales diferentes en hombres y mujeres, y las feministas italianas sostienen que hay otra discursividad en cada sexo. Para Helene Cixous el lenguaje y la gramática son invenciones masculinas que no le sirven a la mujer, y Elisabetta Ray escribe: "La palabra para la mujer es un objeto de uso, para el hombre es de cambio." Todos estos ejemplos responden, me parece, a una visión equivocada y sexista. El papel que desempeña la mujer ha sido condicionado histórica y socialmente, incluso a pesar de las reales diferencias biológicas y sicológicas. El acceso a la cultura, al pensamiento y la expresividad ha sido menor, y por lo tanto el empleo del lenguaje y las técnicas literarias refleja ese atraso. Contra la posición de la corriente "mujerista", creo que el problema no radica en que el lenguaje o el modo de pensamiento no le sirvan a la mujer: es que todavía no se los apropia.

La escritura de las mujeres tiene características en común precisamente debido a la falta de apropiación del mundo: poca complejidad, menor problematización, una estructuración plana y hasta lineal, un lenguaje menos rico, con menor innovación formal, menor experimentación y menos metáfora. Y si bien esto es explicable históricamente, es un hecho. Las mujeres no han necesitado otro lenguaje ni otro manejo de su expresividad: el que existe les basta pues apenas empiezan a tomarlo.

Godard sostiene que las mujeres están fragmentadas. Por el contrario, creo que precisamente el hecho de permanecer dentro del hogar les ha permitido una mayor integración, si bien en un mundo pequeño, pero total. Para mí, el problema no es tanto de alienación sino de frustración: están comprimidas, reducidas. En la escritura de las mujeres no se puede hablar de soledad creadora ni de desamparo: se trata precisamente de la falta de soledad, de una función y un confinamiento que impiden la soledad estructuradora. Hay en la mayoría de las escritoras una seguridad básica que proporcionan la familia y la situación de clase, y que sin embargo se convierte paradójicamente en su reja, en su jaula. De ahí que la pasión en la escritura femenina sea menos desbordada, más suave, poco densa, poco distante con su tema, centrada en torno a un problema único al que más que contradicciones le caben la duda, el aburrimiento, el individualismo, las lamentaciones y la depresión —eso que alguien calificaba como la ocupación favorita de la mujer pequeñoburguesa, y que, aunque no elegida por ella, la inunda—.

En la literatura femenina la grandiosidad parece poca porque no existen los temas del hambre, la miseria, la metafísica, la duda existencial, el mundo a descubrir y nombrar. Y las formas de expresión son menos novedosas y más llenas de lugares comunes, no porque el lenguaje o las técnicas resulten poco apropiadas o no alcancen para la expresividad, sino precisamente por lo contrario: porque no es necesario acceder a nada más complejo, pues para los temas de la vida diaria el lenguaje cotidiano y la estructuración simple se adaptan perfectamente a lo que tiene para decir la mujer. Hay una escritura mesurada, de rebelión que se sorprende de sí misma, hecha con culpa y autocensura. Hay poca acción, poca velocidad, un mismo tono sostenido. Y todo esto no es un juicio de valor: es una realidad comprobable en los escritos de mujeres en diferentes épocas y países, que, por lo demás, no los descalifica como literatura. Más bien al contrario. Eso nos obliga a recuperar la grandeza de lo cotidiano, la sensibilidad alerta a lo menos llamativo y a lo que parecería menos apto para la ficción, que como ya dije antes, es lo que nutre a todo ser humano. En el tono de las mujeres hay más angustia por lo que es, que desesperación por el cambio. Se trata, en la mayoría de ellas, de una literatura de señoritas que quieren escapar de su jaula; salir de atrás de la reja y gozar del ancho mundo, pero no necesariamente cambiarlo pues aún cargan con sus convenciones.

Y si ésta es la especificidad de la escritura femenina, ¿cómo podemos (debemos) leer las obras de las mujeres que escriben?

Las feministas europeas y norteamericanas se han empeñado en los últimos años en un debate sobre la lectura y la crítica de la escritura femenina. Luego de un enorme rodeo por los caminos de la teoría literaria han llegado, años después y dándole otros nombres, a trabajar con los mismos postulados básicos que sostienen la teoría del discurso en Francia (pasando por los pensadores marxistas y las escuelas rusa y checa hasta la sociolingüística) y que hace referencia al proceso de producción y reproducción ideológica a través de la obra literaria; a la relación significante-significado y texto-contexto; al proceso de producción y recepción de la obra literaria, y al problema de la atribución de sentido, de la coherencia y de las contradicciones al interior del texto. A partir de estos postulados la obra literaria de las mujeres les ha parecido pobre frente a los cánones académicos más tradicionales y en su afán de recuperarla para la historia de la literatura y del movimiento feminista han sentido la necesidad de proponer una crítica literaria diferente, que sirva específicamente para el análisis de la escritura de las mujeres, y para la consiguiente valoración estética de las obras. Annete Kolodny sostiene que es necesario elaborar patrones críticos propios, que tomen en consideración lo específico de la escritura femenina y, sobre todo, que rescaten sus obras del anonimato —atribuido por ella al sexismo— para incluirlas en la historia de la literatura y para separarlas de lo que llama "las relaciones de poder en la herencia literaria", que van desde las convenciones en la escritura y la lectura hasta las posibilidades de publicación. Según esta autora los hombres no entienden lo que escriben las mujeres y por tanto no son capaces de encontrar méritos en sus textos.

No estoy de acuerdo con este planteamiento. He sostenido que existe una especificidad en la literatura de las mujeres en tanto creación, pero no puede hablarse del mismo modo en el caso de la crítica, que es un instrumento para el análisis —históricamente condicionado por la clase, la ideología, el lugar y el tiempo— pero que no se puede constituir en juicio valorativo absoluto ni universal y mucho menos conformar a la conveniencia o al gusto individual. No se trata de hacer una crítica literaria particularista que justifique cualquier escrito de mujeres por el hecho de serlo, pues en el análisis, como en el placer de la lectura, no hay masculino ni femenino, negro ni blanco, sino buena literatura. Como sostiene Paul Boyer, no podemos hacer las mismas preguntas a todos los autores ni a todos los libros buscando siempre la satisfacción ideológica del crítico en lugar de leer lo que el texto impone y puede dar, y por eso no se puede ni se debe, en aras de una supuesta hermandad "mujerista", aceptar cualquier cosa perpetrada por las mujeres, según el viejo esquema de que "más vale hablar que quedarse calladas" y de que "todo se vale con tal de hacerse oír". El feminismo ha superado aquella primera etapa, imprescindible para la dinámica interna del movimiento, en la que se podían confundir las necesidades de un proceso político con —entre otras cosas— la calidad literaria. Ahora exigimos a la literatura de las mujeres lo que tenemos derecho a exigirle: riqueza, ampliación de las dimensiones de la escritura, abrir y estallar la lectura hasta la máxima pluritextualidad. No se trata de forjar nuevos cánones ni de entrar por fuerza y por cualquier puerta en el anquilosado mundo académico de la historia de la literatura, por lo demás dama de compañía de la clase dominante, como afirma Mirko Lauer, pero tampoco se trata de caer en el extremo opuesto donde cualquier cosa sea de por sí artísticamente válida.

Queremos entender una obra y sus condiciones de producción y recepción; queremos alterar los criterios estéticos que no son universales ni absolutos y sí posibles de reexaminarse en sus supuestos básicos; queremos innovar y rescatar del anonimato y al hombre como marco único de referencia. Podemos, en lugar de invertir los cánones, en lugar de repudiar la visión doméstica y cotidiana de las mujeres, explorarla y desmontarla hasta lograr, como sostiene Margo Glanz, reivindicarla, para desafiar la coloración como literatura. Es aquel proceso que Alaíde Foppa calificaba de "misterio": "Que alguien escriba singularmente bien no deja de ser un hecho misterioso, se trate de mujer o de hombre", o como afirma Aiken, "No son los métodos para escribir los que nos hacen atraer o rechazar un cuento, sino su sensibilidad."

El misterio y la sensibilidad no son tampoco predeterminados ni fijos, sino condicionados. Hemos adquirido una capacidad para leer y para la emoción, pero también podemos echar nueva luz sobre las obras y aprender a discriminar. En esta dialéctica radica el secreto de la lectura, pues de otro modo, ¿cómo leer?; ¿puede pretenderse una lectura ahistórica, asocial, aideológica? Podemos (y debemos) cuestionar los patrones, pero ¿pueden proponerse cambios por decreto en función del sexo, del país, del color del escritor? Frente a la voz de las neuronas, penetradas también de la ideología, experimentamos una reacción. Del cuestionamiento y de las vísceras saldrá en cada momento histórico la determinación de nuestra lectura, lo que aceptamos como buena o mala literatura.

No podemos (ni debemos) decretar una crítica que caiga precisamente en la misma contradicción que ataca: salirse de un juicio valorativo sexista para caer en el contrario. El feminismo y sus proposiciones terminarán por influir tarde o temprano en el proceso de conformación de la ideología, esto es inevitable por histórico, pero no ha de suceder fuera de la realidad de los cambios materiales. Pretender, como se ha puesto de moda, elaborar una cultura propia de las mujeres, y más aún, considerarla de partida y porque sí subversiva o siquiera estéticamente válida, es un error. La escritura de las mujeres ni es marginal ni es de por sí revolucionaria. Hay narraciones que pueden serlo y hay muchas, la mayoría, que no lo son.

Las mujeres escriben, manifiestan cierta especificidad en su escritura, pero ésta bien puede adaptarse al sistema que la engendró, complacerse en él o proponer cambios, que pueden ser de diferente envergadura. Y éste no es un problema de sexo ni de decisión consciente, sea del escritor o de las críticas literarias feministas. La reafirmación de patrones y estereotipos (así sea por vía de la inversión) es también parte de un momento histórico que ha permitido el surgimiento de todo este discurso y que desaparecerá con la transformación de la realidad.

¿Qué hacer mientras tanto para iniciar el análisis de la escritura de las mujeres?

Podemos (debemos) desenmascarar las representaciones, lo que Bell Chevigny llama "la visión y la voz de las mujeres", siempre dentro de su contexto histórico, más allá de lamentaciones y decretos. Desentrañar estereotipos temáticos, estilísticos, técnicos y lingüísticos; entenderlos, sin perder de vista lo que sostenía Simonne de Beauvoir: que dentro de su clase, de cada clase, la mujer ha sido la otredad y se ha definido a sí misma tomando al hombre como marco único de referencia. Podemos, en lugar de invertir los cánones, en lugar de repudiar la visión doméstica y cotidiana de las mujeres, explorarla y desmontarla hasta lograr, como sostiene Margo Glanz, reivindicarla, para desafiar la colonización con sus trazos y sus mapas, como escribe Luisa Valenzuela. Podemos (debemos) tomar posiciones críticas frente a la literatura aunque sea hecha por mujeres, insistir en el placer de la buena escritura. Esto resulta ahora más importante y más necesario para el feminismo y para la literatura que la aceptación ciega de cualquier cosa. Sólo así se van a rescatar del silencio y del olvido muchas obras, sólo así evitaremos crear lo que Fabienne Bradu ha llamado "un nuevo *ghetto* discursivo, que sólo conduciría a la revaloración en clave diferente del eterno femenino". En este caso, como en muchos otros que se quieren reivindicar (la negritud, el tercermundismo, el exilio) no hay un "nosotras las mujeres": hay buena y hay mala literatura y no podemos permitirnos la complacencia. Si el lugar de la mujer ha sido el famoso *"Kinder, Küche, Kirche"* y si eso es lo que ha podido expresar, veamos cómo lo hace, cómo lo cuenta, cómo lo rescata ella misma del olvido a que el sistema ha sometido su realidad primera: "Ojos en los mismos ojos para mirar como miran", escribió Gracián. Y para mirar también lo que callan, y cómo lo callan, eso que ellas mismas, que nosotras mismas censuramos. Porque lo que parece insignificante —y volvemos con Virginia Woolf— puede ser creación, "desconcierto, revelación, súbita grandeza". Lo más trivial, lo más cotidiano —que es lo que a todos nutre— puede convertirse en literatura, en buena literatura. Pero puede, no lo es por definición. Puede serlo solamente en cada uno de los escritos de cada una de las mujeres.

2. El catálogo y los adjetivos

En este continente, en América Latina, las mujeres escriben y son muchas las que escriben: poetas, narradoras, cuentistas, ensayistas, investigadoras, autoras teatrales, guionistas. Decimos América Latina como quien habla de un todo homogéneo. Su homogeneidad está dada en la historia de colonización, imperialismo, miseria y represión. Por lo demás, ¿cuál similitud entre el noreste de Brasil y los barrios residenciales de Caracas, o entre la sierra peruana y Santiago? ¿Qué relación entre la calidad de la alimentación en Argentina o en Haití, entre la educación en Bolivia o en Uruguay? ¿Cuál similitud entre la vida política y cultural en México o la de Guatemala bajo la dictadura? ¿Cuál, por fin, entre un indígena y un negro, entre un cubano libre y un puertorriqueño que ni siquiera puede ser dueño de su país?

Y así y todo hablamos de América Latina como una sola cosa, un continente. Como si fuéramos iguales, o quizá porque en muchos sentidos sí lo somos. En el sentido de un venezolano que decía: "Este inmenso continente al que quisiera irrigar con lágrimas, divertir con chistes y arreglar con brujerías."

En la literatura se habla de unidad: la literatura latinoamericana. Y es que los momentos fundamentales de su desarrollo son similares porque similar es la posición de clase de quienes la producen. A lo más medio siglo de diferencia y en todos los paí-

23

ses se puede decir: poesía primero, narrativa después. Modernismo, realismo social, *boom*, y las crisis intermedias. Hay sí variantes en cada literatura. El modernismo de Brasil no es igual al de Rubén Darío en Nicaragua, pero la idea es la misma: romper lo viejo, levantar lo nuevo. El dilema se ha planteado siempre entre las preocupaciones sociales (el compromiso) y las posiciones vanguardistas (la estética pura), como si fueran antagónicas; entre el afán de universalidad y lo nacional, como si fueran contradictorios. La bifurcación no existe y las obras lo atestiguan. Cada una de ellas defiende o acusa, opina sobre la realidad, y lo hace con técnicas, estilo, lenguaje y escritura que responden a un modelo.

La literatura latinoamericana de hoy es rica, es compleja. Rodríguez Monegal la sintetiza: "Cuestionamiento de la obra misma, de su estructura y de su lenguaje; cuestionamiento del medio, del libro y de la tipografía: cuestionamiento total." Le falta al crítico referirse al cuestionamiento más profundo, el que Jorge Enrique Adoum ha llamado "la imagen de la dolorosa realidad" y que es, como sostiene Valencia Goelkel, la constante definitoria y la razón de ser de la literatura: "mostrar que la vida puede ser una atrocidad y una indignidad; que las penas, el tedio, la opaca insensatez nos siguen rodeando".

No hay fronteras ni en los temas ni en las técnicas ni en los autores. Hacer literatura latinoamericana es hacer tema-lenguaje-escritura-estructura. Es hacer, como dice Haydée M. Joffre Barroso, crónica y testimonio, recuento e inconformidad, interpretación del mundo y cuestionamiento de sí mismo, y sobre todo mucho de mesianismo.

Dentro de la literatura latinoamericana buscamos a las mujeres. Hay un vacío en la historia de la crítica y en la historia de las letras de este continente que nos importa empezar a llenar. Las historias rescatan algunas poetas: Sor Juana, Delmira Agustini, Alfonsina Storni, Juana de Ibarbourou, Gabriela Mistral, Idea Vilariño. La historia de la cultura no puede prescindir de Victoria Ocampo. Entre las narradoras se rescatan algunas del siglo XIX como Clorinda Matto de Turner y sólo seis o siete nombres del siglo XX.

Y sin embargo, son muchas y son tan escritoras que se impone rescatarlas y mostrarlas, aunque esto sea apenas un primer paso previo al análisis de su obra y este paso sea todavía de corto alcance.

¿Quiénes son las mujeres que escriben narrativa en este siglo xx en América Latina? ¿Qué escriben? ¿Cómo lo hacen? ¿Qué relación tienen con las principales tendencias de la literatura de sus países, de la literatura latinoamericana en general?

Para decir quiénes son debe insistirse en lo que ya se ha afirmado: su pertenencia a una clase privilegiada en el contexto económico y social de sus países. Pero para concretar hace falta una labor de catálogo que aún no se hace. Nombrarlas primero, como decía Carpentier, para saber que existen. Si la lectura del catálogo y los adjetivos parece tediosa, resulta necesaria cuando se trata de un mundo virgen y desconocido.

En México hay una gran cantidad y una gran calidad de mujeres escritoras. Este siglo ha visto desarrollarse una clase media urbana productora y consumidora —entre otras cosas— de cultura, de libros. Hoy día este país es, por su modelo de desarrollo económico y político, el centro cultural más importante del continente.

Una antología completa tendría que incluir a María Enriqueta Camarillo, María Lombardo, Nellie Campobello y sus relatos sobre la revolución mexicana; María Elvira Bermúdez con sus cuentos policíacos; Griselda Álvarez y Guadalupe Dueñas con sus memorias de infancia; Raquel Banda Farfán y el sabor rural de sus escritos; Mercedes Manero, poeta y narradora de "rápidos bocetos reveladores sobre las narraciones humanas" y Angelina Muñoz. Pero ésta no es, por razones de espacio y por otras más, una antología completa.[1] La selección comienza con Guadalupe Amor, una de las figuras más originales del mundo literario mexicano, poeta exquisita y narradora. Sus relatos brevísimos, reunidos en *Galería de títeres*, son de soledad, ternura, sarcasmo y una concepción de la vida sin concesiones.[2]

---

[1] Los trabajos de recopilación de las escritoras mexicanas los han hecho la doctora Aurora Ocampo, brillante investigadora, y Elsa de Llarena. María Enriqueta Camarillo: *La torre de seda, Cuentecillos de cristal, El arpa de colores*; María Lombardo: *Muñecos de niebla*; Nellié Campobello: *Mis libros*; María Elvira Bermúdez: *Soliloquio de un muerto*; Griselda Álvarez: *La sombra niña*; Guadalupe Dueñas: *Tiene la noche un árbol*; Raquel Banda Farfán: *La cita, Amapola, La luna de ronda*; Mercedes Manero: *El ángel caído y otros cuentos*.

[2] Gudalupe Amor: *Yo soy mi casa*.

El mundo mitológico, onírico (o mejor: fantasmagórico) y mexicanísimo de Elena Garro la convierte en la mejor escritora mexicana. Su novela *Los recuerdos del porvenir* es la gran obra de la guerra cristera en México, una visión del país y de su gente a partir del universo familiar y provinciano. Pero Garro no sólo mira a la revolución mexicana sino que también recupera los mitos y las tradiciones de este país y los combina con la vida de hoy. En sus relatos cortos despliega un lenguaje rico y pulido que sorprende, para expresar las vivencias, los miedos y las fantasías de una niña y de una mujer.[3] Similar en su preocupación por mezclar los mitos mexicanos con la historia personal es la escritura de María Luisa Mendoza, sólo que más barroca, repujada y desbordada que la de Elena Garro, y con sentido del humor. Si Elena Garro vive de la persecución y la fantasía, la China Mendoza se consume por la palabra y la impotencia.[4]

Las vivencias de la mujer aparecen en la obra de Rosario Castellanos pero de un modo distinto: con la clara conciencia de quien busca respuesta. A Castellanos la persiguen dos indignaciones: la del indígena olvidado y las de la mujer marginada, sin que encuentre solución para ninguna, sólo la ironía de quien es testigo de una clase que se herrumbra.[5]

El lenguaje sencillo, directo de Castellanos se encuentra también en la obra de Elena Poniatowska, escritura de testimonio y tristeza, hecha con culpa. Poniatowska desaparece detrás de sus personajes y los deja crecer solos: en sus cuentos se esconde entre tías y sirvientas; en su novela *Hasta no verte Jesús mío* se coloca a la sombra de la Jesusa, espléndido personaje femenino, único central en la literatura mexicana. Y lo mismo hace en su crónica sobre los sucesos de 1968 en Tlatelolco, en ese documento de amor y lucidez que son las cartas inventadas de Angelina Beloff a Diego Rivera, y en la verdadera historia de Gaby Brimmer.[6]

[3] Elena Garro: *Cuentos de colores, Los recuerdos del porvenir, Felipe Ángeles, Andamos huyendo Lola, Testimonios sobre Mariana.*

[4] María Luisa Mendoza: *De ausencia, Con él, conmigo, con nosotros tres.*

[5] Rosario Castellanos: *Balún Canaan, Álbum de familia, Ciudad real, Los convidados de agosto.*

[6] Elena Poniatowska: *Los cuentos de Lilus Kikus, La noche de Tlatelolco, Querido Diego te abraza Quiela, Gaby Brimmer.*

Entre las cuentistas mexicanas, Emma Dolujanoff y Carmen Rosenzweig conservan el viejo sabor a tierra y a pueblo, y un lenguaje tradicional en su recreación de los seres más humildes y olvidados de este país.[7] En cambio Inés Arredondo y Amparo Dávila son narradoras de la clase media urbana. Arredondo busca desentrañar lo esencial de la vida, en un lenguaje directo y cuidado. Dávila, también con palabras sencillas, se alimenta de los sucesos más banales de lo cotidiano para producir choques, finales inesperados que quieren demostrar la mediocridad del mundo, de la moral y de sus valores. Si en Rosenzweig y Dolujanoff advertimos la solidez del mundo campesino, en Arredondo y Dávila observamos la fragilidad del mundo pequeñoburgués, sólo que la primera de ellas sufre y la segunda se burla.[8]

Julieta Campos, nacida en Cuba, es la escritora moderna del *nouveau roman* a la mexicana, con estilo elegante, prosa culterana, temas cerrados y obsesivos que se mueven en torno al tiempo, la mujer, los objetos, la palabra. Oficio en la escritura, suavidad en el tema, búsqueda de la interioridad en el objetivo.[9] También Luisa Josefina Hernández se mueve en una escritura internacional. La más prolífica de las escritoras mexicanas, narradora y autora teatral, su obra sigue un cánon clásico y se elabora con una escritura cuidada, ordenada, de ritmo constante, y de preocupaciones de hoy: la realidad y sus laberintos.[10]

Hay muchas mujeres que escriben prosa en México. Josefina Vicens ha publicado un solo libro: *El libro vacío*, y algunos cuentos angustiados sobre la imposibilidad de ser. Margo Glanz despliega humor, sapiencia, culteranismo y cultura en sus relatos, ensayos y fábulas, en los que destaca su interés por el cuerpo y el erotismo de la mujer.[11]

---

[7] Emma Dolujanoff: *Cuentos del desierto, Adiós Job, La calle de fuego*; Carmen Rosenzweig: *El reloj, 1956, Esta cárdena vida.*

[8] Inés Arredondo: *La señal, Río subterráneo;* Amparo Dávila: *Tiempo destrozado, Música concreta, Árboles petrificados.*

[9] Julieta Campos: *Muerte por agua, Tiene los cabellos rojizos y se llama Sabina, Celina y los gatos.*

[10] Luisa Josefina Hernández: *El lugar donde crece la hierba, Los palacios desiertos, Nostalgia de Troya.*

[11] Margo Glanz: *Las ballenas, Las mil y una calorías, No pronunciarás, Genealogías.*

Beatriz Espejo escribe relatos con un lenguaje estilizado.[12] Esther Seligson retoma recuerdos y los enfrenta a una concepción razonada sobre la dificultad de las relaciones humanas con un estilo tenso, poco suelto.[13] María Luisa Puga quiere expresar las vivencias de la mujer de hoy en sus novelas y relatos, con una escritura plana, de mucho oficio pero sin sorpresas. Lo mismo hace Margarita Dalton en su novela *Larga sinfonía en D*, y en un libro de cuentos donde se cuestiona de modo seco la realidad.[14] Entre las más jóvenes, Silvia Molina, Gabriela Rábago Palafox, María Luisa Erreguereną y Hortensia Moreno buscan a la mujer y quieren limpiar la escritura hasta la máxima sencillez.

Argentina cuenta también con una numerosa tradición de mujeres escritoras sin que sea casualidad. Durante casi un siglo fue el país más desarrollado económica y políticamente del continente, con una rica cultura y una vasta clase media urbana, producto en buena medida de la inmigración. Su mercado editorial fue el más importante de América Latina y en él tuvieron cabida muchas mujeres.

En los primeros años del siglo Norah Langue publicó novelas escritas con estilo sobrio, limpio y dulce, llenas de melancolía. Sus *Cuadernos de infancia* recrean con nostalgia la época de las grandes haciendas y la vida rural, desde la perspectiva del patrón, para luego lamentarse por la decadencia de la vida en Buenos Aires, sin comprender las razones que la obligaron a ello.[15]

A partir de los años 30 debe mencionarse el nombre de una mujer singular: Victoria Ocampo. "El proceso de la cultura argentina no es concebible sin la gravitación y los estímulos de Victoria Ocampo", escribe Jorge Luis Borges. Fundadora en 1931 de la revista *Sur* y de la editorial del mismo nombre, dedicó su vida a promover la cultura, a viajar, a traducir y a traer a este continente la literatura, la filosofía y el ensayo de otros países, en particular de los europeos. Mujer muy rica, liberal y avan-

---

[12] Beatriz Espejo: *La otra hermana, Muros de azogue.*

[13] Esther Seligson: *Otros son los sueños, Tras la ventana un árbol.*

[14] María Luisa Puga: *Las posibilidades del odio, Inmóvil sol secretos, Cuando el aire es azul, Accidentes*; Margarita Dalton: *Al calor de la semilla.*

[15] Norah Langue: *Los días y las noches, El rumbo de la rosa, Antes que mueran, Persona en la sala, Los dos retratos.*

zada para su tiempo, Ocampo es además dueña de una obra propia compuesta sobre todo por ensayos sobre literatura y testimonios de su vida, escritos en un lenguaje directo y cotidiano, "agudo en intenciones y sagaz en resultados" según Marta Brunet.

En 1942 Luisa Mercedes Levinson recibe un premio por su libro *La pálida rosa del Soho*. Escritora prolífica y conocida, maneja temas y escritura estilizados y hasta cinematográficos. Sus ambientes son exóticos, escenografías por las que circulan seres —sobre todo mujeres— excepcionales y en las que se producen situaciones complejas, que sin embargo hoy día nos resultan lugares comunes de un tipo de literatura (y de cine) que no se hace más.[16] Es parecido el caso de Beatriz Guido, también muy prolífica, cuyos temas (casi guiones) están enclavados en ambiente urbano y no nos resultan ya novedosos. Sin embargo difiere de Levinson por su escritura plana, de lectura fácil, y por su estructuración tradicional.[17]

Silvina Ocampo es la narradora de lo insólito enclavado en lo más nimio de la cotidianidad. En ella "lo fantástico es presencia humana", como sostiene Carlos Maggis. Su obsesión por la brevedad y la circularidad se cumplen a través de una técnica superrealista y de lo excepcional, como puede verse en los hermosos relatos que componen *Informe del cielo y del infierno*.[18] Al contrario, Silvina Bullrich permanece pegada a la tierra y escribe sobre lo que podría sucederle a cualquier mujer, pero precisamente para cuestionar la moral burguesa hasta conseguir sorprendentes rompimientos. En ambas la escritura es limpia y directa, y lo trivial adquiere dimensiones fantásticas y críticas.[19]

Lo fantástico alcanza su máxima expresión en la escritura de Elvira Orphée, narradora excepcional. Su novela *En el fondo* convierte en mito una realidad dolorosa y seca. Orphée se nu-

---

[16] Luisa Mercedes Levinson: *La casa de los Felipes, Concierto en mí, La hermana de Eloísa* (con J.L. Borges), *La isla de los organilleros, A la sombra del búho, El estigma del tiempo*.

[17] Beatriz Guido: *Fin de fiesta, La caída, El incendio y las vísperas*.

[18] Silvina Ocampo: *Viaje olvidado, Autobiografía de Irene, Las furias, Las invitadas*.

[19] Silvina Bullrich: *Bodas de cristal, Mientras los demás viven, Los burgueses, Historias inmortales*.

tre del amor impetuoso, intenso y por tanto vulnerable, y además de la tierra, el viento, la soledad y la desolación. Es una conciencia que se opone al mundo del deber ser para exigir a toda costa vivir plenamente su libertad, su rebeldía y su miedo. Hay en Orphée una pasión por lo absoluto similar a la de Elena Garro en México, un clima onírico y una relación espiritual y concéntrica con la realidad que nunca se pierde.[20] En cambio, las novelas y cuentos de Marta Lynch parten de lo más real y tocan a fondo desde el amor y el abandono hasta el absurdo. Sus primeras dos obras escandalizaron a los lectores: *La alfombra roja* por sus opiniones políticas y *La señora Ordoñez* por la audacia en recrear una Madame Bovary del siglo XX. En sus relatos cortos Lynch cuestiona con acidez y en ocasiones con humor esa realidad de la que no se despega.[21]

Iverna Codina ganó el premio Losada con su novela *Detrás del grito* que relata la vida de las clases bajas que migran entre Chile y Argentina. Marta Taba, crítica de arte, obtuvo en 1966 el premio Casa de las Américas con su novela *Ceremonias del verano* a la que siguió un volúmen de cuentos: *Pasó así*, donde hace patente su descontento con la sociedad y se mueve entre lo patético y lo grotesco. María Granata es premiada por su novela *Los tumultos*. Inés Malinov publica *Entrada libre*, novela pretenciosa que quiere entender a la mujer y escasamente logra algo más que un recuento del vacío y aburrimiento pequeñoburgués; Carmen Gándara escribe *La figura del mundo* y Sara Gallardo *El país del humo*, y la lista puede seguir. Olga Orozco, sobre todo poeta, y grande, incursiona en la narrativa con los cuentos de *La oscuridad es otro sol*. María Esther de Miguel hace recuentos de la miseria; Ada Donato escribe *Eleonora que no llegaba*, Celia Calcagno publica las *Memorias de Almamía*; Estela Dos Santos *Las despedidas* y Estela Canto *El muro de mármol*.[22]

Dos escritoras originales son Griselda Gámbaro y Angélica

[20]Elvira Orphée: *Dos veranos, Su demonio preferido, La última conquista del ángel.*

[21]Marta Lynch: *Un árbol lleno de manzanas, El cruce del río, Cuentos de colores.*

[22] María Granata: *Los viernes de la eternidad*; Estela Canto: *El retrato y la imagen*; Ma. Esther de Miguel: *Los que comimos a Solís*; Estela dos Santos: *Gutural y otros sonidos.*

Gorodischer. La primera es autora de un libro humorístico-trágico sobre un tipo de Frankenstein argentino: *Nada que ver con otra historia*. La segunda es creadora de una ciencia ficción de tinte borgiano, original en su escritura y espléndidamente lógica en su desarrollo. Sus cuentos más conocidos se agrupan en un libro que lleva el título del más extraño: *Bajo las jubeas en flor*.[23]

Entre las escritoras de la nueva generación que hoy publican en Argentina vale la pena mencionar a algunas. Alicia Dujovne ha escrito un sola novela: *El buzón de la esquina*, libro fresco, alegre, donde la mujer y su lenguaje se expresan con sentido del humor, algo excepcional en este continente solemne y en esta clase media siempre angustiada. Syria Poletti reúne relatos conmovedores sobre la infancia, al lado de una abuela maravillosa con quien contempla el deterioro de la familia y de los sentimientos. Alicia Steimberg cuenta en *Músicos y relojeros* la historia de los inmigrantes judíos a la Argentina y su ascenso a la pequeña burguesía. Lo hace sin romanticismo, mostrando lo más podrido de las relaciones humanas, debido a un afán de grandeza que sólo se sustenta en el dinero. En sus cuentos, escritos con fino sentido de la ironía, muestra el absurdo con que los seres humanos manejan su destino atados por una moral inservible. Y todavía muchas más: Poldy Bird y sus *Cuentos para Verónica*, María Angélica Bosco y sus *Cartas de mujeres*, Hebe Uhart y *La gente de la casa rosa*, Liliana Heker con *Los que vieron la zarza*, Luisa Valenzuela con *El gato eficaz*. Y aquí se detiene el recuento, pero sólo por prudencia, que no por carencia.

Para seguir un viejo patrón que siempre coloca juntos a Argentina y Uruguay, buscamos ahora a las mujeres del otro lado del Río de la Plata. País pequeño, Uruguay tuvo también alguna vez fama de democrático y cultural.

Ángel Rama incluye a las narradoras de esta nación en lo que ha llamado "las dos promociones de la generación crítica", de las que "se constituyó la auténtica, la única cultura uruguaya".

Paulina Medeiros abrió un ámbito de reivindicación, diagnóstico y protesta con un libro de título simbólico: *Las que llegaron después*, literatura social y progresista sobre las muje-

---

[23] Angélica Gorodischer: *Casta luna electrónica*.

31

res que según Rama se replantean "con más audacia que los hombres los problemas de la afectividad y las relaciones sexuales". Esta línea será dominante en la escritura de las mujeres uruguayas. En la primera promoción de la generación crítica, destacan tres narradoras. Clara Silva, primero poeta y luego novelista, intenta la novela experimental, sin personaje y sólo de conciencia, en una obra artificiosa: *El alma y los perros*. María Inés Silva Vila no quiere dejar escapar el mundo adolescente y lo recrea desde lo fantasmagórico y velado en *La mano de nieve* y *La felicidad y otras tristezas*. María Montserrat se cuestiona a los seres humanos en *Tres relatos*.[24]

La narradora más excepcional entre las uruguayas es Armonía Sommers. Sus relatos y novelas refieren lo que Benedetti ha llamado "el carácter obsceno y miserable del hombre en la intemperie del mundo". Escritura cerrada, intensa; en ella el ser humano ha quedado convertido en deshecho por culpa de la sociedad. La vida es una carga pesada, un caer continuo, el sufrimiento por exceso de lucidez, por conciencia de la diferencia. Escritura que parece fácil, pero donde los relatos son crueles y sobrecogedores porque no ofrecen alternativa y porque atacan de modo frontal los valores más trillados que nos sustentan.[25]

En la segunda promoción de la generación crítica, Teresa Porzecanski y Cristina Peri Rossi emprenden un rechazo contra las formas tradicionales (y onettianas) de escribir. Teresa Porzecanski mira con desaliento, ironía y dureza a sus personajes congelados para los que no encuentra salida. Si en sus primeros libros dominaban el pensamiento, la razón, el oficio de escribir (*Construcciones*) en los últimos deja sueltos los deseos y las palabras de una mujer en edad madura que se preocupa menos por la forma (*Esta manzana roja*).[26] Cristina Peri Rossi hace una prosa analítica, estilizada, exasperada por la forma. Su escritura tiene mucho de artificio y ganas de innovar sin separarse de un

---

[24] Clara Silva: *Aviso a la población, Los sobrevivientes*; María Inés Silva Vila: *Salto Cancán*; María de Monserrat: *Cuentos mínimos, Los habitantes*.

[25] Armonía Sommers: *La mujer desnuda, El derrumbamiento, De tiempo en tiempo, Todos los cuentos*.

[26] Teresa Porzecanski: *El acertijo y otros cuentos, Historias de mi abuela*.

contorno social. Ángel Rama ha llamado al *Libro de los primos* "uno de los ejemplos más libres de imaginación que hayan conocido las letras uruguayas". En *La rebelión de los niños* cuenta los efectos de la represión familiar y social intentando mayor sencillez estilística.[27]

Ulalume González de León vive y trabaja en México. Conocida como poeta y traductora, ha escrito una narrativa de artificio, en la que despliega "un abigarrado bazar lírico" y mayor preocupación por el ritmo que por la coherencia, como sostiene Rama. Le interesa reflejar la psique femenina y lo hace con las metáforas más extravagantes.[28]

Entre las nuevas escritoras uruguayas Silvia Lago empezó con novelas sencillas, neutras y hasta familiares (*Trajano, Tan solos en el balneario*), que Rubén Cotelo calificó de "realismo de tono menor". Sin embargo, a partir de su relato "Los días dorados de la señora pieldediamante", sorprendió bruscamente con una escritura estridente, que hoy nos parece consigna esquemática y llena de lugares comunes en su protesta social y moral contra una clase. En esta línea de irritación, por lo demás bastante ingenua, continuó en su obra *Detrás del rojo*, publicada en 1966. Mercedes Rein sigue el mismo camino al describir el mundo "cerrado y apolillado" de la burguesía, su confusión y desintegración.[29]

Para cerrar el triángulo conosureño en español, debe hablarse de Chile, de su ex democracia, de su clase media urbana, de su producción cultural. A fines del siglo XIX Mariana Cox Méndez escribió la novela *La vida íntima de Marie Goetz*, pero es hasta los años 30 de este siglo cuando surgen las grandes narradoras, amparadas en el criollismo.

La obra de Marta Brunet empieza perteneciendo a esta corriente de escritura directa, realista y hasta cruda, y ya en los años 40 incluye nuevas técnicas y el análisis de la interioridad. Sin embargo, nunca pierde su gusto por la tierra, por la existencia campesina y de provincia y su interés por lo que algún

---

[27] Cristina Peri Rossi: *Viviendo, Los museos abandonados, Indicios pánicos.*

[28] Ulalume González de León: *A cada rato lunes.*

[29] Silvia Lago: *La última razón*; Mercedes Rein: *Zoologismos.*

crítico ha llamado "el alma femenina". Hay mucho sabor escenográfico en Brunet —como Luisa Mercedes Levinson en Argentina, lo que sirve para confirmar aquello de que las épocas son productoras de un cierto tipo de escritura— y bastante conciencia de la propia grandeza en el oficio. Su novela *Humo hacia el sur* ha sido calificada por Silva Castro como: "Sin temor a los alborotos de la mancebía."[30]

Otros nombres a destacar son el de Magdalena Petit (*Caleuche*); María Flora Yáñez, considerada por Silva Castro como "una de las más conspicuas novelistas chilenas" (*Espejo sin imágen, Las cenizas, Mundo en sombra*); Chela Reyes (*Puertas verdes y caminos blancos*); Marcela Paz (*Papelucho*); Carmen Alonso (*Anclas en la ciudad*); Marta Jara, autora de cuentos rurales folkloristas y también de una novela que quiere penetrar en la interioridad de los personajes (*Surazo*) y Marta C. Miranda, quien todavía a mediados de los años 50 publicó *Heredad*, novela de la tierra seca al norte de Chile, "canto al trabajo agreste sin omitir ninguna de sus rudezas". La más audaz de las novelistas de la primera mitad del siglo es María Carolina Geel, autora de *El mundo dormido de Yenia* y *Extraño estío*, novelas ancladas ya en la vida de ciudad.

La obra de María Luisa Bombal se considera un hito en las letras de América por su paso del realismo crudo al clima onírico y a las técnicas modernas de la interioridad. Para los críticos, éstos son los elementos que dan a la escritura su carácter de actualidad. La concepción la expresa bien Max Henríquez Ureña: "El cuento cerebral no necesita escenario determinado y se limita a presentar un problema sicológico o analizar un conflicto espiritual." En efecto, María Luisa Bombal escribe fuera de toda geografía, con lirismo, con una concepción mítica del tiempo, donde los personajes son puro fluir de la conciencia y de la fantasía; pero hoy sabemos que no es eso lo único que la hace ser moderna.[31]

Algo similar hace Margarita Aguirre en sus relatos inteligentes y bien cuidados, sólo que su fluir de la conciencia y de la

---

30 Marta Brunet: *Montaña adentro, Reloj de sol, Soledad de la sangre.*
31 María Luisa Bombal: *La última niebla, La amortajada.*

fantasía parten de una realidad más concreta: el ambiente opresor de las familias venidas a menos para quienes la vida es una carga, y la respuesta, en lugar de sueño, es pasividad. Su escritura es limpia, llena de rupturas, mostrando los desalojos que provoca la falta de amor.[32]

En la década de los 60 aparece en Chile una novela que provoca ruido: *La brecha*, de Mercedes Valdivieso. En ella expresa, con sentido feminista moderno, el deterioro del matrimonio y la familia, así como las nuevas actitudes de la mujer frente a los hijos, al trabajo, a su vida sexual. Si bien hoy nos parece simplista y esquemática, y sobre todo pobremente escrita, tuvo en su momento gran significación. Las siguientes obras de Valdivieso conservan su misma preocupación: las relaciones humanas, pero hay un cambio en la escritura, adquisición de oficio y pulido que la mejoran notablemente.[33]

Del cono sur, uno de los países más alejados del resto del continente es Brasil, debido a las diferencias culturales, al idioma y a sus propias contradicciones internas por su vastedad, mezcla de gentes y tradiciones, opulencia y miseria. En él se han producido algunas de las narradoras más originales de América.

La primera, la fundadora, es Rachel de Queirós, miembro del grupo más combativo en las letras brasileñas: Machado, Ramos, Amado, Lins do Riego. En *O Quinze*, su primera novela, publicada a los 19 años, describe la sequía y las tragedias de los hombres que viven bajo el sol cáustico del sertón. Como sostiene Bosouchet, con ella y su grupo la literatura de ese país vuelve a ser social, preocupada por las mayorías.[34] Cecilia Meireles es la brasileña modernista y Dinah Silveira Queiroz hace novela histórica. En *La muralla* da testimonio apasionado de las mujeres paulistas "aguerridas y duras cuando deben serlo, femeninas y débiles cuando es menester".

La más conocida en español es Clarice Lispector.[35] Sus no-

[32] Margarita Aguirre: *El huésped, El residente, La oveja roja.*

[33] Mercedes Valdivieso: *La tierra que les dio, Los ojos de Bambú, Las noches y un día.*

[34] Rachel de Queirós: *Tres novelas, Camino de piedras.*

[35] El trabajo espléndido de traducción de la obra de Lispector y de mucho de lo que se conoce en español de las brasileñas es de Haydée M. Joffre Barroso.

velas y relatos son de una densidad difícil, cerrada. Le preocupa la conciencia, lo psicológico, y lo expresa en un lenguaje sutil y rítmico. La mujer le interesa en los cuentos de *Lazos de familia*; pero sobre todo en *El vía crucis del cuerpo* se plantea la soledad de aquellas que, a partir de la madurez, no tienen más perspectiva en la vida que el trabajo y "las nostalgias por los hijos y por la carne". En 1973 Lispector publica un extraño libro: *Agua viva*, en el que emprende una indagación de su interior en claves propias, con una filosofía de la vida que no ofrece alternativa. Esta preocupación la comparte con muchas latinoamericanas: ahí están Teresa Porzecansky y Margo Glanz, Inés Arredondo, Margarita Aguirre y Antonia Palacios que se han entregado a una vida plena y productiva y se cuestionan siempre sobre el cuerpo y la soledad en la vejez.[36]

Lygia Fagúndez Téllez recurre en sus relatos a un mundo intenso, lleno de calor y color local pero sin ser folklórico. Las relaciones humanas no tienen salida pero tampoco lo manifiesta con desesperación. En su cuento más conocido en español: "Antes del baile verde", mira de modo extraño la relación padre-hija.[37]

En 1961 Nélida Piñón publica su novela *Guía mapa de Gabriel Arcángel* a la que siguieron narraciones con una escritura nueva, vigorosa y llena de rupturas.[38] Ésta parece ser la tónica de la nueva generación de escritoras del Brasil, como Nillia de Moraes Mello Prado y Terezinca Pereira, esta última con una concepción de la mujer autosuficiente y más libre.

Paraguay es el rincón olvidado de Sudamérica. Y si bien su literatura ha dado algunos ejemplos espléndidos, las mujeres aparecen muy poco en ella. "La mujer escribe versos —dice Walter Wey— pero rara vez es prosadora." La primera novela escrita por una mujer fue publicada en 1860: *Por una fortuna, una cruz* de Marcelina Almeida, enclavada en el más puro romanticismo. Ya en este siglo, Teresa Lamas de Rodríguez Alcalá escribe re-

---

[36] Clarice Lispector: *Cerca del corazón salvaje, El lustre, La manzana en la oscuridad, La pasión según G.H.*

[37] Lygia Fagúndez Téllez: *Criba de piedra, Verano en el acuario, Las meninas.*

[38] Nélida Piñón: *Madera hecha cruz, La casa de la pasión, Fundador, Tebas de mi corazón.*

latos tradicionales y alguno psicológico, y Concepción L. de Chávez hace narraciones folkloristas.[39] Hoy día, Ana Iris Cháves de Ferreiros es la narradora más conocida, autora de *Crónica de una familia*, en la que busca seguir el patrón de las sagas europeas y donde predomina —como en sus cuentos— el miedo al fracaso y a la muerte.

Venezuela se inscribe en la más vieja tradición de mujeres escritoras del continente, por el trabajo exquisito de Teresa de la Parra, a quien Juan Liscano ha colocado en el primer tiempo de la literatura venezolana. Su libro *Ifigenia o diario de una señorita que escribía porque se fastidiaba*, aparece en el primer cuarto de siglo como expresión de las frustraciones de la mujer de clase alta. Pero es en *Memorias de Mamá Blanca* donde hace gala de lo más fino de su narrativa. Libro en el que recrea la infancia, en el mismo estilo sencillo de Norah Langue en Argentina y con la misma nostalgia por el paraíso perdido de las haciendas frente a la decadencia de la vida urbana en Caracas a la que se ve arrastrada su familia. En su obra las sutilezas idiomáticas se emparejan con las acendradas concepciones ideológicas de las buenas épocas donde la familia, la moral y el trabajo convivían con la servidumbre y la explotación.

El segundo tiempo de la literatura venezolana aparece en la obra de Antonia Palacios, autora de *Ana Isabel, una niña decente*, libro de texto en las escuelas de su país. Sin embargo, la escritura de Palacios es mucho más cargada en sus siguientes relatos, en los que vive el desamparo, la fragilidad y el acoso de los fantasmas. Palacios soporta la vida, la padece con gran majestuosidad.[40]

Otras escritoras que hacen narrativa en Venezuela son: Gloria Stolk, con sus relatos estilizados, Mary Guerrero que condena la realidad con el humor y Lucila Palacios.[41] El último tiempo de la narrativa venezolana lo encarna Laura Antillano con su

[39] María Teresa Lamas de Rodríguez Alcalá: *La casa y su sombra, Huerta de odios*; Concepción L. de Chávez: *Río lunado, Madama Inrich*. Debe destacarse en teatro y ensayo el trabajo de Josefina Plá.

[40] Antonia Palacios: *Crónicas de las horas, El largo día ya seguro*.

[41] Gloria Stolk: *Ángel de piedra, La casa del viento, El arpa*; Mary Guerrero: *El espejo negro*; Lucila Palacios: *El corcel de las crines albas*.

escritura despojada, y con economía de medios para escribir sobre niños y adolescentes. Otros nombres nuevos son Mariela Álvarez, Yolanda Capriles y Nancy M. de Romero. Sus relatos indagan sobre las preocupaciones de hoy (amor, relaciones humanas) en un lenguaje depurado más difícil y cerrado.[42] Esta forma de escribir no les es exclusiva. Las más jóvenes escritoras de todos los países conjugan su afán por desnudar las pasiones humanas con un lenguaje cada vez más complejo y hermético, si bien su estructuración es todavía simple. Es el caso de dos escritoras del Ecuador, María Eugenia Paz y Miño, autora de un libro desparejo pero con algunos relatos notables, y Fabiola Solís de King, cuyos escritos sobre las vivencias interiores y el sinsentido de la experiencia resultan algunas veces excelentes y otras francamente pobres.[43] La escritora más conocida en Ecuador es Alicia Yáñez Cossío, cuya obra es una mezcla de técnica tradicional, , lenguaje rebuscado y un gusto modernista por la ciencia ficción en el tema. Si bien busca penetrar a las profundidades psicológicas, sus relatos abortan por la exageración y la falta de coherencia interna. Con todo, su novela *Bruna Soroche y los tíos* ha sido considerada entre las principales ficciones ecuatorianas. Es una escritura costumbrista donde busca a la mujer y a la realidad fantasmal de su país.[44] Más atrás todavía, encontramos a Eugenia Viteri con sus cuentos de *El anillo* y a Violeta Luna con *Los pozos amarillos*.

En Colombia Elsa Mújica, nacida en 1918, escribe sobre la influencia de los valores tradicionales en la mujer, sobre todo la religión, como se puede ver en sus libros *Los dos tiempos, Ángela y el diablo* y *Catalina*. Pero el nombre por excelencia de las letras femeninas es el de Fanny Buitrago. Muy joven publicó su primera novela, *El hostigante verano de los dioses,* que escandalizó por su audacia. Ésa es la tónica de todos sus escritos. En obras de teatro y novelas, en cuentos infantiles y relatos, Buitrago se complace en censurar, con mucho sentido del humor,

[42]Laura Antillano: *La muerte del monstruo comepiedras, Los cuentos de la belle époque*; Mariela Álvarez: *Cuestión de tiempo*.

[43]María Eugenia Paz y Miño: *Siempre nunca*; Fabiola Solís de King: *Al otro lado del muro*.

[44]Alicia Yáñez: *El beso y otras fricciones*.

las normas morales y el machismo y, sobre todo, valora precisamente aquello que la sociedad más desecha: lo voluble, la inconsistencia en los afectos, la evasión.[45] La novela de Albalucía Ángel, *Estaba la pájara pinta*, es ejemplo de compromiso en la literatura: se refiere a la violencia en su país entre 1948 y 1957. Esta línea no parece ser la de las nuevas generaciones. Helena Araujo inventa relatos artificiosos y despegados de lo cotidiano en los que aparecen ciudades invadidas por moscas, burguesas que reniegan de su esterilidad y algunas nostalgias.[46]

En Perú la tradición de mujeres escritoras empieza en el siglo XIX con Mercedes Cabello de Carbonera que "libró batalla contra el romanticismo propugnando una literatura que armonizara con la realidad y la evolución científica". Autora de novelas consideradas audaces en su tiempo, su nombre aparece junto al de Clorinda Matto de Turner, discípula del tradicionalista Ricardo Palma, interesada en denunciar las injusticias y miserias que viven los indígenas un poco al modo de Rosario Castellanos en México, sólo que con una prosa declamatoria y de gesto dramático.[47]

Amalia Puga de Losada escribe prosa y verso costumbrista a fines del siglo pasado y principios de éste. Lo mismo hacen María Rosa Macedo y Angélica Palma. María Wiesse participa con el grupo de Mariátegui que intenta abarcar en la literatura desde los temas criollos hasta las concepciones psicologistas de la interioridad.

Carlota Carvallo gana en 1942 un premio por *Rutsí, el pequeño alucinado* y sus libros de cuentos infantiles son considerados los más bellos del Perú.[48] La más conocida es Rosa Arciniega, escritora cosmopolita cuya narrativa tiene pretensiones de modernidad en claves complejas.[49]

[45] Fanny Buitrago: *Cola de zorro, Los Pañamanes, Bahía sonora, La otra gente.*

[46] Helena Araújo: *La m de las moscas.*

[47] Mercedes Cabello de Carbonera: *El conspirador, Blanca sol*; Clorinda Matto de Turner: *Aves sin nido, Herencia.*

[48] Amalia Puga de Losada: *Tragedia inédita, Jabón de hiel, Los Barzúas*; María Rosa Macedo: *Hombres de tierra*; María Wiesse: *Nueve relatos, El pez de oro y otras historietas absurdas*; Carlota Carvallo: *El pájaro niño y otros cuentos.*

[49] Rosa Arciniega: *Engranajes, Jaque mate, Vidas de celuloide, Playas de vidas.*

En Bolivia el costumbrismo y la prosa romántica aparecen en la obra de Lindaura Anzoátegui de Camperi, que expresa los conflictos pasionales en *Una mujer nerviosa*. Sin embargo, es el nombre de Adela Zamudio el que representa a la mujer en la narrativa. Luchadora social que según Diez de Medina "abrió un surco en el conservatismo finisecular", describe en su narrativa la vida provinciana apenas tocada por el lento discurrir de las pasiones, al modo más realista.[50] Por el contrario, María Virginia Estenssoro publica cuentos audaces y modernos, en los que a la técnica se agrega el tema: se refiere alguna vez al aborto.[51]

Los países con menor tradición de narrativa femenina son los centroamericanos y del Caribe. La literatura aparece en esta región apenas en el último tercio del siglo XIX, según escribe Sergio Ramírez, y ello se debe en buena medida a la situación económica y social casi feudal y donde la clase media, productora y consumidora de cultura de masas, prácticamente no ha existido.

En Guatemala Elsa Hall es autora de *Mostaza* y *Semilla de Mostaza*, novelas sobre la España del siglo XVII que muchos autores prefieren considerar anónimas. Vicenta la Parra y de la Cerda es novelista y poeta y Leonor Paz y Paz hace relatos escritos con poco oficio y un lenguaje y temática antiguos, pasados de moda. Hoy día, no se puede pensar en el desarrollo de una narrativa en medio de la represión.

En El Salvador Amparo C. de Marroquín es prosista en el primer cuarto de siglo y publica *El joven sembrador*. En los años 30 escribe Ema Posada, miembro del grupo de cuentistas *cactus*, y una década después Blanca Lydia Trejo publica *El padrastro* y algunos cuentos infantiles agrupados en el volúmen *Lecturas de juventud*. De este período la más conocida es Pilar Bolaños, poeta y cuentista que escribe *El trompo que no sabía bailar*. A fines de los años 50 Berta Funes de Peraza "glosa con emoción temas de la vida diaria" —según la opinión de Gallegos Valdés— en su libro *Mensaje en el tiempo*. Más recientemente Amari Salvera da a luz la novela *Sobre el puente*. Con todo, la más célebre sigue

---

[50] Adela Zamudio: *Novelas cortas y cuentos breves, Violeta o la Princesa Azul.*

[51] María Virginia Estenssoro: *El occiso.*

siendo la poeta y cuentista Claribel Alegría. Por las mismas razones de represión que privan en Guatemala, hoy no se puede hablar de un desarrollo en la narrativa femenina en este país.

En Nicaragua Rosario Aguilar hace una prosa que, como escribe Sergio Ramírez, es "una mezcla de recuerdos y percepciones que incorpora lo circundante a través de la piel", en sus libros *Primavera sonámbula* y *Aquel mar sin fondo ni playa*. Hoy día, en las tareas de reconstrucción nacional, las mujeres parecen más dedicadas a la poesía que a la narrativa.

En Honduras ha trascendido el nombre de Argentina Díaz Lozano, autora de *Peregrinaje*, novela escenográfica y de lenguaje provinciano, pero preocupada por la sensualidad de la mujer.[52]

Dos excepciones en Centroamérica por la difusión que han recibido sus mujeres narradoras son Panamá y Costa Rica. En la literatura panameña Luisita Aguilera Patiño publica cuentos costumbristas[53] y Teresa López de Vallarino escribe relatos bien equilibrados y con fino sentido del humor. Hoy destacan Griselda López y sobre todo Moravia Ochoa López, nacida en 1939, y autora de *El espejo*.[54]

En Costa Rica el nombre más conocido es el de Carmen Lyra, autora de cuentos infantiles, novelas y relatos con un acercamiento costumbrista y lleno de ternura hacia la gente más desamparada en un estilo que recuerda al de Carmen Rosenzweig en México. Lyra ingresa en los años 30 al partido comunista y desde entonces escribe relatos antiimperialistas y comprometidos como los de *Bananos y hombres*.[55] Su obra se puede comparar con la de Luisa González, autora de relatos breves con sabor a evangelio.

Según Sergio Ramírez, la narrativa centroamericana contemporánea debe mucho a la escritura de Yolanda Oreamuno, quien en su obra lucha por liberarse de una sociedad estática y anquilosada. La novela *La ruta de la evasión* ha sido considerada por

[52] Argentina Díaz Lozano: *Topacios, Tenemos que vivir.*

[53] Luisita Aguilera Patiño: *El secreto de antatura.*

[54] La literatura panameña debe su difusión en México al trabajo de Enrique Jaramillo Levy.

[55] Carmen Lyra: *En una silla de ruedas, Los cuentos de mi tía Panchita, Las fantasías de Juan Silvestre.*

algún crítico como surrealista y en sus cuentos intimistas y psicológicos despliega un estilo ampuloso y libre de pintoresquismos en su búsqueda de la sensualidad.

Carmen Naranjo es una escritora formalista que intenta socavar ciertos valores tradicionales pero con un código viejo.[56] La narradora de la nueva generación es Julieta Pinto, conocida desde la publicación en 1963 de *Cantos de la tierra* en los cuales tiene una intención social de reivindicación del campesino. Su obra se mueve en una dualidad temática, entre lo social y una línea confesional de lo femenino, como se ve en sus relatos *A lo largo del corto camino* (publicados en 1961) y *La estación que sigue al verano.*[57]

De la literatura caribeña la más difundida es la cubana. En el primer cuarto de siglo son famosos los *Cuentos negros* de Lydia Cabrera, que se refieren a la explotación del negro y a la necesidad de rescatar sus leyendas y tradiciones. Esta línea tiene su contraparte en el cuento campesino, cuyo ejemplo es Dora Alonso, escritora delicada, de rico lenguaje, que describe la miseria y le encuentra salida gracias a la revolución. La escritura de Alonso es ejemplo de compromiso con sencillez, sin panfleto.[58] Otros nombres son el de Rosa Hilda Zell con relatos de crítica social, Nivaria Tejeda y Aurora Villar Buceto, quien según Salvador Bueno "escribe cuentos con formas poemáticas".

Entre las nuevas autoras de la literatura cubana, Surama Ferrer busca huir de lo provinciano, evitar lo rural y hablar del dolor en la novela *Romelia Vargas*, mientras Ana María Simo utiliza una temática y estilo conosureños para referirse a la represión que ejerce la familia sobre el individuo en sus cuentos llamados *Las fábulas.*

En Santo Domingo, Amalia Francisca Marchena Leyva y Luisa Ozeuna Perellano de Enríquez escribieron a principios del siglo algunos cuentos reunidos en *Cierzo en primavera* y *Duelos en impresiones* de la primera y *Lulú* de la segunda. Abigail Mejía de Fernández publica *Sueña Pilarín* y Jesusa Alfau y Galván la

---

[56]Carmen Naranjo: *Los perros no ladraron, Camino del mediodía, Diario de una multitud.*

[57]Julieta Pinto: *Si se oyera el silencio, Los marginados, A la vuelta de la esquina.*

[58]Dora Alonso: *Tierra inerme, Uno.*

novela *Los débiles*. Pero poco sabemos de lo que sucede hoy en este país. No hay más un Max Henríquez Ureña que lo comunique. Lo mismo sucede en Haití, país todavía desconocido para nosotros por su cerrazón política y por su idioma. En Puerto Rico la investigadora Concha Meléndez inició el estudio de la literatura de su país. Según ella, no es sino hasta la tercera década de este siglo que se articula un movimiento literario que busca identificarse con lo nacional. Esther Feliciano Mendoza cultiva la estampa costumbrista y el cuento infantil y María Teresa Serrano de Ayala escribe cuentos. Pero el nombre más importante es hoy el de Rosario Ferré, dueña de una prosa barroca y espléndida, contagiada de las expresiones del inglés que rechaza; genuinamente isleña en sus temas, y sin ningún artificio ni culteranismo.[59]

Hasta aquí el catálogo y los adjetivos, el sólo nombrar. Del primer paso puede salir alguna reflexión. ¿Qué escriben las mujeres en América Latina? ¿Cómo lo hacen?

[59] Rosario de Ferré: *Papeles de Pandora, La caja de cristal, La muñeca menor.*

43

3. Placer y pasión

Para leer lo que escriben las mujeres cada lector tiene sus ojos, su pasión y, sobre todo, su capacidad para el placer y la sorpresa. La siguiente es una lectura personal que mira el conjunto de los relatos aquí reunidos.

Encuentro en ellos tres voces dominantes. Una es la voz natural y el sonido de lo cotidiano en que resulta fácil reconocerse, tanto cuando hay ruptura como si no sucede nada. Otra es la voz del mito y del sueño, que obliga a salir de la piel por la imaginación. La última es la voz del artificio y del narcisismo que aleja, enfría: es pura mirada.

La escritura de las mujeres es un cajón de fotos, en ella se arreglan una y otra vez los recuerdos, dice Ana María Simo. Se exorciza la memoria, dominada por la tristeza y la depresión, por la frustración del encierro. Uno de los placeres que provoca la lectura de estos relatos, a los ojos de otra mujer, es precisamente el de poder compartir ese tono que es de nosotras.

Mirar para atrás con nostalgia y mirar el presente con miedo: "El miedo pasea por mi sangre, arranca mis mejores frutos", escribía la poeta suicida Alejandra Pizarnik. Es escritura como ceremonia, para desenjaular obsesiones y pasiones ocultas. Por eso es limpia, sencilla. Por eso es flujo interior, conciencia del yo, confesión. Y cuando quiere salirse de sí misma pierde espontaneidad y se vuelve escenografía.

Es una escritura que mira despacio y sin prisas. Mira desde atrás y desde adentro. No tiene principio ni final porque todo lo que está en ella venía desde antes de ser puesto en palabras y sigue fluyendo. Hay una textura lisa, sin saltos ni hoyos, sin concentración. Describe pensamientos y sueños, o algunos sucesos que son, de nuevo, los de mirar y hablar: con poco movimiento. Un texto no es su autor, dicen los libros eruditos. Pero en estos relatos las mujeres que escriben están presentes: son el personaje y el narrador, unas veces con nombre y en ocasiones sin él. La palabra carga en estos relatos con su significación, con lo que informa; porque no se separa de su autora quien participa en un juego de espejo con su creación.

Sin embargo, al mismo tiempo la escritura se cuida de no provocar, de no profanar. No pierde la modestia, no termina de quitarse el velo. Tiene demasiada conciencia del lector presente, uno que es sobre todo masculino y al que se le dicen las palabras evitando los excesos para no caer de su gracia ni perder una imagen de mujer lentamente labrada durante milenios.

La contradicción pasa por ahí: querer exhibir y al mismo tiempo tener que guardar. Innovar, pero conservar. Apropiarse del mundo y la palabra sin arriesgar, sin perder seguridad.

Y esto sucede porque está siempre presente la conciencia de clase que suaviza, que detiene. En el atrevimiento de querer ser alguien no se pierde todavía la búsqueda de coherencia, de lógica y de continuidad. El resultado es una escritura contenida y enjaulada en sus temas y en sus palabras.

Son los ecos de una educación de señoritas corteses y agradables hasta en la ruptura, hasta en la ironía. Escritura donde hay apenas cambios de piel y quizá de código, pero todavía no de entraña ni de pensamiento, de lógica ni de exigencia. Por eso la manera de escribir es igual a la cosa escrita: ambas están encerradas, ambas son demasiado discretas.

En el primer volumen de esta antología los relatos de las mujeres están asediados por la memoria: recuerdos de infancia y juventud, de amor, matrimonio e hijos.

El tono de las memorias de infancia es de dolor. Cuando se la extraña, hay nostalgia. Cuando se la quiere repudiar hay agresión. Otras veces se la describe desde una pretendida distancia.

La niñita Blanca Nieves del cuento de Teresa de la Parra y la

45

niñita Norah Langue son idénticas. En ellas la infancia es recuerdo de hacienda, olor a chocolate, bienestar con sirviente fiel. La añoranza de tiempos pasados obliga a mirar el presente con desdén. Para otras niñitas el recuerdo no es feliz. Las hijas de inmigrantes como Syria Poletti (o Alicia Steimberg) vivieron miseria y abandono. Una la recrea desde el lado de la ternura, aferrada al personaje que le dio calor. (Otra lo hace mirando de lejos las mezquindades humanas.) Una más, Esther Seligson, prefiere oír otras infancias que preguntarse por la suya. Las bellezas del mundo rural e idílico no existen para las niñas de la ciudad, no importa si viven en los barrios marginales o en sus jaulas de cristal.

Porque también hay memorias de las niñitas ricas que soportan la educación enclaustrada y rígida de los colegios de monjas y la clase de piano. Pequeñas Juanas de los Ángeles llenas de miedo y culpa. Niñas sin cuerpo hechas para la virtud, según el relato de Elsa Mújica. Y por ahí el recuerdo de alguna tía que se atrevió a transgredir y por ello fue separada de la sociedad como en algún relato de Beatriz Guido o de Margarita Aguirre. La jaula preparada es el denominador común de las infancias, así se trate de un trapiche en el campo o del patio de una escuela de ciudad.

Con todo, las niñas podían conservar alguna libertad: la de su fantasía. Podían todavía cometer alguna travesura que se pagaba con encierro y quedaba olvidada. Pero en la juventud ya no hay más travesura posible. La juventud, dice un cuento de Rosario Castellanos, es novio para casarse o vocación para monja y mientras tanto un trabajo mediocre para sobrevivir. Cuando la mujer descubre su cuerpo queda dividida, se parte. La Jacinta de Alicia Dujovne mira sorprendida los pechos recién salidos y ríe. La Herculana de Carmen Rosenzweig mira con amargura sus alas cortadas y se marchita.

Cuando las niñas crecen el camino se comprime y sólo queda una ilusión: conocer al hombre. Y la paradoja las espera: cuando realmente aman cometen una transgresión. Conseguir al hombre es la consigna, pero para el hogar y no para la pasión. Debe cuidarse la virginidad hasta el matrimonio, perderla sólo para engendrar, y después, entregarse a la fidelidad. Y la que no lo hace queda marcada. Severina se enamora de Adrián en el cuento de

Elena Garro y paga con la vida su osadía. La Tanasia de Emma Dolujanoff también muere por culpa del amor. El amor es esperanza pero no alegría, es culpa y miedo; nunca realización ni plenitud. Elena Poniatowska está sola en su monólogo de amor. María Eugenia Paz y Miño quisiera convertir el amor en odio. La mujer de Elvira Orpheé lleva el demonio dentro por haberse atrevido a vivir intensamente la pasión y la fantasía. Su hombre la mata, y todo por amor (como le sucede a la Mariana en otro cuento de Inés Arredondo).

El matrimonio y el hogar tienen poco que ver con el amor en los cuentos de las mujeres. Son obligación, tarea cumplida, virtud y, sobre todo, destino. Hay quienes recapitulan sobre su vida y aprecian al final del camino al hombre que les dio hijos buenos, como la mujer de Dora Alonso. Hay quienes tienen la paciencia de esperar la vuelta del marido cuando sale al mundo buscando aventura, como en el relato de Nélida Piñón. Pero este estoicismo, este saber aguardar sin desesperación, que en la vida diaria es patrimonio de la mayoría de las mujeres, en la literatura es excepción. Para casi todas las narradoras el matrimonio es un desvío, un tren que pasa corriendo y al que nos subimos sin darnos cuenta, pero del que nos bajan de golpe y sin explicación, como en el relato de Armonía Sommers. El matrimonio es una carga para Rosario Castellanos, que se consagra con furia y mansedumbre a las tareas del hogar. María Luisa Bombal prefiere escapar del matrimonio por la imaginación y aferrarse a un árbol.

Para la mujer, el matrimonio y el hogar se cumplen con la maternidad. Pero si en la vida diaria los hijos pueden ser también motivo de felicidad, en la literatura sólo son angustia y dolor. Mercedes Valdivieso jura no repetir la experiencia de un parto y la madre en el relato de María Luisa Puga se suicida con su bebé. La mujer de Luisa Mercedes Levinson se exorciza con el nacimiento de sus hijos pero no puede escapar al destino trágico de sus criaturas. Para Moravia Ochoa la maternidad es sufrimiento por miseria y hambre, y el personaje de Julieta Pinto se mira en la maternidad como repetición de su propia madre. Ésta será otra obsesión dominante en la escritura femenina: la relación con la madre. Aterra la repetición del modelo y parece inevitable.

Para el hombre, la maternidad es algo imposible. En el relato de Surama Ferrer (como en alguno de Cristina Peri Rossi), es preferible la muerte del hijo que hacerse cargo de él. Para otras mujeres, la maternidad debe evitarse. María Virginia Estenssoro elige el aborto y en cambio, en María Luisa Mendoza, el dolor por la maternidad frustrada renace cada vez que mira en el espejo su vientre chueco, al que tantas operaciones no permitieron engendrar.

A fin de cuentas todas se quejan: las que tienen hijos y las que no los pueden tener. Y también las que los ven partir, como la Ramona de Carmen Lyra.

Éstos son algunos temas de las mujeres, y se resumen en unas líneas de María Luisa Bombal: "Los hombres, ellos logran poner su pasión en otras cosas, pero el destino de la mujer es remover una pena de amor en una casa ordenada ante una tapicería inconclusa."

Los relatos que componen esta antología no han sido seleccionados arbitrariamente: muestran la línea fundamental de la escritura femenina en América Latina. Son los pasos de la vida vistos en el espejo de cada quien. Pero lo que más llama la atención del conjunto es el espejo colectivo: la reiteración que se da entre ellas, ahí donde una argentina de la década de los 20 (y de sus 20 años) tiene tanto en común con una chilena de los 30, una venezolana en los 40, una costarricense en los 50, una uruguaya de los 60 y una mexicana de los 70. Y no sólo en los temas, sino en el tono de la escritura siempre directa, cerrada y contenida. Hay un común en el modo de estructuración que se debe a las mismas obsesiones. Y hay también una semejanza en los silencios que recorre tiempos y lugares: no hay tratamiento de la naturaleza, no hay creación de los grandes mitos, no se nombra y se construye, apenas empiezan las denuncias políticas. Lo social aparece como telón de fondo de una visión individual e intimista. La palabra está dada desde la visión aristocrática rural (con la sencillez de Langue y Parra o con el escenografismo de Levinson y Brunet) o desde la visión más sofisticada de la aristocracia urbana (con el culteranismo de Peri Rossi y Campos o con la elegancia de Palacios). Una palabra escrita desde lo provinciano campesino (Rosenzweig, Alonso, Lyra) o desde la provincia de la clase media (Garro, Mendoza, Dujovne). Una palabra que es lenguaje antiguo (Wiesse, Mújica, Paz y Paz) o la lengua hermética de la modernidad (Álvarez, Paz y Miño, Pereira) y hasta del vacío (Puga, Valdivieso, Seligson). Una palabra, en fin, que es sueño (Orphée, Bombal) y realidad (Bullrich, Arredondo). Es el lenguaje de la pequeña burguesía para expresarse a sí misma (Lynch, Steimberg, Dávila) o para expresar a la clase baja (Ferri, Poniatowska). Es una escritura de testimonio (Castellanos) y de confesión (Lispector), pero como sea siempre es lírica, cargada de poesía, elegancia y sencillez, hecha con ternura.

Si la literatura latinoamericana ha cambiado tanto desde el modernismo de principios del siglo hasta hoy, las mujeres parecen alejadas de sus corrientes principales. Es cierto, está el modernismo de Cecilia Meireles en Brasil, el criollismo de Marta Brunet en Chile, el realismo mágico de María Luisa Bombal, el indigenismo de Rosario Castellanos o el *nouveau roman* de Julieta Campos. Hay quienes han trabajado con grupos como Rachel de Queirós con Machado, Silvina Ocampo con Borges, o las que van en contra de la corriente hegemónica de su tiempo, como Teresa Porzecanski antionettiana. Pero lo dominante es el trabajo solitario, una escritura sin grupos ni pertenencias, sin escuelas, que toma en el aire la palabra de su tiempo pero la matiza en su interior. De ahí que los cambios formales y las innovaciones técnicas sean menores. Cambia la palabra desde la sencillez de Norah Langue hasta la elaboración de Luisa Mercedes Levinson, pero se mantiene siempre la estructuración simple, que responde perfectamente a las necesidades temáticas de las mujeres, que les es suficiente.

El valor de los escritos radica precisamente en que expresan el ámbito interior en el que se nutre todo ser humano, ese mirar al mundo desde adentro y desde atrás, para rescatar aquello que, como sostiene Jean Franco, de otro modo se perdería. Y esto que parece muy poco, no lo es. Silvina Ocampo escribe: "No es necesario agregar ni brillo ni belleza ni misterio: no hace falta."

Lo mejor de estos relatos es el placer: la pasión contenida en su escritura y la pasión que se desboca al leerlos. Más allá de cualquier análisis, la fascinación parte de los textos mismos y de lo que dejan: mueven y conmueven.

4. Una página más

Como sostiene Gabriel Zaíd, de las antologías se espera algo apocalíptico, una especie de juicio final que no es posible, ni siquiera necesario.

Los relatos que componen esta antología se han seleccionado solos, pues lo que empezó siendo puro placer de la lectura y afán de descubrimiento, terminó por imponer la selección en virtud precisamente del espejo: de las características comunes. Es la propia narrativa de las mujeres la que impuso su modo. La antología resulta demasiado breve: es obvio que no aparecen todas las que son. Muchas escritoras más deberían incluirse en estas páginas, pero a pesar de los deseos omnipotentes del crítico y del proyecto de recorrer todos los países y todo el siglo, fue necesario aceptar los límites del espacio. Sirva esto para justificar las ausencias. Las presencias, en cambio, se justifican por la subjetividad. Como todo trabajo, éste es una elección personal, que si bien pretende ser objetiva, demuestra —para ratificar a Carlos Monsiváis— que dicha pretensión es totalmente falsa. De ahí que en lugar de erigirse en gran dedo señalador sea apenas un índice seleccionador.

Pero al mismo tiempo la antología es demasiado grande: ocupa dos volúmenes. Eso se debe a que todavía no hay trabajos de este tipo en América Latina y resulta necesario iniciar la recopilación. Y así y todo, ha sido hecha desde los canales de información más tradicionales que son los del mercado editorial, a pesar de lo cual la mayor parte de los textos resultan desconocidos.

La antología fue hecha con varios objetivos: el primero, reunir y mostrar lo que escriben las mujeres y dejar abierto el camino para otros posibles hallazgos; el segundo, rescatar los textos para la historia de la literatura y sobre todo para el feminismo; el tercero, que es el principal, para el placer de la lectura. Los tres se cumplieron sobradamente. Fueron grandes los encuentros y grande el placer.

La idea de hacer este trabajo fue de Mempo Giardinelli de la editorial Folios. El entusiasmo que provocó su propuesta se estrelló contra la dificultad para conseguir los textos. Durante más de un año se acumulaban los papeles y la búsqueda se complicaba, pero al mismo tiempo empezaba la fascinación de la lectura, del encuentro con escritoras, de la discusión con compañeras.

El libro debe algunos agradecimientos. A la doctora Aurora Ocampo, investigadora del Centro de Estudios Literarios de la Universidad Nacional Autónoma de México y a la señora Guadalupe González Sánchez, jefe de la biblioteca del mismo lugar, quienes mostraron una disposición a cooperar que pocas veces se conoce en este medio. Al personal de la excelente biblioteca de El Colegio de México; a Ricardo Nudelman, el editor, por su paciencia, y por supuesto, a mi centro de trabajo, el Instituto de Investigaciones Sociales de la UNAM, cuyo jefe de publicaciones, el doctor Carlos Martínez Assad, salvó lo que pudo de la redacción final.

Pero esta antología se debe sobre todo a tres mujeres: Alaíde Foppa, quien desde hace muchos años se cuestionó la existencia o no de una literatura femenina y de la que partieron las primeras dudas. Margo Glanz, conocedora más que nadie en México de estos (y de otros) temas, y cuya biblioteca constituyó el primer acervo de material. Y sobre todo, Marta Lamas, quien no sólo prestó sus libros y consiguió muchos otros sino que leyó los originales a los que hizo importantes críticas. Sin ellas, no sólo no existiría este libro: muchas otras cosas serían más difíciles para las mujeres de América Latina.

Segunda parte: El espejo
A. Memorias

Blanca Nieves y compañía*

Teresa de la Parra

Venezuela

Blanca Nieves, la tercera de las niñitas por orden de edad y de tamaño, tenía entonces cinco años, el cutis muy trigueño, los ojos oscuros, el pelo muy negro, las piernas quemadísimas de sol, los brazos más quemados aún, y tengo que confesarlo humildemente, sin merecer en absoluto semejante nombre, Blanca Nieves era yo.

Siendo inseparables mi nombre y yo, formábamos juntos a todas horas un disparate ambulante que sólo la costumbre, con su gran tolerancia, aceptaba indulgentemente sin hacer ironías fáciles ni pedir explicaciones. Como se verá más adelante, la culpa de tan flagrante disparate la tenía Mamá, quien por temperamento de poeta despreciaba la realidad y la sometía sistemáticamente a unas leyes arbitrarias y amables que de continuo le dictaba su fantasía. Pero la realidad no se sometía nunca. De ahí que Mamá sembrara a su paso con mano pródiga profusión de errores que tenían la doble propiedad de ser irremediables y de estar llenos de gracia. "Blanca Nieves" fue un error que a mis expensas, durante mucho tiempo, hizo reír sin maldad a todo el mundo. Violeta, la hermanita que me llevaba trece meses, era otro error de orden moral mucho mayor todavía. Pero eso lo

* Teresa de la Parra, *Las memorias de mamá Blanca*, Monte Ávila, Caracas, 1981.

contaré más adelante. Básteme decir, por ahora, que en aquellos lejanos tiempos mis cinco hermanitas y yo estábamos colocadas muy ordenadamente en una suave escalerilla que subía desde los siete meses hasta los siete años, y que desde allí, firmes en nuestra escalera, reinábamos sin orgullo sobre toda la creación. Ésta se hallaba entonces encerrada dentro de los límites de nuestra hacienda Piedra Azul, y no tenía evidentemente más objeto que alojarnos en su seno y descubrir diariamente a nuestros ojos nuevas y nuevas sorpresas.

Desde el principio de los tiempos, junto a Mamá, presididas por Papá, especie de deidad ecuestre con polainas, espuelas, barba castaña y sombrero alón de jipijapa, vivíamos en Piedra Azul, cuyos fabulosos linderos ninguna de nosotras seis había traspasado nunca.

Además de Papá y de Mamá, había Evelyn, una mulata inglesa de la isla de Trinidad, quien nos bañaba, cosía nuestra ropa, nos regañaba en un español sin artículos y aparecía desde por la mañana muy arreglada con su corsé, su blusa planchada, su delantal y su cinturón de cuero. Dentro de su corsé, bajo su rebelde pelo lanudo, algo reluciente y lo más liso posible, Evelyn exhalaba a todas horas orden, simetría, don de mando, y un tímido olor a aceite de coco. Sus pasos iban siempre escoltados o precedidos por unos suaves chss, chss, chss, que proclamaban en todos lados su amor al almidón y su espíritu positivista adherido continuamente a la realidad como la ostra está adherida a la concha. Por oposición de caracteres, Mamá admiraba a Evelyn. Cuando ésta se alejaba dentro de su aura sonora, con una o con dos de nosotras cogidas de la mano, era bastante frecuente el que Mamá levantara los ojos al cielo y exclamara dulce e intensamente en tono de patética acción de gracias y cantando muchísimo las palabras, cosa que era en ella forma habitual e invariable de expresar sus pensamientos:

— ¡Evelyn es mi tranquilidad! ¡Qué sería de mí sin ella!

Según supe muchos años después, Evelyn, "mi tranquilidad", se había trasladado desde Trinidad hasta Piedra Azul, con el objeto único y exclusivo de que las niñitas aprendieran inglés. Pero nosotras ignorábamos semejante detalle, por la sencilla razón de que en aquella época, a pesar de la propia Evelyn, no teníamos aún la más ligera sospecha de que existiese el inglés, cosa que a todas luces era una complicación innecesaria. En cambio, el espíritu de justicia y de compensación cuando Evelyn decía indignada:

—Ya ensuciaste vestido limpio, terca, por sentarse en suelo.

Nosotras no le exigíamos para nada los artículos, los cuales, al fin y al cabo, tampoco eran indispensables.

Al lado de Evelyn, formando a sus órdenes una especie de estado mayor, había tres cuidadoras que la asistían en lo de bañarnos, vestirnos y acostarnos y se reemplazaban tan a menudo en la casa que hoy sólo conservo mezclados vaguísimos recuerdos de aquellos rostros negros y de aquellos nombres tan famiiliares como inusitados: Hermenegilda... Eufemia... Pastora... Armanda... Independientes del estado mayor había las dos sirvientas de adentro: Altagracia, que servía la mesa, y Jesusita, que tendía las camas y "le andaba en la cabeza" a Mamá durante horas enteras, mientras ella, con su lindo ondulado pelo suelto, se balanceaba imperceptiblemente en la hamaca.

En la cocina, con medio saco prendido en la cintura a guisa de delantal y un latón oxidado en la mano a guisa de soplador, siempre de mal humor, había Candelaria, de quien Papá decía frecuentemente saboreando una hallaca o una taza de café negro: "De aquí se puede ir todo el mundo menos Candelaria". Razón por la cual los años pasaban, los acontecimientos se sucedían y Candelaria continuaba impertérrita con su saco y su latón, transportando de la piedra de moler al colador del café, entre violencias y cacerolas, aquella alma suya eternamente furibunda.

Por fin, más allá de la casa y de la cocina, había el mayordomo, los medianeros, los peones, el trapiche, las vacas, los becerritos, los mangos, el río, las mariposas, los horribles sapos, las espantosas culebras semilegendarias y muchas cosas más que sería largo enumerar aquí.

Como he dicho ya, nosotras seis ocupábamos en escalera y sin discusión ninguna el centro de ese Cosmos. Sabíamos muy bien que empezando por Papá y Mamá hasta llegar a las culebras, después de haber pasado por Evelyn y Candelaria, todos, absolutamente todos, eran a nuestro lado seres y cosas secundarias creadas únicamente para servirnos. Lo sabíamos las seis con entera certeza, y lo sabíamos con magnanimidad, sin envanecimiento ninguno. Esto provenía quizá de que nuestros conocimientos, siendo muy claros y muy arraigados, estaban limitados a nuestros sentidos, sin que jamás se aventuraran a traspasar por soberbia o ambición las fronteras de lo indispensable. ¡Tan cierto es que los conocimientos vanos crean los deseos vanos y crean las almas vanas! Nosotras al igual que los animales, carecíamos amablemente de unos y de otros.

Nuestra situación social en aquellos tiempos primitivos era, pues, muy semejante a la de Adán y Eva cuando, señores absolutos del mundo, salieron inocentes y desnudos de entre las manos de Dios. Sólo que nosotras seis teníamos varias ventajas sobre ellos dos. Una de esas ventajas consistía en tener a Mamá, que, dicho sea imparcialmente, con sus veinticuatro años, sus seis niñitas y sus batas llenas de volantes era un encanto. Otra ventaja no menos agradable era la de desobedecer impunemente comiéndonos a escondidas, mientras Evelyn almorzaba, el mayor número posible de guayabas sin que Dios nos arrojara del Paraíso cubriéndonos de castigos y maldiciones. El pobre Papá, sin merecerlo ni sospecharlo, asumía a nuestros ojos el papel ingratísimo de Dios. Nunca nos reprendía; sin embargo, por instinto religioso, rendíamos a su autoridad suprema el tributo de un terror misterioso impregnado de misticismo.

Por ejemplo: si Papá estaba encerrado en su escritorio, nosotras las cinco, que sabíamos andar ignorando este detalle, nos sentábamos en el pretil contiguo a aquel sancta-sanctórum y allí en hilera levantando a una vez todas las piernas, gritábamos en coro: "Rique-rique-rique-rán, los maderos de San Juan. . .". Una voz poderosa y bien timbrada, la voz de Papá, surgía inesperadamente de entre los arcanos del escritorio:

— ¡Que callen esas niñas! ¡Que las pongan a jugar en otra parte!

Enmudecidas como por ensalmo, nos quedábamos inmóviles durante unos segundos, con los ojos espantados y una mano extendida en la boca hasta salir por fin, todas juntas, en carrera desenfrenada hacia el extremo opuesto del corredor, como ratones que hubiesen oído el maullido de un gato.

Por el contrario; otras veces nos subíamos en el columpio que atado a un árbol de pomarosas tendía sus cuatro cables frente a aquel ameno rincón del corredor donde entre palmas y columnas se reunían la hamaca, el mecedor y el costurero de

Mamá. De pie, todas juntas en nuestro columpio, agarrándonos unas de otras, nos mecíamos lo más fuertemente posible, saludando al mismo tiempo la hazaña con voces y gritos de miedo. Al punto, esponjadísima dentro de su bata blanca cuajada de volantes y encajitos, asistida por Jesusita, con el pelo derramándose en cascadas y con la última novela de Dumas padre en la mano, del seno de la hamaca surgía Mamá:

— ¡Niñitas, por amor de Dios: no sean tan desobedientes! ¡Bájense dos o tres por lo menos de ese trapecio! Miren que no puede con tantas y que se van a caer las más chiquitas. ¡Bájense, por Dios; háganme el favor, bájense ya! ¡No me molesten más! ¡No me mortifiquen!

Nosotras arrulladas por tan suaves cadencias y prolongados calderones, tal cual si fueran las notas de un cantar de cuna, seguíamos marcando a su compás nuestro vaivén: Arriba..., abajo..., arriba..., abajo..., y encantadas desde las cumbres de nuestro columpio y de nuestra desobediencia enviábamos a Mamá durante un rato besos y sonrisas de amor, hasta que al fin, atraída por los gritos, llegaba Evelyn y: chss, chss, chss, se acercaba al columpio, lo detenía y así como se arrancan las uvas de un racimo maduro nos arrancaba una a una de sus cuerdas y nos ponía en el suelo.

Cuando Mamá se iba a Caracas en una calesa de dos caballos, acontecimiento desgarrador que ocurría cada quince o dieciséis meses, para regresar al cabo de tres semanas de ausencia, tan delgada como se había ido antes y con una niñita nueva en la calesa de vuelta, tal cual si en realidad la hubiera comprado al pasar por una tienda; cuando Mamá se iba, digo, durante aquel tristísimo interregno de tres y hasta más semanas, la vida, bajo la dictadura militar de Evelyn, era una cosa desabridísima, sin amenidad ninguna, toda llena de huecos negros y lóbregos como sepulcros.

Pero cuando en las mañanas, a eso de las nueve, llegaba el muchacho de la caballeriza, conduciendo a Caramelo, el caballo de Papá, y éste, a lo lejos, sentado en una silla con una pierna cruzada sobre la otra se calzaba las espuelas, nosotras nos participábamos alegremente la noticia:

— ¡Ya se va! ¡Ya se va! Ya podemos hacer riqui-riqui en el pretil.

Decididamente entre Papá y nosotras existía latente una mala inteligencia que se prolongaba por tiempo indefinido. En realidad no solíamos desobedecerle sino una sola vez en la vida. Pero aquella sola vez bastaba para desunirnos sin escenas ni violencias durante muchos años. La gran desobediencia tenía lugar el día de nuestro nacimiento. Desde antes de casarse, Papá había declarado solemnemente:

—Quiero tener un hijo varón y quiero que se llame como yo, Juan Manuel.

Pero en lugar de Juan Manuel, destilando poesía, habían llegado en hilera las más dulces manifestaciones de la naturaleza: "Aurora"; "Violeta"; "Blanca Nieves"; "Estrella"; "Rosalinda"; "Aura Flor"; y como Papá no era poeta, ni tenía mal carácter, aguantaba aquella inundación florida, con una conformidad tan magnánima y con una generosidad tan humillada, que desde el primer momento nos hería con ellas en lo más vivo de nuestro amor propio y era irremisible: el desacuerdo quedaba establecido para siempre.

—Sí, mi señor don Juan Manuel, tu perdón silencioso era una gran ofensa, y, para llegar a un acuerdo entre tus seis niñitas y tú, hubiera sido mil veces mejor el que de tiempo en tiempo les manifestaras tu descontento con palabras y con actitudes violentas. Aquella resignación tuya era como un árbol inmenso que hubieras derrumbado por sobre los senderos de nuestro corazón. Por eso no te quejes si, mientras te alejabas bajo el sol, hasta perderte allá entre las verdes lontananzas del corte de caña, tu silueta lejana, caracoleando en Caramelo, coronada por el sombrero alón de jipijapa, vista desde el pretil, no venía a ser más sensible a nuestras almas que la de aquel Bolívar militar, quien a caballo también, caracoleando como tú sobre la puerta cerrada de tu escritorio, desde el centro de su marco de caoba y bajo el brillo de su espada desnuda, dirigía con arrogancia todo el día en la batalla gloriosa de Carabobo.

Cuadernos de infancia[*]

Norah Lange

Argentina

Tres ventanas dan sobre mi niñez. La primera corresponde al escritorio de mi padre. Las pocas veces que entramos en ese cuarto, nos sentimos algo cohibidas frente a los muebles severos, de cuero frío y resbaladizo, y las paredes cubiertas de planos y mapas de distintos países. Presentíamos que allí sólo se llegaba para conversar de cosas serias o cuando era necesario despedir a algún peón, a algún sirviente. De su mesa de trabajo sólo recuerdo el enorme globo terráqueo que, a veces, mi padre hacía girar ante nosotras para que descubriésemos, de inmediato, a Noruega e Irlanda. En un armario se amontonaban flechas, arcos, pipas y collares que los indios le habían regalado en sus diversas expediciones y que nos permitía curiosear de vez en cuando.

Al irnos a dormir divisábamos, desde nuestras puertas, una raya de luz, poco confortable, poco llamativa, en el umbral de la suya. Era la hora en que mi padre escribía, y sólo la madre, con su dulzura permanente, solía entrar para conversar con él.

Cuando su ventana se ilumina, de pronto, y se queda inmóvil en algún recuerdo, me parece que tiene la tristeza de esos encabezamientos de cartas, interrumpidas no se sabe por qué motivo, y que uno encuentra, mucho tiempo después, en el fondo de algún cajón.

* Norah Lange, *Cuadernos de infancia*, Buenos Aires, Losada, 1969.

La ventana de la madre era más acogedora. Pertenecía a un cuarto de costura. En las casas donde hay muchos chicos, los cuartos de costura siempre son los más dulces, los más buscados. Ante los costureros desbordantes de cintas y puntillas, contemplábamos, con frecuencia, ropita que no era de nuestro tamaño. Nunca pensamos que alguien podría llegar, de repente, después de nosotros. La madre pasaba largas horas en el cuarto de costura, tejiendo o bordando cosas minúsculas. En ese cuarto parecía más accesible, más dispuesta a que se le contara todo, de tal modo que al llegar, las menores, a los trece o catorce años, comprendimos que hubiera sido más fácil decirle, allí, el miedo, la vergüenza, la fealdad, la tristeza de esa edad incómoda. Las tres mayores lo alcanzaron. Susana y yo no tuvimos esa ternura: una ventana tan escondida, una luz tan adecuada para disimular el rubor, las ganas de llorar y el encono, la sensación de sentirse separado de los otros por una enfermedad contagiosa. Su ventana mantuvo siempre la luz que conviene a los niños. No he visto otra, después. Los niños llegan a cuartos donde no se les espera, cuartos no construidos para ellos; se les confecciona la ropita en patios desnudos, en dormitorios habituados a otras presencias, a otras ternuras, a otros recuerdos, o a la hora del té, mientras se conversa con las visitas, en ratos de ocio que distraen cualquier fervor. He visto tantas mujeres que no cambian el tono de su voz, que continúan ejecutando los mismos gestos, permitiendo bromas sobre su aspecto o procurando disimularlo, mirando la vida sin mayor o menor desgano, como si lo que llevaran dentro no les bastara para comprender que viven el enorme regocijo de tener un niño; como si un niño que ha de nacer entrara en el plan de cada día y no hubiera que apartar todos los días y todas las noches que dura esa espera, para poder hablar de ella, más tarde, con un gesto separado del que se emplea al comentar los demás acontecimientos.

Mi madre era diferente. Mi madre no tejía los escarpines ni los mantillones en los ratos de ocio. El ocio lo constituían las otras cosas. Vivía la responsabilidad de lo que esperaba y lo esperaba todo el día, toda la noche. Al entrar en ese cuarto, impregnado de ternura, era como si cambiase de aire, de gestos. Todas las veces que yo la vi aislarse en esa pieza, para coser cosas tan chiquititas, tenía esa mirada un poco agrandada y triste, de tanto mirar hacia adentro, como la que he visto, después, en los que han estado mirando el mar. Cuando jugábamos en el jardín, su lámpara, un poco soñolienta en invierno, nos aseguraba su presencia. Ignorábamos que de un día para otro habría otro nombre en la casa, otra boca que besar antes de acostarse.

La tercera ventana era la de Irene. Yo siempre tuve por ella un poco de admiración y un poco de miedo. Me llevaba seis años. A veces le permitían que se sentara a la mesa, en el comedor grande, cuando las visitas eran de confianza. Mis hermanas mayores hablaban de ella, en voz baja. Le habían sorprendido secretos y, al comentarlos con un tono regocijado y misterioso, se hallaban muy lejos de creer que pronto les llegaría el turno también a ellas. Susana y yo, las menores, no éramos suficientemente perspicaces para adivinar el motivo de esos largos cuchicheos. Una tarde las oí hablando de pechos. Cuando lo pienso, comprendo el miedo que habrá sentido, solita, la primera, al ver que su cuerpo se curvaba, que la caja torácica perdía su rigidez, que los senos comenzaban a doler y a moverse imperceptiblemente.

De su ventana, siempre esperábamos las más grandes sorpresas. Irene nos hablaba de raptos, de fugas, de que alguna mañana se iría con su bultito de ropa, como Oliver Twist, porque en casa no la querían, o porque alguien la aguardaba afuera. Quizá por eso su ventana siempre me pareció misteriosa.

Una noche, cuando todas nos hallábamos acostadas, Irene vino hasta mi cama, para despedirse. Envuelto en una manta, traía un atadito de ropa al brazo. Me habló con voz compungida y me anunció que se marchaba porque nosotros la tratábamos mal y era muy desdichada.

Yo pensé en seguida en la ventana. Pensé que había llegado el momento. Me levanté y la seguí, llorando. Mucho rato después, los labios de Marta, arrepentidos, me dejaron entrever que era una farsa.

Entonces su ventana desapareció, despacito, hasta parecerse a las otras.

Infancia *

Esther Seligson

México

Me dijiste una vez que habías nacido en un pueblo junto al mar, no precisamente a orillas de la playa, sino que estaba situado un poco más adentro, enclavado en las rocas grises, entre altos peñascos y vertiginosos acantilados. Era un pueblo seco con casas húmedas a través de cuyos muros entraba siempre el aire, seco porque era color de barro duro, húmedas porque el moho sudaba la sal contra las paredes, y dentro, las gentes tenían un poco ese tinte cenizo, ese aspecto agrietado por el cansancio del continuo embate de las olas. Casi nunca salías de tu casa-concha tercamente impenetrable. Ahí, todo el año sopla el viento, nunca se cansa de golpear los guijarros de las calles empinadas, los sombreros de ala ancha, los vestidos y los árboles. Muy pocas veces llueve, y si no fuera por ese olor salobre, por esa sensación de náufrago que se resiente en las noches al contemplar el cielo, por el sonido intermitente y ronco del oleaje, uno se creería suspendido en plena sierra temblorosa, en un valle huracanado, o simplemente enterrado en el desierto-torbellino. Yo sé que tú tenías miedo, que espiabas cada gesto, cada paso, cada ir y venir del viento, sé que nunca dejaste de oírlo amenazador, siempre a

* Esther Seligson, *Tras la ventana un árbol*, en: Aurora Ocampo, *Cuentistas mexicanas siglo XX*, México, UNAM, 1976.

punto de derribar la casa y llevarte lejos, lejos donde nadie pudiera escuchar tus gritos. Sé también que te asustaba el mar, que te embrujaba su ininterrumpido eco, que a veces ansiabas sumergirte en él, vaciarte en su espuma y destrozarte, sin morir, contra los acantilados.

Al amanecer, el mar apenas es un murmullo que opacan las gaviotas, los gritos infantiles y el ajetreo del mercado; al mediodía, el aceite empapado de mariscos, el vino, el sopor de la digestión y la siesta, lo aplazan hasta el atardecer cuando la partida de ajedrez, o un enamorado solitario, lo incorpora a sus meditaciones. En esos momentos era para ti un amigo, entonces te aventurabas fuera de la casa y, cuesta arriba, llegabas hasta la baranda que, a orillas del acantilado, servía para detener la sensación de vértigo y poder admirar, y sin riesgos, el paisaje. Ahí casi olvidabas el viento, aunque sólo el tiempo suficiente para recoger en tu mirada el último destello, pues, tan pronto desaparecía el sol, tú corrías y corrías hasta esconder la cabeza en el regazo de tu madre que nada te decía ni nada te preguntaba. En el verano, cuesta abajo, por la calle principal, recorrías el camino-caracol que descendía envolviendo al pueblo hasta la playa, una herradura trunca que tenía un poco de arena blanca y muchas guijas redondas y lisas, pero tampoco ahí permanecías largo rato, antes de que los niños bajaran a bañarse, tú ya habías recogido las piedras negras más perfectas y si, al regresar, ellos te pedían que los acompañaras de nuevo, pretextabas que el sol reventaba tu cabeza y rápidamente entrabas en la casa.

Así es como yo te imagino, en la mirada de los otros niños, delgaducho y pálido, enfermizo, con la ropa demasiado ajustada, con los ojos muy abiertos y no mirando a nadie, con el pelo revuelto y las rodillas sucias; entonces no pensabas en la posibilidad de llegar a ser grande, tal vez ni siquiera en huir del viento y del mar; sólo tenías miedo, sólo escuchabas, sólo mirabas y sentías, silencioso.

¿Cómo podría reconstruirte de otra manera si todo lo que sé de ti nunca me lo has dicho así, sino como fragmentos de una historia ajena? Soñabas, lo sé, viajes aéreos a través de montañas, de bosques y caseríos perdidos en una época sin memoria, soñabas pero no inventabas nada, todo estaba ahí, todo era tal y como tú lo creías, tal y como lo sigues queriendo.

Recuerdas tu infancia como un día nublado y cenizo, como un enorme cajón lleno de juguetes hermosos que no te decides a sacar del fondo y que llevas contigo de un lado a otro, pesado, agobiante, indescifrable. Pero a veces algo emerge concretamente, o una voz que te habla y que sabe que tienes miedo de atravesar el bosque, porque, antes de llegar a donde tus hermanos trabajan cortando leña, el viento azotará los árboles hasta desgajarte los oídos; o una imagen que te devuelve, hacia finales del invierno, el impacto de esa capa delgada de hielo que tu cuerpo, enfermizo y frágil, rompe en las mañanas a orillas del río y después, ya en casa, el pedazo de pan sin levadura que ha salido del sótano, de las provisiones invernales cuidadosamente preparadas por tu madre durante todo el año, mermeladas, conservas, encurtidos, cecina, el olor de esa sopa espesa y humeante capaz de derretir la nieve, la mirada del padre, desde la cabecera de la mesa, recorriéndote con solemne y distante autoridad. El único retrato que conservaste los muestra a los dos, a tu padre y a tu madre, vestidos de negro, el rostro sereno y esbelto, él con una corta barba cuadrada y un gorrito sobre el cráneo casi liso, ella con el pelo negro cubriéndole las orejas y firmemente recogido en un nudo tras la nuca, ambos tienen los ojos lejanos, tristes.

En el verano, tenías una sola camisa estrecha y un pantalón ajustado; montado al pelo sobre un caballo flaco, desafiabas el viento hasta caer de bruces sobre la tierra caliente, y así, tendido e inerte, esperabas que el aire te levantara, o que el bosque entero se abatiera sobre ti. Así es como yo te veo, solitario, vagabundo, escuchando los ruidos del campo mientras tus ojos recorrían las páginas de una biblia amarillenta en aquel cuartito de escuela húmedo y oscuro; y de pronto, no sé en qué momento preciso, pues lo que tú me has platicado es demasiado vago, dices las cosas como si no se tratara de ti, como si contaras una historia ajena, de pronto, dejaste tu casa, tu bosque y tu país y te embarcaste para venir a América.

Él también se embarcó un día y, como tú, dejó su infancia, su mar y su miedo, su viento, y partió entre estallidos de granadas y fusiles.

Eso es lo que sé de él y eso es lo que sé de ti; y a veces, pienso que si, en vez de ser tu hija, hubiera sido tu hijo, me habrías

66

confiado muchas otras cosas, tus sueños, tus deseos, tus temores, y no sé por qué él me hizo pensar en ti, ni por qué me fue imposible escribir dos historias separadas. . .

Alas mojadas [*]

Syria Poletti

Argentina

Porque tal vez no se es de ningún país más
que del país de la infancia.

Rilke

Esta historia es solamente mía y de ella. Y quizá también de Marietta, su antigua criada, la que se apostaba con hornalla de asar castañas en la bocacalle de la *Contrada dell'Oca*.
Sucedió en ese invierno en que ellos, los hijos, los hijos con estudio, los hijos ricos, los yernos y las nueras cultas pretendieron separarnos. Todavía me oprime ese tiempo de amenazas cuando todos, "para nuestro bien", querían encerrarnos: a mí en un orfelinato y a ella en el hospicio de ancianos anexo al manicomio. Dos instituciones oficiales que eran una garantía de solidez y de organización; dos instituciones modernas. Para conjurar esta última catástrofe, abuela solía decir:

—La niña precisa que la entiendan. Debe quedarse conmigo. La niña necesita amor. Necesita libertad. . .

— ¡Qué tantas historias! —rebatían hijos, nueras y yernos, siempre enemigos entre sí y que sólo se unían para complotar contra nosotras—. ¡Historias! La muchacha no tiene padres que la mantengan. ¿Por qué tenemos que hacernos cargo nosotros? Debe aprender a vivir.

—Aprender a vivir. . . —reflexionaba ella, perpleja.

—Sí —insistían ellos—. Tú no tienes con qué mantenerla.

* Syria Poletti, en : *Así escriben las mujeres*, Buenos Aires, Orión, 1975.

Todo sale de nuestros bolsillos. ¡Y la muchacha come una barbaridad!

Así aprendí a controlar los bocados que ingeríamos. Los de ella se hacían cada vez más escasos en el disimulado empeño de multiplicar los míos. Y remendaba ropa ajena, con esas manos suyas, tan delgadas y temblorosas. Trabajar, vender, hacer cualquier cosa con tal de no separarnos, de no vivir encerradas. Ya no podríamos residir en la antigua casona con pérgolas que se levantaba a orillas del río. Y en los días de lluvia ya no podríamos vagar por los atajos del campo. Ya no podríamos contemplar las tormentas desde la ventana que daba a los cerros; ir a misa con el alba; ir a lavar al arroyo; poner los canarios en las ventanas; cultivar plantas raras; o ir a ver el paso del tren de medianoche...

Nada de todo eso. Nos encerrarían. Tendríamos que obedecer las órdenes impartidas por Hermanas rígidas y rezonas o por timbres y campanillas. Tendríamos que compartir esos dormitorios largos, húmedos y blanqueados, parecidos a salas de hospitales. Yo, con chicas torpes, sumisas y ladinas; y ella con viejas atontadas, inválidas... Viejas grotescas, como esa loquita que vagaba por los patios con un moño almidonado en la cabeza, los cachetes pegoteados de carmín y la escupidera en la mano...

Surgió así, de repente, una tarde en que caminaba por la *Contrada dell'Oca*. Al pasar frente al hospicio de los ancianos, me detuve. Me apoyé contra la red metálica y me puse a observar a las viejas alojadas allí.

Las viejas vagaban, oscilantes, agachadas, sin rumbo, como los gusanos de seda próximos al letargo. Parecían castigadas por los años vividos y por el mal de todos los siglos. Un castigo desolador y gratuito.

Traté de imaginarla también a ella, allí, ella, tan inquieta y andariega; ella, con esos ojos avizores y como traslúcidos... Ella, allí... No podía ser. Me di vuelta y tomé por otro camino.

Me dirigí a la plaza y me detuve ante la casa del viejo párroco. Toqué el timbre con energía.

—¿Qué quieres? —preguntó el viejo cura desde el umbral. Y estornudó, no sé si por la sorpresa o por un golpe de viento.

Yo clavé los ojos en sus medias color violeta y solté:

69

—Vengo para pedirle que haga esas gestiones de las que tanto hablan mis tíos. Quiero entrar en el asilo ese que llaman "instituto". Abuela ya no tiene con qué mantenerme. Y las tías dicen que alimentar dos bocas que no producen es mucho sacrificio para ellas. Y creen que en el asilo aprenderé cosas útiles.

—¡Muy bien! ¡Por fin empezamos a razonar! —exclamó el cura paternalmente—. ¡Me complazco! ¡Me complazco! Quiere decir que dejarás de vagabundear por las calles. Entrarás en un instituto regido por unas Hermanas excelentes. Allí aprenderás a ganarte el pan.

—Abuela dice que en los asilos no se aprende a ganarse el pan.

—Tu abuela no sabe lo que dice. Está muy vieja, la pobre.

—Tiene menos años que usted.

—¡Pero la pobrecita nunca pensó con cordura! Y si sigues al lado de ella, malcriándote, corres el riesgo de perderte, al igual que tu madre.

—También mi madre se educó en un colegio de monjas, mejor dicho, un colegio de señoritas, y cuando empezó a . . . perderse, abuela no era vieja.

—¿Ves lo que dices? ¡Tus tíos tienen razón! Eres insolente. Necesitas de una correccional. Haré la carta en seguida.

También el párroco dijo lo que decían todos: una correccional. Un correctivo. Por eso yo sé que pensar y decir sencillamente lo que uno piensa, o rebatir la estupidez con la lógica, es algo que siempre suscita la idea de una correccional.

Estábamos comiendo pan con higos cuando oímos la raspada producida en la calle por el automóvil del yerno. Parecía detenerse con rabia frente a nuestra casa, la que nos resistíamos a desalojar. El relojero, nuevo dueño de la joyería, entró:

— Señora —le espetó en la cara a la abuela. Eso de "señora" era un agravio, cobarde e intencionado, ya que no se sabía si con eso evitaba llamarla "mamá" o si quería reprocharle el hecho de que ella hubiese nacido señora, rica y noble y que ahora fuese tan pobre—. Señora —repitió— el problema de su nieta está resuelto.

—Guillermo —reflexionó ella—, sólo Dios resuelve los problemas de las criaturas humanas. Y a veces bastante mal para nuestro modo de ver. . . ¿Quieres comer un higo? Estos blancos son jugosísimos.

—El lunes, su nieta sale de viaje. Se interna en el instituto de...

— ¡De ningún modo, Guillermo! La niña jamás se apartará de mi lado. Esta casa es mía y en consecuencia es suya. Aquí nació su madre, al igual que Josefa, su mujer.

—¿Cuándo entenderá usted que la hipoteca de la casa la levanté yo?

—Guillermo, ¡no seas tonto! Yo nunca entenderé de hipotecas. Por eso caí en ellas y la joyería acabó en manos de ustedes. Pero esta casa es mía porque aquí nacieron mis hijos. Si mis hijos no pueden sostenerla, ni mantenerla, me da lo mismo: me las ingeniaré. Pero en cuanto a desalojarnos... ¡tendrá que hacerlo Mussolini! —rió de pronto—. ¡Razón de más para hablar mal de él!

— ¡Hable despacio! ¡Que no la oigan! —rogó el yerno.

—Te digo que mientras yo viva, la niña no entrará en un asilo. Si dos bocas son muchas, yo les quitaré la mía. Pero a ella ustedes no la van a alejar de mí. No la van a estropear.

— ¡Es usted quien la estropea! ¡Ella necesita entrar en un colegio cuanto antes! Necesita más eso que pan. ¿O quiere que salga a su madre?

—Guillermo: ¿No te quedarás afónico? Tienes una voz de falsete lamentable...

A la mañana siguiente me levanté temprano. Ella no estaba. Había abandonado el dormitorio. Sobre la cómoda, junto a unas nueces, un papel decía: "Mi criatura, he ido a entregar ropa. Riega las plantas y ten buena voluntad con tus tíos."

Ella nunca consentiría en separarse de mí. Entonces ellos, los hijos amos, venderían la casona y se darían maña para internarla en un hospicio de ancianos.

Yo no debía perder tiempo.

Me vestí rápidamente. Ahí estaba la carta del Párroco para la Superiora del Instituto. Y sin despedirme de nadie, tomé el tren. Lo hice todo en silencio y con insólita mesura, como una persona de luto.

Dos horas después llegué a la ciudad de provincia y me presenté en el orfelinato, piadosamente llamado "Instituto". Las Hermanas se extrañaron con mi llegada. Leyeron la carta y me pusieron el largo uniforme gris y las medias negras. En los días sucesivos también se asombraron de mi pasividad y aplicación. No era la chica impertinente y turbulenta que habían temido, sino una muchachita aislada y abstraída que se ocultaba para leer o de pronto se sumergía en algún trabajo o estallaba en juegos impulsivos. Pronto comencé a barruntar que en el asilo nunca aprendería a ganarme el pan.

Y adiviné también que los libros que me apasionaban no me enseñarían a obrar con la astucia de mis compañeras, sino que, por el contrario, me convertirían en un ser indefenso, parecido a la abuela.

Y ya se acercaba Navidad.

Y para Navidad llegó, inesperadamente, la carta de tía Josefa. Decía: "Es mejor que no vengas a pasar la Navidad aquí. Hemos tenido que vender la vieja casa y tú no tendrías dónde alojarte. Abuela quiso entrar en el Hospicio. Allí la atienden muy bien. Tiene médico gratis, diariamente. Yo le mando café dos veces por semana. Si tú te empeñas en venir aquí, ella querrá salir del asilo. Y luego le resultaría muy duro volver. Y tú sabes que nosotros no podemos hacernos cargo de las dos. Tú ya tienes edad para comprender que no tienes padres y debes pensar en el porvenir. Por otra parte, en el Instituto lo pasarás bien. Seguramente, las Hermanas harán una fiesta muy linda. Piensa que éstos son los años más felices de tu vida. Años llenos de ilusión, sin preocupaciones. Yo te enviaré un regalo: *La vida de San Luis Gonzaga*. Reza por mí y por tus primos que se fueron a esquiar a Cortina. Reza a la Virgen para que los proteja de todo peligro. Te besa de todo corazón, tía Josefa."

Así, de repente, en vísperas de Navidad, me enteré de que me habían engañado. Mi sacrificio había sido inútil. Ella estaba en ese hospicio de ancianos pegado al manicomio. ¿Desde cuándo? Tal vez desde el otoño... Por eso sus últimas cartas me habían extrañado. Eran tan cuerdas y tan llenas de recomendaciones que deprimían. Y por eso Marietta, en su pobre carta, me había garabateado: "Muchacha, tú y tu abuela no deben olvidar que si llueve o hay tormenta, debajo de mi techo cabemos las tres."

Entonces, había ocurrido: ella estaba en el hospicio, en ese hospicio para viejos y enfermos crónicos, los que compartían los escuálidos corredores con los locos del manicomio. . .

Entonces ella, la señora de verdad, mi viejecita-duende, vagaría por esos patios, por esos caminos simétricos, erizados de carteles en lugar de plantas, entre viejecitas enclenques, inválidas, maniáticas, accionadas todas por timbres y campanillas, como títeres maltrechos. . . Entonces, ya no podría evocar junto a Marietta los buenos tiempos y el inexplicable pasado. . . ¿Y qué sería de la casona en la que naciera mi madre, la que al casarse contra toda oposición y seguir a su hombre, había provocado tantos desbarajustes? Pero, ¿era posible que ella, ella pudiese vivir encerrada y que hubiese terminado en eso por ampararme a mí?

Eso estaba por verse.

Era el atardecer.

Urgían los preparativos para la celebración nocturna. Nochebuena era la mejor fiesta del "Instituto", la única vez en la que las huérfanas de padres, madres, familias y apellidos podíamos estar levantadas hasta la medianoche para asistir a la misa del gallo. Ya habíamos decorado la capilla y el altar en cuyo centro, al dar las doce campanadas, surgiría el Niño Dios radiante de luz. Y en la antesala de la capilla habíamos construido el gran retablo donde yo debía aparecer en forma de ángel.

Después de misa nos servirían pan dulce y chocolate. Ingresaríamos en hilera al comedor, en ese salón angosto y desnudo, con los largos mesones cubiertos por hules malolientes, allí, donde ahora se levantaba el árbol de Navidad. Entre los envoltorios que colgaban de las ramas, figuraba también el regalo para mí: el libro enviado por tía Josefa, *La vida de San Luis Gonzaga*. La dedicatoria, escrita por la nueva dueña de la joyería, rezaba: "A mi querida sobrina para que imite la pureza y la obediencia de San Luis." Sonreí al recordar lo que un día se le había ocurrido decir a la abuela: "¿Pureza y obediencia? He aquí dos virtudes difíciles de imitar. Nacen de uno mismo o no nacen."

Pero ahí estaba yo, hecha un ángel, con diadema fulgurante

y un vaporoso par de alas. Eran alas de gasa extendidas sobre un armazón de alambre, adornadas con escamas de papel *crêpé* y tachonadas de lentejuelas. Acababa de coserlas a la larga túnica celeste que luciría por la noche. Representaríamos el Nacimiento. Yo debía ser el ángel que con el pelo suelto, ceñido por luminosa aureola y empuñando una trompeta de plata, descendería de un cielo de cartón pintado para decir: "Gloria a Dios en las alturas y paz en la tierra a los hombres de buena voluntad." Luego debía anunciar la llegada del Salvador. Con mi aparición, comenzarían los cánticos y se iluminaría el Belén.

Ya había ensayado varias veces el descenso por una escalerilla oculta entre nubes de arpillera y cartón prensado. Me faltaba gracia etérea, porque de pronto tropezaba con la Luna, que era un foco redondo metido entre gasas negras; o hacía caer una estrella; o se me ladeaba la diadema que llevaba sujeta una lamparita. Pero recitaba mi papel en un buen latín y sabía permanecer impertérrita en lo alto de todo ese armatoste, con los ojos de aparición, como decía Sor Gabriela. Pero, quizás, el brillo de mis ojos no era tan angelical: me arrebataba la sangre un oscuro afán de romper con algo; una violenta necesidad de andar, de gritar, de estar en la calle. Y me asomaba a cualquier ventana. El encierro me acogotaba.

—¿Dónde estás, ángel denunciante? ¿Dónde te metiste? —repetía a cada rato la Hermana costurera al no verme pegada a sus faldas.

—Aquí estoy, ajustándome las alas. . .

—Ven a probarte las sandalias. . . Las hice con tiritas doradas, como el cinturón.

Me acerqué a la Hermana. Ella adhirió unas estrellitas al cinturón y me hizo calzar las sandalias.

—Hay que ajustarlas —observó—. Espera aquí. No vuelvas a asomarte a la ventana. Hace frío.

Ella volvió a coser en la máquina. Yo me arrimé a un ventanuco redondo. Lo abrí despacio. Me miré en los vidrios. Vi borrosamente mi figura de ángel con el pelo caído sobre los hombros y sujeto en la frente por la diadema que ocultaba una pila.

Y sentí que también yo en mis adentros ocultaba una pila. Sentí que había en mí otro ser con tal carga de tensión, que me galvanizaba.

Cerré lentamente la ventana. Al rato, vi flotar en el aire opaco algo blanco, algodonoso... Y mi memoria me hizo vibrar, como por una descarga.

—La nieve... —me dije, mirando y viendo más allá de los vidrios. Y fue como si, de repente, penetrase en otro universo. O como si ante mis ojos comenzase a girar un caleidoscopio fascinante.

Me vi envuelta en chales y bufandas, camino de la iglesia, tomada de la mano de la abuela y de Marietta; me vi soplar las brasas en la gran hornalla de asar castañas de Marietta; me vi correr bajo la lluvia juntando las manzanas arrojadas al suelo por la tormenta; me vi vagar por caminos arbolados recogiendo zarzas... Abuela me contaba las historias de la ciudad, las leyendas increíbles del tiempo de los romanos, de los bárbaros, de los castillos feudales. Y de Venecia. Y de las luchas contra los alemanes... La vi escrutando el cielo lacerado por relámpagos como si tratara de descifrar vaticinios... Y oí otra vez las palabras que me habían azotado los oídos: "No tenemos por qué mantener a la muchacha... Pongámosla en un asilo. Las monjas la van a encauzar y le enseñarán un oficio...". Eso decía tía Josefa. Pero tía Erica, la nuera, la profesora, rebatía implacable: "La muchacha puede servir para los trabajos de la casa... Me parece más atinado colocar en una institución benéfica a la vieja. ¡Es tan poco cuerda!"

Miré con fijeza a través de la opacidad que oscilaba ante mis ojos y cambió la imagen en el caleidoscopio. Ahora era ella, ella, alta y frágil, con unos años menos, con la ropa austera de cuando era la señora, de cuando iba al hospicio de ancianos para repartir café, naranjas y cigarrillos entre los internados... Su figura se fue destacando nítidamente. Ahora ella salía del hospicio, de pronto envejecida y encapuchada, e iba caminando cautelosa por la *Contrada dell'Oca*, bajo una intensa nevisca:

—Te espero antes de medianoche.

75

Esa era su voz: "Te espero antes de medianoche."

¿Y no era acaso su voz esa lejana trompeta que se podía oír desde cualquier sitio y en cualquier instante? ¿No la había oído también cuando ensayaba mi aparición desde lo alto de la escalerilla y Sor Gabriela tocaba el violín?

Ella me llamaba a través de la nieve.

Abarqué con la mirada el patio cuadrado, ese patio de altos muros, siempre cerrado, como el de una prisión. Y de pronto vi a la Hermana portera correr por el patio, tratando de resguardarse de los remolinos de nieve. La Hermana cruzó el patio y abrió el portón principal de par en par. Vi asomarse un caballo que tiraba de un carro. El carro traía los canastos con los panes dulces y las golosinas que nos enviaba la Municipalidad. El caballo entró en el patio y caminó sobre el empedrado hasta detenerse frente a la puerta de la despensa. Un hombre se dispuso a descargar los canastos.

—¡Ángel anunciante! ¡Ven a probarte las sandalias! —me atajó la Hermana costurera al descubrir que de repente yo abandonaba mi puesto de observación.

—Sí, Hermana. . .

Calcé las sandalias inclinando el cuerpo y la cara, que vibraban de emoción. Me reincorporé y sonreí:

—Voy a caminar unos pasos —dije—. Subiré al cielo para ensayar el mensaje.

Avancé hacia el escenario. Pasé debajo de un arco, subí y bajé por las ocultas escalerillas, cabalgué entre unas nubes de cartón, precipité en el arroyo un grupo de pastores, salté desde una loma, choqué con la luna, gané el piso, enfilé por una puertecita de escape, crucé el corredor, el salón, bajé las escaleras a grandes saltos, crucé el pasillo de la planta baja, pasé frente a la despensa manteniéndome pegada al carro entoldado, atravesé el patio, traspuse el portón, corrí hasta la esquina, doblé. Ya estaba en plena calle. Ya estaba lejos. Me quité la diadema. Respiré.

Debía correr hacia la estación. Debía tomar el tren. Pero apenas advertí que los escasos transeúntes miraban asombrados mi extraño atuendo, me dirigí hacia la cercana iglesia. Crucé el atrio y, junto al bautisterio, me desprendí del cinturón con estrellitas y de la túnica de gasa celeste que sostenía las grandes alas tachonadas de lentejuelas. Quedé así con el uniforme gris, las medias negras y las sandalias con tiritas doradas. No sentía frío. Y no sé si recé o no, porque lo hacía todo movida por una extraña pila.

Cuando volví a la calle las luces estaban encendidas y la nieve ya no caía. Pero la neblina había aumentado y lloviznaba. Me alegré, porque el frío sería menos intenso. Además, la lluvia convertiría la poca nieve en pantano y mis sandalias no parecerían tan raras.

Camino a la estación, me di cuenta de que no tenía dinero para el pasaje. Quizá podría trepar a un tren de carga... Pero una chica vestida como yo y que viajara sola despertaría sospechas, ya fuese en un tren de carga o de pasajeros... Averiguarían. Me devolverían al asilo. Y, seguramente, luego me encerrarían en una correccional, en una cárcel. Y ya no la vería a ella. Descarté el tren.

Lo imprescindible era alcanzar la ruta que llevaba a mi pequeña ciudad y no despertar sospechas. Eso era todo. Esa ruta era transitada constantemente por toda clase de vehículos.

¿En qué dirección estaría la ruta?

Vi una mujer que caminaba llevando a mano una bicicleta. El camino empinado y la lluvia la habían obligado a desmontar. Adosado al asiento de la bicicleta llevaba un típico canasto de huevos. "Es una campesina y va hacia la ruta, pensé, o por lo menos hacia las afueras de la ciudad." Y la seguí con disimulo. La seguí hasta un cruce de caminos.

Frente a una hostería había varios vehículos estacionados y un ancho carro con bueyes el que, seguramente, había traído leña o carbón. El carro, ya vacío, marchaba de regreso a un pueblecito vecino al mío.

—Voy a pasar Navidad con mi familia —dije—. Estoy colocada y no quiero gastar dinero en el pasaje. ¿Me pueden llevar?

Me miraron en silencio y me llevaron. Compartí con los taciturnos serranos la gran lona impermeable que nos cubría. En otro cruce, bajé. Ellos siguieron: se internaron por un camino de montaña. Yo quedé a un costado de la ruta. Miré al cielo: la noche era ya muy avanzada. Pero en la ruta el tránsito era siempre intenso. Era cuestión de suerte.

Un camionero me enfocó y detuvo la marcha. Sin bajar miró curiosamente mi cara, mis sandalias, mi cintura, mis piernas... Sentí que me veía desnuda, que me tocaba... Y mi tensión aumentó, como un acumulador de energías.

—¿Dónde vas? —dijo el hombre—. ¡Sube! Te llevo donde quieras ir.

Miré la ruta brillante de lluvias. Parecía tener una distancia infinita y casi mítica bajo las luces. Y vi que se aproximaba otro camión, pero con acoplado. Avanzaba despacio, en el mismo sentido. Al acercarse para pasar al camión que seguía detenido, disminuyó la marcha. Corrí hacia la parte trasera del acoplado, afirmé las manos en los tornillos y, de un salto, me senté en el borde del acoplado. Luego, me aferré a la lona que lo cubría y trepé encima, hasta el tope. Allí me acomodé mejor. Debajo de la lona debía haber bolsas o cajones.

Y entonces estalló la tormenta. Fue algo maravilloso. En mi brazo izquierdo seguía colgando la túnica celeste con las grandes alas caídas destellando bajo la lluvia. Arranqué las alas y me las coloqué, dobladas, sobre la cabeza, con la ilusión de protegerme de las ráfagas del viento. También coloqué la túnica sobre los hombros. Con todo, a los pocos minutos chorreaba agua por todas partes. Pero el espectáculo me deslumbraba: era como un participar de las fuerzas misteriosas del Universo. El camión marchaba rápido, y como desafiando al cielo. Devoraba casas, caminos, árboles, luces, fantasmas. La lluvia arreciaba. El acoplado daba fuertes saltos y las sacudidas me mantenían en constante alerta.

De vez en cuando, entre el estrépito del motor, los truenos, el ulular del viento, me llegaba también, por ráfagas, la voz sonora del camionero. Él también cantaba.

Poco a poco la tormenta fue aplacándose. Los árboles se

aquietaron. Las casas crecieron cada vez más nítidas y compactas. Y el cielo pareció resucitar, nacer de nuevo, lavado, tenso, más alto, despejado. "No puede haber Nochebuena con tormenta", pensé. Y, efectivamente, la lluvia se detuvo como por encanto y también el viento paró casi arrepentido de su furia inútil. Y al rato se detuvo el camión.

Habíamos llegado al pueblo. El cielo era otro.

Me encontré así, como por milagro, nuevamente en mi vieja ciudad. Sólo debía andar una calle larga, cruzar la antigua plazoleta, sortear unas callejuelas, atravesar la plaza grande y llegaría... ¿Adónde llegaría? ¿Dónde estaría ella? ¿En un rincón de la vieja casona? ¿O sería verdad que tía Josefa y Guillermo habían vendido la propiedad después de la trampa de la hipoteca? ¿O estaría en el Hospicio también en Nochebuena? Sólo Marietta podría decirme la verdad. Marietta estaría allí, en la bocacalle de la *Contrada dell'Oca*, junto a su hornalla. Estaría allí, envuelta en trapos negros y ondeantes, la cara semioculta en el pañolón pardusco, bruja escapada de los cuentos de hadas. Estaría allí con su talismán contra el frío y los maleficios: la botellita de grapa oculta en las profundidades de la bata.

Marietta no estaba en su puesto. Pero vi que se filtraba luz a través de las hendijas del portón en arco que conducía a su casa. Marietta vivía en la antigua herraduría de caballos: un galpón para brujos. Franqueé la puerta y apenas crucé esa entrada tenebrosa, me encontré ante las dos encapuchadas. Me encontré en los brazos de abuela. Ella estaba ahí, esperándome, con las manos estremecidas, húmedo el pelo gris y los ojos electrizados. Y me abrazó, enjuta y mojada, con su olor a lluvia, a tierra, a pócimas de antiguos exorcismos y toda ella era misterio y certidumbre.

—Ángel mío —dijo—, llegaste puntualmente. Ya le decía a Marietta: "Preparemos todo. Antes de medianoche va a llegar." Ahora ven a secarte. Ven a cambiarte.

—¡Cosas de locos! ¡Cosas de locos! —repetía Marietta alcanzándome ropa estrafalaria, caldeada ante el fuego—. ¿Por qué no se avisaron como la gente?

Aproximó unos bancos a la hornalla de asar castañas. Echó más carbón y allí nos sentamos radiantes. El fuego chisporroteaba como enloquecido, echando chispas explosivas, estruendosas. Las llamas reverberaban sobre los rostros de las dos pitonisas. Y también las castañas crujían y saltaban.

Marietta me alcanzó unas medias a rayas y unos zapatones antediluvianos. Luego, no sé de dónde, hizo aparecer una polvorienta botella de vino blanco. Vino espumante. Iba y venía encorvada, golpeando las chancletas en el piso de ladrillos y parecía multiplicarse en un remolino de ademanes.

—Hiciste bien en venir —admitió al fin, pero siempre en tono polémico, como si le rebatiera a algún adversario—: ¡Yo ya no puedo pasarme todo el día en la calle! Sacar y entrar la hornalla, buscar el carbón, asar, vender... ¡Ya no tenía fuerzas para pregonar! ¿Quién oye mi voz?

—¡Miren lo que quedó de mi vestido de ángel! —dije al desplegar la túnica ante el fuego y desdoblar las alas.

—Te mojaste las alas —sonrió abuela.

—Se estropearon completamente. Eran preciosas. Ya no sirven.

—¡Qué ocurrencia! —interrumpió ella, toda chispa—. ¡Las alas son alas! Marietta: llena los vasos. Brindemos. ¡Año Nuevo, alas nuevas!

Antes de medianoche me envolví en chales y ayudé a Marietta a sacar la hornalla al puesto de venta. Llené el horno de carbón y, armada de pala, comencé a remover las castañas en el asador crepitante. Eran un disparo de cohetes.

Los fieles comenzaron a desfilar, camino de la iglesia. El cielo se tendía magnífico, palpitante. Las estrellas intensificaron su luz al máximo. Y, de golpe, las campanas echaron a repicar, anunciando mi buena nueva.

Sobre el puente de la *Contrada dell'Oca* resonaron los pífanos. Y luego las matracas. Entonces, con voz jubilosa, lancé al aire mi clarinada:

—¡Castañas asadas! ¡Calentitas y reventonas las castañas!

Ángela y el diablo *

Elsa Mújica

Colombia

Al amanecer, el automóvil salió de Belén de Cerinza con dirección a Tunja. A Ángela el nombre de Belén la había hecho recordar las navidades que acababa de pasar, cuando creía que no tenía que hacer en el mundo más que jugar con las otras niñas. Ahora se hallaba envuelta en una manta, en un rincón del coche, y contemplaba por la ventanilla el paisaje. Éste era siempre igual y siempre cambiante. A veces Ángela se volvía hacia su madre, sentada a un lado, para buscar la tibieza que salía de ella. Le agradaba la somnolencia que producía el movimiento del coche y deseaba que el viaje no terminara, para no verse obligada a afrontar la llegada al Colegio y la separación de su madre.

Las familias de Boyacá y Santander que poseían medios económicos, acostumbraban enviar a sus hijas a terminar su educación al colegio de las monjas de Tunja, y aunque la familia de Ángela no era rica, los padres habían hecho sacrificios a fin de que su hija no careciera de un requisito que le aseguraría un buen matrimonio. En el clima de Tunja, las niñas que llegaban de tierra caliente empezaban a engordar y perdían el color amarillo y el aire lánguido. La madre de Ángela imaginaba a su hija con las manos enrojecidas por el frío, vigorosa y libre de la anemia que había allá abajo, y eso la consolaba de tener que dejarla lejos de ella.

* Elsa Mújica, *Ángela y el diablo*, en : Fernando Arbeláez, *Nuevos narradores colombianos*, Caracas, Monte Ávila, 1968.

Cuando se detuvo por fin el auto frente a la puerta claveteada del Colegio, Ángela creyó que caía en el vacío, sin encontrar nada que la sostuviera. Para ella todo era distinto de lo que había conocido hasta entonces. En su ciudad, el campo estaba lleno de naranjos, gloxinias y "bella de noche". En cambio, allí no veía sino eucaliptos y cipreses. Le eran extrañas las caras, y hasta el aire, desapacible y helado. El sueño era lo único que le quedaba para refugiarse, y se durmió. Pero a la mañana siguiente tomó nota del lugar dentro de la fila en que se encontraba su cama; de las caras de las niñas vecinas; de los tiestos de geranios que había en el patio y que rompían con una mancha viva la monotonía de las paredes grises, y de las miradas amables que, desde sus altares de la capilla, le enviaban los Santos. Cuando llegó a familiarizarse con eso, se sintió de nuevo amparada y tranquila, y quedó curada su nostalgia.

En el colegio, fuera de la Madre Irene, de la Madre Pilar y de la Madre Teresa, que se hallaban constantemente con las niñas, existía otra monja que las acompañaba también. Allí había vivido hacía muchos años la Madre Francisca Josefa, que era una santa. Las niñas pasaban de puntillas frente a la celda que había ocupado, con la esperanza y el temor de descubrir algo insólito. Cuando llegaba la hora de la clase de costura, que tenía lugar en un salón grande y oscuro, la Madre Irene hablaba de la monja, mientras las cabezas de sus discípulas caían blandamente sobre los bastidores.

—Aquí, en este mismo sitio donde estamos sentadas nosotras —decía— era en otro tiempo el refectorio del convento y la Santa Madre entraba a las horas de las comidas y bendecía el pan. Un día, el Cristo que está en ese cuadro se movió, desclavó la mano derecha y lo bendijo. Fue un gran milagro.

Las caras de la monja y de las niñas resplandecían de placer. Pero luego la Madre Irene suspiraba y decía:

—La Iglesia no la ha podido canonizar porque sus restos se extraviaron. Las monjas de ese tiempo los echaron en un saco de cuero para distinguirlos de los demás. Y el saco no aparece. . .

La decepción quedaba flotando como un fantasma en el

cuarto oscuro y entre las cabezas de las niñas. Después la Madre Irene se levantaba y se mezclaba con ellas, en el desorden de los bastidores, los hilos y las lanas. Desaparecían las diferencias entre la maestra y las discípulas y no quedaban sino mujeres, unidas en una tarea común. El corazón de todas se encogía con angustia que les gustaba, cuando la monja recomendaba:

—No desperdicien el hilo, niñas, porque el diablo está cerca y recoge cada hebra que tiran. Cuando reúna muchas, fabricará una gran bola, que les mostrará en el infierno. El diablo siempre se encuentra alerta y a la Santa Madre la perseguía cada noche. La sacaba de su celda y la arrojaba escaleras abajo, haciendo un ruido tan grande, que las otras monjas despertaban asustadas y tenían que ir a levantarla...

Por la noche, después de comer y de rezar el rosario, cuando las niñas subían al dormitorio y pasaban frente a la celda de la Santa, oían otras pisadas, blandas y aéreas, que resonaban al lado de las suyas. A veces las escuchaban hasta llegar al camarín que conducía a la Capilla y en el que había una gran cruz de hierro montada sobre una piedra. Ésta se hallaba gastada por el roce de las rodillas de la Madre Francisca, y a Ángela le daba susto mirarla, lo mismo que si hubiera sorprendido a alguien realizando un acto secreto.

Una noche Ángela soñó que el diablo entraba en el cuarto de costura a contar las hebras caídas y que las guardaba en el saco de cuero donde reposaban los huesos de la Madre. Despertó, pero comprendió que el diablo seguía allí, paseándose entre las camas de las internas. Tenía la cara larga y arrugada, parecida a la de la Madre Irene. En cambio, la Madre Pilar era bonita y joven. A ella, Ángela le habría querido contar los motivos por los que algunos días tenía que abstenerse de comulgar. A consecuencia del cambio de clima, se había desarrollado a las pocas semanas de llegar al colegio. Si comulgaba en ese estado, seguramente pecaría. Otras niñas lo aseguraban, diciendo que se trataba de un sacrilegio.

Debía llamar a la Madre Pilar y darle cualquier disculpa para no hacerlo. Una vela encendida y el sonido de la voz ahuyentaban a Lucifer. Ángela corrió hasta la cama de la monja y le dijo:

—Madrecita . . . tengo mucha sed. Déjeme beber un vaso de agua.

Como si la monja hubiera estado despierta y esperándola, le contestó en seguida:

—Hija: es el demonio quien te ha inspirado el deseo de beber. Si caes en la tentación no podrás comulgar, porque ha pasado la media noche. De modo que no tomarás agua. Ten paciencia y procura dormir.

Ángela volvió a su cama. Necesitaba buscar otro medio de no comulgar al día siguiente, ya que éste le había fallado. ¡Si la Madre Francisca Josefa quisiera acudir en su ayuda! Ella podía hacer que temblara la tierra a la hora de la misa. Las monjas y las niñas saldrían huyendo de la Capilla, inclusive el sacerdote con el copón y Ángela no cometería la profanación de comulgar y se salvaría.

Claro que también podía confesarse. El sacerdote la perdonaría, pero ella debería decir en qué consistía su pecado, debería decirlo. . . Cuando llegó por fin la mañana y se levantó, le dolía la cabeza y sentía los labios secos. Sabía que si comulgaba, en adelante nada sería como antes. Ningún juego resultaría completamente divertido y tampoco seguiría con interés las explicaciones de la maestra en la clase. La confesión era el medio previsto para que los fieles volvieran al buen camino. Algunas veces, cuando la Madre Francisca entraba al confesionario, veía adentro una luz intensa y el semblante de Nuestro Señor, con la cabeza coronada de espinas.

—*Ego te absolvo*. . .

En la capilla, la atmósfera era tibia y agradable. Cada niña ocupaba su puesto en la fila de bancas y, adelante, parecían una nube oscura las tocas negras de las religiosas. Ángela se dio cuenta de que formaba parte de un todo grande y poderoso que le protegía. Siempre que no quebrantara sus leyes. Comulgar esa mañana sería una desobediencia. No quería cometerla, pero. . . se hallaba obligada a hacerlo. La Madre Pilar no le quitaba los ojos de encima y le indicaba por señas que se acercara a la Mesa.

Sin duda, consideraba un triunfo personal sobre el demonio no haberla dejado beber agua. Ángela comprendió que no podía esperar. Subió la escalinata del altar y las luces de los cirios crecieron, incendiaron el tabernáculo en una sola llama. En sus oídos una voz repetía:

—Quien comulga sacrílegamente, come y bebe su condenación.

Al regresar a su sitio, con las manos juntas, contempló, rígidas y burlonas, las caras de las niñas que rezaban a su lado. Ella no tenía nada que hacer allí, pues había salido de la comunidad. Ya no contaba con su fuerza y su calor, y debería defenderse de los ataques que ésta le hiciera. Era una extraña y se encontraba sola.

¿Y quién le aseguraba que, cuando fuera a pasar al lado del confesionario donde el Padre Luis entraba, una vez terminada la misa, no levantaría la cortina de seda morada, para señalar a la que había cometido un pecado tan grande y se hallaba endemoniada? Ya se había formado la fila de niñas y empezaba a avanzar lentamente para salir de la Capilla. Estaba frente al confesionario. Ángela lanzó un grito y cayó al suelo desmayada.

Despertó en la enfermería. La Madre Pilar le sostenía cariñosamente la cabeza y le pasaba por la frente un pañuelo empapado en alcohol. Las manos de la monja eran suaves y tibias, y su contacto calmaba a Ángela. Le inspiraba deseos de dormir. Como apenas había pegado los ojos la noche anterior, quedó sumida rápidamente en un sueño profundo. Debió durar todo el día, pues cuando despertó se encontró sola. La enfermería estaba oscura. Por la puerta entornada, escasamente alcanzaba a distinguir el corredor silencioso. La escalera que conducía a la celda de la Madre Francisca se desprendía de las sombras, blanca y solemne como si por ella fuera a subir una procesión. Esa escalera atraía a Ángela. Era la misma por donde llegaban los espíritus infernales que perseguían a la Madre. La misma por la que su cuerpo martirizado rodaba cada noche. Tiritando de frío, se acercó. Deseaba rezar ante la Cruz de hierro del camarín, para obtener el perdón de su pecado, y empezó a subir las gradas. A su lado, muy cerca, en las tinieblas, alguien avanzaba también. Si Ángela se detenía, él hacía lo mismo. No podía devolverse porque tenía la seguridad de que un cuerpo se interpondría para impedirle el paso. Su salvación dependía de llegar hasta la Cruz. Necesitaba correr...

Había llegado al rellano de la escalera. Desde ahí Ángela veía la celda de la monja y el pasillo que comunicaba con el camarín. Pero de la celda acababa de salir una figura negra, con los ojos verdes, brillantes en la oscuridad. Ángela distinguió muy bien los ojos...

El estruendo de un cuerpo que caía por las escaleras despertó a las monjas, lo mismo que les había ocurrido a sus antepasadas, en el tiempo de la Madre Francisca.

Juventud *

Carmen Rosenzweig

México

Herculana Flores: ellas, Josefina, Modesta, tus amigas, me contaron largamente de ti. Te lo refiero:

Herculana Flores, de veintitrés, ya es señorita grande. Le viven su padre, su madre y tiene numerosos hermanos hombres. La muchacha es bonita, tranquila y sirve de bastante mano derecha a la madre. Herculana no tuvo suerte. Esto porque de haber sido dos o tres mujeres más en la familia, se hubiera repartido mejor el quehacer. Y todavía aunque viniera otra niña —su padre y su madre, al parecer, estaban aptos— en cierta forma ella sólo estaría haciendo, además, algunas funciones de madre.

Herculana emplea, muy lentamente, su vida de mujer joven en varios haceres pequeños. Diariamente poner el nixcomel, diariamente procurarse leña, lavar la ropa todos los días y ¡son tantos hombres! Herculana, en ella, nunca se fija para nada. Su ralo mundo (ralo porque aún no tiene posibilidades de nutrirlo en lo más hondo) está conformado por su quehacer, su familia, los animales domésticos y algunas muchachas amigas con un patrimonio parecido al suyo. Además, en otro orden —porque no habla ni pide tortilla ni necesita cambiarse de ropa—, tiene su otra madre, trigueña también y dulce Virgen que ciertamente le dará su mano cuando se trate de dormir en el cielo.

* Carmen Rosenzweig, en: *Catorce mujeres escriben cuentos*, México Federación Editorial Mexicana, 1979.

Una vez Herculana se puso a platicar con Modesta, hija del señor Cayetano; este señor era dueño de varias mulas muy bien cuidadas. Modesta y su padre eran solos. Esa tarde era jueves (todos los días eran jueves menos el domingo y un poco el sábado, que tal vez pudieran contarse como medios jueves), tarde tranquila. Las dos muchachas, porque se sentían solas se hicieron más amigas que antes y bordearon la confidencia. Las turbaba algo.

—¿Tú no tienes muchacho?

—¿Yo?

—Sí. Tú.

—No, no tengo. ¿Y tú?

—Yo tampoco. Ausencio, el de la leche, me gustaba. Pero no se me logró.

—Estaría de Dios.

—Vamos rezándole a la virgencita. A ver si nos manda un lechero.

—Ojalá.

Otra muchacha, Remedios, vivía por el mercado y tenía parientes en Toluca. ¡Toluca! Quiénes de las muchachas del pueblo, que vivían quizá demasiado lentamente para sus años, no habían querido ir allá, a esa ciudad de grandes iglesias catrinas, de un mercado inmenso, de calles lisitas, de todo. Y caras de muchachos solos, sin su señora; y menos ojos para verla a una. En el pueblo hay demasiados ojos severos. La gran vida está en Toluca. Ése era el sentir de todas, pero se necesita tener parientes. Remedios invitó un día a Herculana.

Muy contenta Remedios se puso a decirle a su amiga que si se iban a Toluca.

—Pide la licencia nomás. Y nos vamos.

—Remedios me invitó ustedes saben, yo no sé, por Toluca y su familia de ella se va a ir unos días para allá. ¿Me dan el permiso, usted, padre, y usted, madre, de irme con Remedios y con sus papás de Remedios?

Los padres no le dijeron que sí. Entonces la familia Villanueva visitó a la familia Flores. Los Flores dieron su permiso, aun cuando secamente. Como forzando su voluntad.

—Que vaya la muchacha.

—Ora tú, muchacha, ve a prepararte.

Herculana tenía permiso de ir a la ciudad de Toluca. Y ya con él se fue con varias cosquillas de gusto a multiplicarse. Iba a lavar ropa, se iba a bañar, y luego tendría que poner un nixcomel. Pondría dos; esa pequeña atención le caería bien a su madre. Herculana no parecía la misma de siempre. Tarareó una canción de corazones que se quieren mucho, y aunque verdaderamente no venía al caso, ya que permiso-Remedios-Toluca no equivalía en ninguna forma a algún-muchacho-no-sabía-cuál-milpa-cañas, se sentía feliz y continuó con la tonada.

Me voy a Toluca, es muy grande ciudad, pero dicen que no como México, quién sabe si lo llegue a saber un día, la Villita dicen que es preciosa. Cómo pega el calor, me tengo que apurar mucho. Ora sí lavo mi ropa y me baño. Tengo que ir bien limpia a Toluca. Me da gusto, el malecito se paró hace más de una semana, casi se ajustan dos.

Herculana se puso a lavar. Tenía mucho contento encima. Entonces se descuidó y la corriente del río empezó a jalar dos delantales suyos ya muy viejos y una blusa y varios calzones de hombre. ¡Bien tonta, Herculana! Me ataranté, no se pueden ir los trapos, alcánzalos.

Y se echó al río. Sólo se perdieron sus delantales. Había alcanzado lo demás, lo salvó, pero estaba aturdida Herculana, le entró mucho el miedo y se sumía. ¡Virgencita, que no me caiga tanta agua, no me dejes! La corriente la jalaba, pero la desesperación, la Virgen y el deseo de ir a Toluca le procuraron la salvación: una rama, o un matorralito, unas yerbas, las manos de la Virgen estaban en la orilla, se agarró a ellas y salió.

Luego que fue salvada le envió su profunda gratitud a la Virgen. Y tuvo que apurarse más. Hizo las cosas no tan bien hechas; se guardó el susto y después lo olvidó.

Llegaron a Toluca. Herculana no se había mareado y todos fueron a parar a la casa de los tíos de la amiga.

En la ciudad se puso triste. No le pareció tan bonita ni tan grande. Entonces se enfermó. Debe haberle salido lo del susto del río. Y estuvo allá muchos días tomando remedios y después medicinas de doctor y fue perdiendo la conciencia de su mundo. Qué diferente había salido todo de como lo estuvo deseando. Cuando Herculana volvió a su pueblo, estaba muy delgadita y triste. Por ese tiempo David su hermano mayor de Herculana, llegó al pueblo. Venía a casarse ya por la ley de Dios. Antes vivió con su muchacha en México como si ya estuvieran casados, pero sin la bendición de un señor cura y con peligro grave de condenarse —se los habían repetido— si es que viviendo juntos así, se morían. David anduvo de chiribisco (traveseador, de cabeza terca) desde mocoso. No lo domó su padre porque era recio para obedecer el muchacho. Un día huyó para México. Los padres anduvieron preguntando y llegaron a saber de él, pero nunca había vuelto el chiribisco ingrato. Estaba unido sin matrimonio, ya se dijo, con una muchacha del pueblo que trabajaba allá, en la ciudad grande.

Josefina siguió a David hasta el pueblo. Herculana y Josefina se cayeron. La hermana le dijo a David cuando llegó: tu señora me cuadra bastante.

"Herculana, he aquí una muchacha joven como tú, que ya ha conocido la vida. Es cierto que todavía no le hace hijos a David, pero de cualquier modo ella ya está completa. ¿No la miras casi dulcemente por eso? ¿La admiras Herculana? Tú, delgadita, tímida, sola. . ."

Herculana era buena con Josefina. No la dejaba hacer muchas cosas.

—Déjalo, Josefina, ahí lo haré yo después. De veras.

La madre y el padre recibieron bien al hijo, naturalmente, porque para qué iban a estarle recordando el pasado. Además, era bastante chiste que él, David, hubiera llegado al pueblo por su voluntad, y, sobre todo, a casarse como Dios lo manda.

—Nuestro hijo viene de México a casarse, decían. El muchacho escogió a Josefina y como son gustos, nos engreiremos con ella.

David se casó y Josefina le dijo a Herculana que se la querían llevar a México.

—Sabes, Herculana, queremos que sepas por México. Es muy bonito. Ya verás, a lo mejor por allá te quedas.

—Con Josefina no se sentirá sola, madre. Se la vamos a cuidar mucho y luego se la devolveremos a usted, hasta acá mismo, en unos dillitas. Perdonando mi entrometimiento, yo creo que usted se la podrá arreglar sin ella con todos los hombres de la casa.

Si me dan la licencia me voy, al fin luego cada uno de los que se quedan hará su vida. Mi madre ya la hizo con mi padre. Daví también, aunque le llevó su buen tiempo. Yo quiero irme. A ver si allá...

La madre y el padre dijeron que aunque la muchacha no era revoltosa, y que sabía trabajar, sus obligaciones estaban allí, junto a su madre. Pero finalmente David neceó tan bien que consiguió la licencia.

—Que se vaya, Daví. ¿Pero tú nos respondes de que la traerás pronto?

"Dulce muchacha, Herculana, vas a vivir. Te llevarán a México tus hermanos y ya por allá, quién sabe. A lo mejor te hallas con alguno que te quiera cabalmente. Porque una muchacha sola, lo sabes muy bien, no está completa. Y si tú te completaras algún día, tus hijos no se parecerían a los de doña Ausencia y don Lupe, ni a los de Sotero López y la señora Julia, ni a los de nadie. Los habrías hecho tú con tu hombre y los irías a querer más, más que a todos los que conoces y a los que a veces les haces cariños y los besas. Ve, Herculana, a vivir. Cúmplete."

Estaba cantando de puro feliz, camioncito Flecha Roja no te lleves a mi amor-mira cómo te vas y me dejas-hecho pedazos el corazón. Pero ningún amor se iba, sino que era ella. No es lo mismo, claro, ser dos, aunque se padezca si uno de los dos se va, que ser uno solo. Por eso me voy, a ver qué suerte llevo. Lástima, ora ando mala; pero me meteré en el río, no le hace. A México voy bien limpia.

Antes de salir arregló su ropa. Dos vestidos, el crema y el

azul. Iba a llevar sus cuatro delantales buenos, porque esos se cambian más. Combinaciones, sólo la que llevo puesta, la nueva, porque esa otra que a veces me ponía para dejar descansar la buena, ya está hecha hilitos. Y no estaría bien que me llevara a México una combinación tan fea. Calzones, los tres. Y tenía un delantal muy viejo. Se puso a quitarle las bolsas y de la pretina para arriba. Después lo partió por la mitad y puso los dos pedazos doblados con la demás ropa. Llegó al río. Qué va a hacer mi madre con todos los hombres. Ya se las arreglará. No me apene yo por eso. De veras, Herculana, ora o nunca. Pensó en una historia de ahogados. Se la revelaría seguramente su propia aventura.

Cornelio Trevilla se fue a cazar patos a la presa con Lupe chico. La presa estaba helada. Lupe chico tenía tan buena puntería como Trevilla a pesar de ser mucho menor que él. Y ¡zás! el tiro y mató un pato, pero no cayó en la orilla sino más en lo hondo. Y el chico dijo, por ahí te quedas animalito, ni modo, ya estaría de Dios que te perdiéramos. Pero Trevilla neceó, yo voy por él. —¡Qué no seas bárbaro, hombre, te va a agarrar un calambre! ¿No miras que esa agua está rete bien fría? Se desnudó el otro, terco. Tiritó mucho y aún dijo ¡Agustina chula! ¿Onde te hallarás orita? Y se fue a morir a la laguna helada. Pasaron cinco días y hasta entonces lo pudieron sacar. Y vino la Agustina en un bonito retinto dando unos gritos que maltrataban el alma.

Eso pasó hace mucho. Dios lo tenga en su gloria. Salió del agua. Volvió a su casa a trabajar. Y metió sus ropas y un cuadrito de la Virgen en una bolsa que se había comprado desde que hizo su viaje a Toluca. El cuadro tenía *paspartud* azul en las orillas para que se estuvieran bien fijos la estampa y el vidrio. La Virgen sonreía.

Los padres de Herculana siempre dijeron que no.
—Ya será hasta la otra vez que venga tu hermano. Ya lo pensamos bien y la mera verdá no estamos animados para que ora te vayas.
—Que mientras vaya juntando unos centavos, Daví, y otros trapos más mejorcitos. Pos cómo se va así nomás.

—Bueno. Dijo ella y tragó sus lágrimas hasta adentro. Nomás démen licencia para acompañarlos al autobús.

—Pos ve. Nomás que te acompañas con el hermanito.

La muchacha salió, vencida, con el hermanito, con largas lágrimas, goterones amargos que la escocían, sin la Virgen de la estampa, sin la bolsa que había comprado desde que hizo su viaje a Toluca. Caminaba junto a Josefina.

—Ora sí, por qué no me dijeron que no desde entenantes.

Ellos notaron que la muchacha estaba extrañamente violenta.

—Sácate bien la muina, Herculana. No luego te vaya a resultar.

—Yo te llevo pa'la otra. La llevaremos, ¿verdá Daví?

—Pa la otra quién sabe. Dijo quedito Herculana.

—¿Por qué? Le dijo él, ¿ya te echó ojo algún hombre de por aquí?

—Nomás digo, Daví. De veras que no tengo a nadien.

Adiós. Se regresó muy despacio. Se le iban escurriendo más las lágrimas. Una señora muy vieja, doña Chana, la paró en el camino.

—Qué te haces, niña. No es bueno que los llantos rieguen el suelo. Nomás cuando hay muertos es bueno que se resbale el llanto hasta abajo. Pero no llores tú así, muchacha, entovía estás tierna, ¿por qué les ha de llover a tus milpitas? Los viejos no podemos decir lo mesmo, porque ya nos llovió. ¿Te largaron de tu casa? Acabó por preguntarle directamente a Herculana. Cuando hizo la pregunta le brilló a la señora su ojo bueno, porque el otro estaba tapado con un trapito. A lo mejor ya no tenía ojo allí.

—No, señora, sólo traigo tristeza porque se fueron mis gentes.

Doña Chana no le creyó bien.

—Tú venías llorando más hondo que eso. Soy vieja, la vida ya me enseñó.

Herculana habló con la vieja. Nunca hasta entonces le salían tantas palabras juntas. El niñito andaba por ahí.

Las dos estaban sentadas en la yerba. Herculana lloró, y descubría, lentamente, qué motivos le acumularon amargura. Primero, había deseado, ¿por qué deseó tan tarde? que su vida se le hiciera sencilla, amable, vida de muchacha, y recordó a Mo-

93

desta, y al deseo de las dos, y luego el remolino tan amplio de las ilusiones, Toluca, Toluca, ella no vendrá a mí, sino un hombre, muchacho que me tenga ley. Y me fui al río y esa vez el río se lo llevaba todo. Viera, señora, en Toluca sólo tuve tristeza. Anduve tan triste que ya hasta se me iba la vida.

Luego viene mi hermano. No sabe cómo yo la quería a ella, a su señora de mi hermano. Ella era como yo, muchacha, pero Daví la había acompletado ya. Yo soy sola, señora.

—Ya me iba a México y quería gozar un poco de la vida y olvidarme no de todas las obligaciones pero sí de algunas y estar con mi hermano y su señora y conocer más gente y a lo mejor un hombre, un muchacho. . .

Me dan la licencia y luego me la quitan. Y ora ellos ya se fueron y la vida se va a seguir igual que antes. Pero yo ya no estoy como antes, Daví. Daví, me doblo. Señora, ya dije muchas cosas.

La señora acompañó a Herculana un rato más de camino. Dios te eche tu bendición. Adiós. Y le dio un beso.

La muchacha bebió pulque dulce ese día. Pero la tristeza le creció más después del pulque. Ella lo estuvo bebiendo con una ansia muy grande; como si estuviera vaciando una vieja sed. Como si. . .

Herculana se enfermó y la enfermedad acabó con ella en siete días justos. Dicen que después de una gran muina quien bebe pulque dulce se muere. Al último llamó a Josefina, a la Virgen, a la vida que deseó.

Ahí viene tanta agua, nos lleva, Virgencita, lejos nos lleva pero no vayas a dejar que le caiga agua a Josefina. Y porque rezó Modesta, traile al lechero para que se duerman los dos en una noche bonita, que no se haga muy oscura. Ya me voy, Josefina, ¿lo ves? Está tan linda la atardecida, y yo y mi muchacho nos vamos a tumbar cañas. Estaremos juntos. El me apretaba porque harto me quiere, se siente tan bonito. Y se me iba en puro cosquillearme el cuerpo. Chulo es el amor, tierno como la yerba, como las gotitas de agua que amanecen en el campo. ¡Pero mi muchacho no parece! Me voy luego, ya se hace de noche y el camino está largo, muy largo y oscuro. A lo mejor no nos encontramos. ¿Lo ves, Josefina. . .? Ya vino mi muchacho para dormirnos. . .

Dulce Herculana: se me va tu recuerdo ya. Te olvidaré, sólo lentamente. Pero, según creo, el olvido es moneda corriente entre los humanos. Con ella nos pagaremos todos.

Jacinta*

Alicia Dujovne

Argentina

Acababa de cumplir los quince años cuando, cierta mañana, Jacinta se miró al espejo, desnuda, y gritó: ¡Mamá! Doña Gregoria apareció y se la quedó devorando con la vista, absorta. ¿De dónde, pero de dónde habían atinado a surgir aquellas moles de carne blanca, viboreadas por líneas rojas, zigzagueantes, que mostraban las sendas de la explosión? Pero ¡si anoche Jacintita no tenía ni pizca de senos! Y ahora, mírala, mírame, Jacinta llevaba por encima del vientre y por debajo de la garganta dos maravillosas ubres que, entrecerrando los ojos, eran rosadas por efecto de mezcla entre el blanco de la teta propiamente dicha, y el rojo de las heridas provocadas en ella por el impetuoso envión del crecer.

Esas ubres decidieron su destino. ¿Acaso el mundo es igual para una de esas planchadas que no se sabe si van o vienen, que para una ubérrima provista de pimpante lechería? Para ella, Jacinta, no sólo todo y todas las cosas se le trocaron en morros querendones y bocazas sedientas, sino que, además, ¡se le partió su nombre! ¿Había sido Jacinta entera? Pues ahora, por obra y gracia de mamas rotas, violentas, de original factura del caliente planeta niño y virginal y silvestre que era ella y que así levanta-

* Alicia Dujovne, *El buzón de la esquina*, Buenos Aires, Calicanto, 1977.

ba bruscas montañas y deprimía súbitos abismos, se volvía Ja por un lado, y Cinta, por otro. Peinado al medio su cuerpo, dividido en dos gruesas trenzas de frutilla y de crema, así se separaba con hermoso dolor, pariéndose a sí mismo, mientras el desgarrado ser jacinto permanecía a una orilla y a otra del tajo central, Ja de risa a la izquierda y Cinta de la sagrada unión por la parte derecha. Reverente, sin rencor, sin rebeldía ninguna, Jacinta se inclinó delante de su cuerpo, y lo adoró. Así era, así sería. De allí mismo sacaría su placer y su pena. ¿No te caés para adelante?, le preguntaban por las calles, incrédulos, extáticos, o: ¿Qué comés, bulones?, o bien, lo mejor, lo más rico, eso murmurado con la grave voz del recuerdo: Mamá. Ella Jacinta bajaba los ojos, esquivando su ardor, disimuladamente riendo con infinito orgullo.

Podríamos hablar apenas de aquel tajo, y de aquellas montañas, y nuestra amable heroína quedaría plenamente descripta. Sin embargo, apagado el fogonazo de la impresión inicial, se advertía que Jacinta poseía también cabeza y piernas y que lo bueno de su simpar naturaleza se derramaba por varios senderos, en general, asimismo, amables. Cabeza: tirando a enorme, estaba ordenada por una mata de pelo, no motoso, pero sí encrespado y áspero a la vista y al tacto, esos cabellos color león, de puntas florecidas, más claras que la raíz, que son opacos porque nunca se quedan quietos, tranquilos, sino que hierven continuamente como un clavel, de modo que la luz no consigue hacerse un lugarcito para arrancar resplandores. Ese fuego crespo continuaba en las cejas, anchas y con tendencia a juntarse sobre el ancho testuz, tan separados, además, sus blancos ojos de paloma o cordero, y tan melancólicamente descendidas las comisuras de su boca (seguramente repleta de un enorme flujo de saliva de fuerte sabor, razón de la aparente congoja de aquellas comisuras que en realidad, bajaban, a uno y otro lado de los labios pulposos, por incapacidad de contener el espumoso mar y no por causa de tristura), que su rostro se parecía prodigiosamente al de vacunas, serenas, apasionadas y rumiantes afroditas de Grecia. Hasta el detalle del rulero, llevado con gracia en el lugar preciso donde aquellas célebres vénuses formaban una suerte de rollo con sus propias pelambres de piedra, completaba la rara semejanza entre la risueña Ja, y alguna diosa del tiempo de la risa. Retacona, rolliza, la buena de nuestra Cinta proseguía hacia abajo en las mentadas tetas de pezones enormes, lisos y claros, en los que no asomaba nítida ni dura puntita, como, en cambio, sucede con esos minúsculos senitos de vértice marrón, arrugado, contraído, fruncido, y de tan mala cara, opinaba Jacinta. Abajo, el vientre dibujado con amplios semicírculos en forma de cuna, invadido por una mata crespa, pero no leonina, sino levemente arratonada en relación al ardido arbusto de su cabeza; dos muslos de elefante; dos porosas rodillas color ladrillo, y dos musculosas pantorrillas que, por presión de la masa contra el suelo, dividían la sangre en manchas y en blancos espacios o galaxias (efecto que se repetía en sus rosadas, más pálidas mejillas, salpicadas de rubor, pero no ruborosas, así como se parte la leche cortada), y que mostraban, por acá y por allá, largos pelos finitos, espaciados, suaves y sin ningún parentesco con: la cabeza; el sexo; y el asimismo enrulado copete que respiraba, húmedo y ácido, bajo cada sobaco. Pues la hermosa, al descender a tierra, relajaba el burbujear que en pelvis, axila y testa le claveleaba tanto, bullendo; y se volvía lacia de vellos. Esas columnas recubiertas por hierba lánguida terminaban en pequeños pies gorditos y enjuanetados, pero de rara delicadeza. Verdaderos pies de bebé, empanaditas de rubicundo querube que hacían juego con las manos pinchadas por la aguja, percudidas de mucha papa y batata pelar, pero tan diminutas ante sus rotundos jamones, como ínfimos resultaban los pies al enfrentar la comparanza con ambas gambas. De atrás... pero dejemos esto. Porque también de atrás, Jacinta provocaba un fogonazo. Y estaba claro como el agua que iba, no que venía. Eso se notaba muy bien.

De manera que con todo este bagaje de carnes contó Jacinta para arreglarse por la vida, desde aquella mañana en que parió sus tetas y fracturó su nombre en un Ja del reír, o del jadear, y en una larga y ancha Cinta del amoroso ligar y comulgar con...

El anillo *

Elena Garro

México

Siempre fuimos pobres señor, y siempre fuimos desgraciados,
pero no tanto como ahora en que la congoja campea por mis
cuartos y corrales. Ya sé que el mal se presenta en cualquier
tiempo y que toma cualquier forma, pero nunca pensé que
tomara la forma de un anillo. Cruzaba yo la Plaza de los Héroes,
estaba oscureciendo y la boruca de los pájaros en los laureles
empezaba a calmarse. Se me había hecho tarde. "Quién sabe
qué estarán haciendo mis muchachos", me iba yo diciendo.
Desde el alba me había venido para Cuernavaca. Tenía yo urgencia de llegar a mi casa, porque mi esposo, como es debido
cuando uno es mal casada: bebe, y cuando yo me ausento se
dedica a golpear a mis muchachos. Con mis hijos ya no se mete,
están grandes señor, y Dios no lo quiera, pero podrían devolver-
le el golpe. En cambio con las niñas se desquita. Apenas salía
yo de la calle que baja del mercado, cuando me cogió la lluvia.
Llovía tanto, que se habían formado ríos en las banquetas. Iba
yo empinada para guardar mi cara de la lluvia, cuando vi brillar
a mi desgracia en medio del agua que corría entre las piedras.
Parecía una serpientita de oro, bien entumida por la frescura del
agua. A su lado se formaban remolinos chiquitos.

* Elena Garro, *La semana de colores*, México, Universidad Veracruzana, 1964.

"¡Ándale, Camila, un anillo dorado!" y me agaché y lo cogí. No fue robo. La calle es la calle y lo que pertenece a la calle nos pertenece a todos. Estaba bien frío y no tenía ninguna piedra: era una alianza. Se secó en la palma de mi mano y no me pareció que extrañara ningún dedo, porque se me quedó quieto y se entibió luego. En el camino a mi casa me iba yo diciendo: "Se lo daré a Severina, mi hijita mayor." Somos tan pobres, que nunca hemos tenido ninguna alhaja y mi lujo señor, antes de que nos desposeyeran de las tierras, para hacer el mentado tiro al pichón en donde nosotros sembrábamos, fue comprarme unas chanclitas de charol con trabilla, para ir al entierro de mi niño. Usted debe de acordarse, señor, de aquel día en que los pistoleros de Legorreta lo mataron a causa de las tierras. Ya entonces éramos pobres, pero desde ese día sin mis tierras y sin mi hijo mayor, hemos quedado verdaderamente en la desdicha. Por eso cualquier gustito nos da tantísimo gusto. Me encontré a mis muchachos sentados alrededor del comal.

—¡Anden, hijos! ¿Cómo pasaron el día?

—Aguardando su vuelta, me contestaron. Y vi que en todo el día no habían probado bocado.

—Enciendan la lumbre, vamos a cenar.

Los muchachos encendieron la lumbre y yo saqué el cilantro y el queso.

—¡Qué gustosos andaríamos con un pedacito de oro! —dije yo preparando la sorpresa. ¡Qué suerte la de la mujer que puede decir que sí o que no, moviendo sus pendientes de oro!

—Sí, qué suerte... —dijeron mis muchachitos.

—¡Qué suerte la de la joven que puede señalar con su dedo para lucir un anillo! —dije.

Mis muchachos se echaron a reír y yo saqué el anillo y lo puse en el dedo de mi hija Severina. Y allí paró todo, señor, hasta que Adrián llegó al pueblo, para caracolear sus ojos delante de las muchachas. Adrián no trabajaba más que dos o tres veces a la semana reparando las cercas de piedra. Los más de los días los pasaba en la puerta de "El Capricho" mirando cómo comprábamos la sal y las botellas de refrescos. Un día detuvo a mi hijita Aurelia.

—¿Oye niña, de qué está hecha tu hermanita Severina?

—Yo no sé... —le contestó la inocente.

—Oye niña, ¿y para quién está hecha tu hermanita Severina?

—Yo no sé... —le contestó la inocente.

—Oye niña, ¿y esa mano en la que lleva el anillo a quién se la regaló?

—Yo no sé... —le contestó la inocente.

—Mira niña, dile a tu hermanita Severina que cuando compre la sal me deje que se la pague y que me deje mirar sus ojos.

—Sí, joven —le contestó la inocente. Y llegó a platicarle a su hermana lo que le había dicho Adrián.

La tarde del siete de mayo estaba terminando. Hacía mucho calor y el trabajo nos había dado sed a mi hija Severina y a mí.

—Anda, hija, ve a comprar unos refrescos.

Mi hija se fue y yo me quedé esperando su vuelta sentada en el patio de mi casa. En la espera me puse a mirar cómo el patio estaba roto y lleno de polvo. Ser pobre señor, es irse quebrando como cualquier ladrillo muy pisado. Así somos los pobres, ni quién nos mire y todos nos pasan por encima. Ya usted mismo lo vio, señor, cuando mataron a mi hijito el mayor para quitarnos las tierras. ¿Qué pasó? Que el asesino Legorreta se hizo un palacio sobre mi terreno y ahora tiene sus reclinatorios de seda blanca, en la iglesia del pueblo y los domingos cuando viene desde México, la llena con sus pistoleros y sus familiares, y nosotros los descalzos, mejor no entramos para no ver tanto desacato. Y de sufrir tanta injusticia, se nos juntan los años y nos barren el gusto y la alegría y se queda uno como un montón de tierra antes de que la tierra nos cobije. En esos pensamientos andaba yo, sentada en el patio de mi casa, ese siete de mayo. " ¡Mírate, Camila, bien fregada!" "Mira a tus hijos. ¿Qué van a durar? ¡Nada! Antes de que lo sepan estarán aquí sentados, si es que no están muertos como mi difuntito asesinado, con la cabeza ardida por la pobreza, y los años colgándoles como piedras, contando los días en que no pasaron hambre"... Y me fui, señor a caminar mi vida. Y vi que todos los caminos estaban llenos con las huellas de mis pies. ¡Cuánto se camina! ¡Cuánto se rodea! Y todo para nada o para encontrar una mañana a su hijito tirado en la milpa con la cabeza rota por los máuseres y la sangre saliéndole por la boca. No lloré, señor. Si el pobre empezara a llorar, sus lágrimas ahogarían al mundo, porque motivo para llanto son todos los días. Ya me dará Dios lugar para llorar, me estaba

101

yo diciendo, cuando me vi que estaba en el corredor de mi casa esperando la vuelta de mi hijita Severina. La lumbre estaba apagada y los perros estaban ladrando como ladran en la noche, cuando las piedras cambian de lugar. Recordé que mis hijos se habían ido con su papá a la peregrinación del Día de la Cruz en Guerrero y que no iban a volver hasta el día nueve. Luego recordé que Severina había ido a "El Capricho". "¿Dónde fue mi hija que no ha vuelto?" Miré el cielo y vi como las estrellas iban a la carrera. Bajé mis ojos y me hallé con los de Severina, que me miraban tristes desde un pilar.

—Aquí tiene su refresco —me dijo con una voz en la que acababan de sembrar la desdicha.

Me alcanzó la botella de refresco y fue entonces cuando vi que su mano estaba hinchada y que el anillo no lo llevaba.

—¿Dónde está tu anillo, hija?

—Acuéstese, mamá.

Se tendió en su camita con los ojos abiertos. Yo me tendí junto a ella. La noche pasó larga y mi hijita no volvió a usar la palabra en muchos días. Cuando Gabino llegó con los muchachos, Severina ya empezaba a secarse.

—¿Quién le hizo el mal? —preguntó Gabino y se arrinconó y no quiso beber alcohol en muchos días.

Pasó el tiempo y Severina seguía secándose. Sólo su mano seguía hinchada. Yo soy ignorante, señor, nunca fui a la escuela, pero me fui a Cuernavaca a buscar al doctor Adame, con domicilio en Aldana 17.

—Doctor, mi hija se está secando. . .

El doctor se vino conmigo al pueblo. Aquí guardo todavía sus recetas. Camila sacó unos papeles arrugados.

—¡Mamá! ¿Sabes quién le hinchó la mano a Severina? —me preguntó Aurelia.

—No, hija, ¿quién?

—Adrián, para quitarle el anillo.

¡Ah, el ingrato! y en mis adentros veía que las recetas del doctor Adame no la podían aliviar. Entonces, una mañana, me fui a ver a Leonor, la tía del nombrado Adrián.

—Pasa, Camila.

Entré con precauciones: mirando para todos lados para ver si lo veía.

—Mira, Leonor, yo no sé quién es tu sobrino, ni qué lo trajo al pueblo, pero quiero que me devuelva el anillo que le quitó a mi hija, pues de él se vale para hacerle el mal.

—¿Qué anillo?

—El anillo que yo le regalé a Severina. Adrián con sus propias manos se lo sacó en "El Capricho" y desde entonces ella está desconocida.

—No vengas a ofender, Camila. Adrián no es hijo de bruja.

—Leonor, dile que me devuelva el anillo por el bien de él y de toda su familia.

—¡Yo no puedo decirle nada! Ni me gusta que ofendan a mi sangre bajo mi techo.

Me fui de allí y toda la noche velé a mi niña. Ya sabe, señor, que lo único que la gente regala es el mal. Esa noche Severina empezó a hablar el idioma de los maleados. ¡Ay, Jesús bendito, no permitas que mi hija muera endemoniada! Y me puse a rezar una Magnífica. Mi comadre Gabriel, aquí presente, me dijo: "Vamos por Fulgencia, para que le saque el mal del pecho." Dejamos a la niña en compañía de su padre y sus hermanos y nos fuimos por Fulgencia. Luego, toda la noche Fulgencia curó a la niña, cubierta con una sábana.

—Después de que cante el primer gallo, le habré sacado el mal —dijo.

Y así fue señor, de repente Severina se sentó en la cama y gritó: "¡Ayúdeme mamacita!" Y echó por la boca un animal tan grande como mi mano. El animal traía entre sus patas pedacitos de su corazón. Porque mi niña tenía el animal amarrado a su corazón... Entonces cantó el primer gallo.

—Mira —me dijo Fulgencia— ahora que te devuelvan el anillo, porque antes de los tres meses habrán crecido las crías.

Apenas amaneció, me fui a las cercas a buscar al ingrato. Allí lo esperé. Lo vi venir, no venía silbando, con un pie venía trayendo a golpecitos una piedra. Traía los ojos bajos y las manos en los bolsillos.

—Mira, Adrián el desconocido, no sabemos de dónde vienes, ni quiénes fueron tus padres y sin embargo te hemos recibido aquí con cortesía. Tú en cambio andas dañando a las jóvenes. Yo soy la madre de Severina y te pido que me devuelvas el anillo con que le haces el mal.

—¿Qué anillo? —me dijo ladeando la cabeza. Y vi que sus ojos brillaban con gusto.

—El que le quitaste a mi hijita en "El Capricho".

—¿Quién lo dijo? —y se ladeó el sombrero.

—Lo dijo Aurelia.

—¿Acaso lo ha dicho la propia Severina?

—¡Cómo lo ha de decir si está dañada!

—¡Hum!... Pues cuántas cosas se dicen en este pueblo. ¡Y quién lo dijera con tan bonitas mañanas!

—Entonces ¿no me lo vas a dar?

—¿Y quién dijo que lo tengo?

—Yo te voy a hacer el mal a ti y a toda tu familia —le prometí.

Lo dejé en las cercas y me volví a mi casa. Me encontré a Severina sentadita en el corral, al rayo del sol. Pasaron los días y la niña se empezó a mejorar. Yo andaba trabajando en el campo y Fulgencia venía para cuidarla.

—¿Ya te dieron el anillo?

—No.

—Las crías están creciendo.

Seis veces fui a ver al ingrato Adrián a rogarle que me devolviera el anillo. Y seis veces se recargó contra las cercas y me lo negó gustoso.

—Mamá, dice Adrián que aunque quisiera no podría devolver el anillo, porque lo machacó con una piedra y lo tiró a una barranca. Fue una noche que andaba borracho y no se acuerda de cuál barranca fue.

—Dile que me diga cuál barranca es para ir a buscarlo.

—No se acuerda...

Me repitió mi hija Aurelia y se me quedó mirando con la primera tristeza de su vida. Me salí de mi casa y me fui a buscar a Adrián.

—Mira, desconocido, acuérdate de la barranca en la que tiraste el anillo.

—¿Qué barranca?

—En la que tiraste el anillo.

—¿Qué anillo?

—¿No te quieres acordar?

—De lo único que me quiero acordar es que de aquí a catorce días me caso con mi prima Inés.

—¿La hija de tu tía Leonor?

—Sí, con esa joven.

—Es muy nueva la noticia.

—Tan nueva de esta mañana...

—Antes me vas a dar el anillo de mi hija Severina. Los tres meses ya se están cumpliendo.

Adrián se me quedó mirando, como si me mirara de muy lejos, se recargó en la cerca y adelantó un pie.

—Eso sí que no se va a poder...

Y allí se quedó, mirando al suelo. Cuando llegué a mi casa, Severina se había tendido en su camita. Aurelia me dijo que no podía caminar. Mandé traer a Fulgencia. Al llegar nos contó que la boda de Inés y de Adrián era para un domingo y que ya habían invitado a las familias. Luego miró a Severina con mucha tristeza.

—Tu hija no tiene cura. Tres veces le sacaremos el mal y tres veces dejará crías. No cuentes más con ella.

Mi hija empezó a hablar el idioma desconocido y sus ojos se clavaron en el techo. Así estuvo varios días y varias noches. Fulgencia no podía sacarle el mal, hasta que llegara a su cabal tamaño. ¿Y quién nos dice, señor, que anoche se nos pone tan malísima? Fulgencia le sacó el segundo animal con pedazos muy grandes de su corazón. Apenas le quedó un pedazo chiquito de corazón, pero bastante grande para que el tercer animal se prenda a él. Esta mañana mi niña estaba como muerta y yo oí que repicaban campanas.

—¿Qué es ese ruido, mamá?

—Campanas, hija...

—Se está casando Adrián —le dijo Aurelia.

Y yo, señor, me acordé del ingrato y del festín que estaba viviendo mientras mi hijita moría.

—Ahora vengo —dije.

Y me fui cruzando el pueblo y llegué a casa de Leonor.

—Pasa, Camila.

Había mucha gente y muchas cazuelas de mole y botellas de refrescos. Entré mirando por todas partes, para ver si lo veía. Allí estaba con la boca risueña y los ojos serios. También estaba Inés, bien risueña, y allí estaban sus tíos y sus primos los Cadena, bien risueños.

—Adrián, Severina ya no es de este mundo. No sé si le quede

un pie de tierra para retoñar. Dime en qué barranca tiraste el anillo que la está matando.

Adrián se sobresaltó y luego le vi el rencor en los ojos.

—Yo no conozco barrancas. Las plantas se secan por mucho sol y falta de riego. Y las muchachas por estar hechas para alguien y quedarse sin nadie...

Todos oímos el silbar de sus palabras enojadas.

—Severina se está secando, porque fue hecha para alguien que no fuiste tú. Por eso le has hecho el maleficio. ¡Hechicero de mujeres!

—Doña Camila, no es usted la que sabe para quién está hecha su hijita Severina.

Se echó para atrás y me miró con los ojos encendidos. No parecía el novio de este domingo: no le quedó la menor huella de gozo, ni el recuerdo de la risa.

—El mal está hecho. Ya es tarde para el remedio.

Así dijo el desconocido de Ometepec y se fue haciendo para atrás, mirándome con más enojo. Yo me fui hacia él, como si me llevaran sus ojos. "Se va a desaparecer", me fui diciendo, mientras caminaba hacia adelante y él avanzaba para atrás, cada vez más enojado. Así salimos hasta la calle, porque él me seguía llevando, con las llamas de sus ojos. "Va a mi casa a matar a Severina", le leí el pensamiento, señor, porque para allá se encaminaba, de espaldas, buscando el camino con sus talones. Le vi su camisa blanca, llameante, y luego, cuando torció la esquina de mi casa, se la vi bien roja. No sé cómo, señor, alcancé a darle en el corazón, antes de que acabara con mi hijita Severina...

Camila guardó silencio. El hombre de la Comisaría la miró aburrido. La joven que tomaba las declaraciones en taquigrafía detuvo el lápiz. Sentados en unas sillas de tule, los deudos y la viuda de Adrián Cadena bajaron la cabeza. Inés tenía sangre en el pecho y los ojos secos.

Gabino movió la cabeza apoyando las palabras de su mujer.

—Firme aquí, señora y despídase de su marido porque la vamos a encerrar.

—Yo no sé firmar.

Los deudos de Adrián Cadena se volvieron a la puerta por la que acababa de aparecer Severina. Venía pálida y con las trenzas deshechas.

—¿Por qué lo mató, mamá?... Yo le rogué que no se casara con su prima Inés. Ahora el día que yo muera, me voy a topar con su enojo por haberlo separado de ella...

Severina se tapó la cara con las manos y Camila no pudo decir nada.

La sorpresa la dejó muda mucho tiempo.

—¡Mamá, me dejó usted el camino solo!...

Severina miró a los presentes. Sus ojos cayeron sobre Inés, ésta se llevó la mano al pecho y sobre su vestido de linón rosa, acarició la sangre seca de Adrián Cadena.

—Mucho lloró la noche en que Fulgencia te sacó a su niño. Después, de sentimiento quiso casarse conmigo. Era huérfano y yo era su prima. Era muy desconocido en sus amores y en sus maneras... —dijo Inés bajando los ojos, mientras su mano acariciaba la sangre de Adrián Cadena.

Al rato le entregaron la camisa rosa de su joven marido: cosido en el lugar del corazón había una alianza, como una serpientita de oro y en ella grabadas las palabras: "Adrián y Severina gloriosos."

La cuesta de las ballenas *

Emma Dolujanoff

México

Yo sé que estas cosas debiera callármelas para siempre, llevarlas pegadas detrás de los ojos y detrás de las palabras, hasta que un día, quedaran bien guardadas debajo de la misma tierra que ha de taparme con todas mis penas juntas. Así se lo prometí a Tanasia. Pero de tanto callarme, el sufrimiento se me fue haciendo como una bola grande que me anda rodando por todo el cuerpo y me empuja para fuera la piel y los ojos y la voz. Y todo porque le prometí a la Tanasia no decirle nada a nadie, se lo prometí cuando se estaba muriendo. Tanto aguantarme para venir a decirlo ora ya de viejo y con lo poco que falta para que me entierren. Todos por acá dicen que los muertos oyen cuando no se les cumple la promesa, y ella me lo va a oír aunque lo diga yo muy quedito, como cuando va uno a confesarse no queriendo que ni el mismo padrecito se dé cuenta y habla uno sin voz, moviendo apenas los labios, no más para que Dios solito oiga los pecados y no se sientan tan fuertes los empujones del corazón.

Por eso salí hoy tan de mañanita y me vine al mar en esta canoa, que siempre ha sido mía desde que mi padre, el finado Sebastián, me la dio para que yo también como él, fuera "cuchulero". Y cuando el sol comenzó a salir, yo ya estaba lejos de

* Emma Dolujanoff, *Cuentos del desierto*, en: Aurora Ocampo, *Cuentistas mexicanas siglo XX*, México, UNAM, 1976.

Yavaros, muy adentro del mar y le seguí lo más que pude, calculando lo que me aguantara la canoa sin que se le hicieran pedazos sus tablas viejas; después cebé el anzuelo, pero si pican o no pican los animalitos, eso es cosa de Dios, yo cumplo con ponerles el cebo y dejarlo quieto en el mar.

Voy a hablar mi pena para que toda entera se vuelva palabras, que ya me tiene el pecho llagado de tan guardada; la voy a hablar muy quedito, tan apenitas que ni yo mismo la oiga ni se espanten los peces, no más para que Dios la recoja y me lo pueda perdonar la Tanasia.

Lo que voy a contar pasó hace mucho. Estoy ya muy viejo, no sé cuántos tengo cumplidos, pero más de sesenta años, seguro. Hace tanto tiempo que a mi madre la enterraron, que ya nadie se acuerda cuándo nació el viejo Prócoro y hasta a mí mismo me parece que vivo desde siempre así de viejo y todo. Pero contando mi pena, tengo que acordarme que un día estaba yo joven y hasta enamorado. Y ya puesto a hablar, más vale que comience desde el principio, para ver si puedo echar fuera todo este dolor que me tiene tan maltratado y si acaso, Dios, oyéndolo todito, pueda darme la conformidad.

Pues para comenzar por el principio, tengo que decir que soy hijo de Sebastián y de Balbina, los dos finados hace ya mucho tiempo. De hijos no éramos más que Margarito y yo, Prócoro. Mi hermano era el mayorcito, pero parece ser que no me llevaba mucho, pues la gente decía que casi nos veíamos iguales, pero de todos modos era el mayor y para todo le hacían más caso. Fue el primero que tuvo canoa y Sebastián mi padre, ya cuando nos hicimos grandes, siempre le tomaba su parecer para las cosas importantes. Pero eso es lo de menos, que de tanto dolerme lo demás, en esto ni me fijaba. La cosa está en que siendo yo muy niño y me acuerdo como si fuera ahora, fui a la playa con Margarito para coger jaibas y como al final junté más animales de esos que él, se enojó mucho, me arrebató la cubeta en que los tenía y los tiró otra vez al mar. Después, me agarró por los hombros y me gritó con su boca muy pegada a mi oreja:

— ¡Bizco, tú eres bizco!

Acabó dándome un empujón que me dejó tendido en la arena, se calló un rato y me volvió a gritar mientras se alejaba:

— ¡Bizco! Nadie te va a querer nunca por bizco.

Yo no sabía la palabra esa ni nunca antes la había oído, pero me la dijo con tan feo modo y había tanto odio en su risa y en su voz, que me fui corriendo a buscar a mi madre y llorando le pregunté de la palabra. La pobre no se hallaba, pero yo le seguía preguntando y preguntando, hasta que ella no pudo más y se puso a explicarme:

—Son tus ojos Prócoro, pero no te apures que no es enfermedad mala ni peligrosa. Mira, si casi no es nada, no más están tantito encontrados.

Toda esa noche lloré muy quedito, comiéndome los gritos que se me querían salir, para que Sebastián mi padre no fuera a oírme. Al otro día me levanté tempranito y me fui lejos de los jacales de Yavaros porque no quería que nadie me viera los ojos. Me fui a mirar el mar y no quise regresar ni para comer; pero ya anocheciendo, me encontró Margarito y me llevó para la casa. Mi padre me esperaba enojado: me regañó, me pegó y mandó que me acostara luego luego.

Después de muchos días y ya que se me andaba pasando la pena y no me importaba que me viera la gente de Yavaros, no sé de dónde se consiguió Margarito un espejo y me lo vino a traer corriendo. Me miré mucho rato, después lo miré a él, me volví a mirar yo y no encontré nada raro. Me quedé tranquilo, Margarito también se puso en paz y se pasó un tiempo sin que me molestara con lo de la bizquera. Pero un día, mi padre quiso llevarme a Masiaca y sólo entonces vine a averiguar bien a bien lo que yo tenía en los ojos y fue porque conocí al finado Juan, a quien todos nombraban El Bizco. Todavía me acuerdo cómo me le quedé mirando mucho rato, de veras que no podía quitar mis ojos de los suyos, tanto, que ni cuenta me di que me andaban comprando una camisa nueva en la tienda de Juan, una camisa como yo la quería y la venía pidiendo desde hace mucho.

—Está medio pasmado el muchacho —oí que le decía mi padre a Juan— y es que nunca lo he sacado de Yavaros.

Tuve que ponerme la camisa allí mismo, pero ya no me hizo ninguna ilusión, porque si yo tenía los ojos como Juan, qué fuerza era tener camisa nueva, si lo bizco no se quitaba con eso, ni nadie me iba a querer sólo por la camisa. Me aguanté de llorar porque le tenía miedo a mi padre.

Los tres días que estuvimos en Masiaca, seguí pasmado, co-

110

mo a cada rato me lo decía mi padre, creyendo que lo que me amensaba era lo grande del pueblo comparado con Yavaros. Pero pasmado y todo, me di maña para averiguar del tal Juan y vine a saber que estaba casado, que su mujer lo quería mucho y que tenía tres hijas que también lo querían. Eso me calmó y hasta pensé que lo que Margarito me había dicho de que nadie me iba a querer por bizco era de pura envidia porque yo había cogido más jaibas que él.

Me acuerdo que esa primera vez Masiaca no me gustó nada y sentí mucho alivio cuando nos subimos a la carreta y agarramos por el camino de Yavaros. Seguro que mi padre me notaba raro, tal vez hasta triste, él, que nunca se fijaba en mí y siempre tenía ojos para Margarito; creo que algo notó, porque de repente se puso a hacerme cariños en la cabeza y sin que yo se lo pidiera, me dejó las riendas del caballo. Esto no lo puedo olvidar porque fue la única vez que me lo permitió, no más a Margarito se las daba diciendo que así tenía que ser porque era el mayor. Y llevar las riendas del caballo me había hecho siempre tanta ilusión, que cuando las agarré, se me olvidó todo, hasta el bizco Juan y hasta mi propia bizquera. Me sentía tan contento, que me puse a cantar con mi padre y el camino se me hizo muy cortito. Tenía un poco de miedo que me quitara las riendas antes de llegar, y yo lo que quería era entrar a Yavaros guiando al caballo y que todos me vieran y sobre todo, que me viera Margarito. Y así pasó.

Llegamos a Yavaros ya cayendo la tarde y qué bonito se me hizo mi pueblo visto desde la Cuesta de las Ballenas, con sus jacales desparramados entre los pitahayos y los mezquites, como manchas negras puestas sobre la arena. Adelantito se veía el mar pintado de muchos colores por el sol que se iba poniendo, y arriba, en el cielo, las puntas de los "echos" se metían entre las nubes medio doradas y medio blancas. Acercándonos más, pude distinguir los chinchorros puestos a secar sobre los remos clavados en la arena y también las canoas, varadas de modo que no se las llevara la marea, pero así y todo, muchas amanecían flotando. Y el mar, porque todo lo demás era mar, este mar tan grande y de tantos colores, que había empujado la costa tantito para adentro, lo bastante para que Yavaros pudiera ser lo que se llama un puertito alegre donde todos éramos pescadores. Y di-

111

go que alegre, porque así lo sentí yo esa vez y ya no me cabía el gusto adentro cuando comencé a divisarlo desde la Cuesta de las Ballenas. La Cuesta la nombrábamos así porque había allí una quijada de ballena, tamaña de grandota, más todavía que un caballo entero. Nadie sabía cómo había ido a parar tan lejos, pero unos decían que era cosa de Dios y otros, que antes de los abuelos y de los bisabuelos, todo lo que es Yavaros era agua, que las mareas llegaban hasta la Cuesta y que una ballena dejó allí su quijada como señal de que Yavaros es pertenencia del mar.

Comenzaban a encender las lumbradas cuando entramos al pueblo. Todos me vieron en la carreta con las riendas en la mano y también me vio Margarito, pero no dijo nada. Estas cosas pasaron cuando tenía yo como diez años y a esas edades las penas se machacan poco; a mí pronto me vino la conformidad, me acostumbré a ser "el bizco" y ya no me podía mucho que de vez en cuando Margarito o algún otro me lo dijera. Me hice el ánimo y bizco y todo, a veces hasta contento me sentía.

Seguí en la conformidad mucho tiempo, tanto como el que tardó la Tanasia para llegar a Yavaros. Andaría yo entonces por los quince años y la Tanasia era tan bonita de todo a todo, de cara y de cuerpo, muy pareja de genio, muy comedida, calladita y trabajadora. Pero deveras que era muy guapa, más que todas las de Yavaros juntas. Sus ojos eran negros, no muy grandes; sus trenzas también negras y toda su cara tan finita, que cuando se tapaba con el rebozo para entrar a la iglesia, se me figuraba la misma Virgencita puesta en el altar. Que Dios me perdone, pero así la miraba yo. Todas las palabras juntas se me hacen pocas y ninguna me sirve para pintar a la Tanasia, pero yo por dentro la tengo muy presente.

Cuando ella llegó a Yavaros, tenía yo mi canoa, Margarito la suya y los dos éramos "cuchuleros". Y cada uno tenía también su fama: Margarito, de guapo y algo borracho y yo, de trabajador, medio menso y feo. Y es cierto que era bien feo y digo que era, porque ora de viejo qué más da, ni nadie se fija, porque de los guapos que no se han muerto, ya de viejos, se me han emparejado en lo feo. Pero cuando está uno muchacho y enamorado, es muy distinto. Esa es la cosa, que yo me fui enamorando de la Tanasia sin darme cuenta casi. Ella era tan buena conmigo, se ponía a platicarme de esto y de lo otro, me dejaba que le llevara el tambo del agua y también que fuera con ella a juntar leña. Una vez hasta me dijo que le gustaría dar una vuelta conmigo en la canoa.

Pero allí fue donde: todos los que no estaban casados comenzaron a hacerle la lucha y muchos de los que estaban casados, también. La Tanasia, muy seria, no se llevaba con ninguno; a mí me dejaba estar con ella porque yo nunca le andaba diciendo cosas y no por bueno, pues ni queriendo podía hablarle siquiera de lo bonita que era. Y un día pasó lo que nunca se me va a olvidar: venía yo con ella cargándole el tambo con agua, cuando de pronto, no sé de dónde, apareció Margarito y se puso a mirarnos y a reírse. De pronto gritó:

— ¡Miren no más al bizco de Prócoro enamorado!

Dejé caer el tambo. Tanasia se quedó mirando el agua desparramada; se había puesto bien roja de pura vergüenza. Yo sentí que mi sangre se paraba de repente, se amontonaba toda en alguna parte de mi cuerpo, como una bola grande que me jalaba pegándome a la tierra y que no me dejaba mover de puro pesado. Margarito se seguía riendo y diciendo cosas que ya no pude entender. Así estuvimos buen rato: la Tanasia muy quietecita y yo como muerto, hasta que pude mover una pierna, después también la otra. Entonces eché a correr para la ramada de la playa, ahí donde Sebastián mi padre guardaba sus canoas viejas. Me tendí boca abajo y me quedé sin moverme muchas horas, hasta que el mar se tragó el último rayito de luz y oí que mi madre me nombraba a gritos. Me levanté y salí muy despacito de la ramada; no quería que nadie se diera cuenta y mucho menos ella, que había estado llorando de dolor y vergüenza.

Esa noche puse mi tendido fuera del jacal, cerca de las brasas de la lumbrada. No pude dormir nada y pensando en la Tanasia, me dieron muchas ganas de morirme, porque no podía yo decirle que la quería, que se casara conmigo. Cómo iba a decírselo, si no más de verla me sentía como los borrachos, todo tambaleando y me daba miedo y me ponía a temblar todito. Si no más cuando le quería decir por su nombre, la lengua se me pegaba detrás de los dientes. Y para más vergüenza, eso ya se me notaba y ella también se daba cuenta. Y todo por lo bizco; claro que hay muchos bizcos en el mundo, pero en Yavaros yo era el único y cada uno que es bizco, siente más por su cuenta que todos los demás juntos, sobre todo por saber que a cada rato la Tanasia pueda pensar: Pero si Prócoro es bizco.

Cómo me hubiera gustado que esa noche no se acabara nunca, pero comenzó a amanecer y yo, como no quería ver a nadie ni que nadie me viera, me levanté y fui al jacal para persignarme junto a la Virgencita. Todos estaban dormidos, salí sin hacer ruido y me fui en mi canoa, en esta misma que traigo ahora. Se me olvidó el cebo y no volví por él y no me importó. Desde ese día me quedé así, con mucho sufrimiento por dentro y sin decírselo a nadie, ni al padrecito cuando me andaba confesando. También para siempre me quedaron estas ganas de llorar y no puedo desahogarme, todas las lágrimas se me van para adentro y de ahí no se quieren salir. Me hice más arisco todavía porque me daba vergüenza con la gente de Yavaros. Desde entonces agarré fama de raro, medio loco y hasta para unos de santo, porque nunca me conocieron mujer, ni ganas de pretender a ninguna. A la Tanasia no volví a hablarle, no por rencor, sino para que no la embromaran conmigo y para no encontrármela, me pasaba casi todo el tiempo en el mar, sacando mucho pescado. Fue cuando quisieron casarme con la Damiana, pero dije que no y acabó casándose con otro.

Pasaron así dos años. Yo andaba triste pero ya muy calmado, cuando un día, regresando del mar, me encontré en el jacal nuestro a la Tanasia con Epifanio su padre. También estaban allí el mío, mi madre y Margarito. Y ni modo, tuve que saludar a todos, uno por uno y sentarme con ellos. Oyéndolos hablar, supe que Margarito se casaba con la Tanasia y que ella estaba de acuerdo. Después ya no me di bien cuenta de nada, tampoco de si estaba yo parado o sentado: algo grande me empujaba por todas partes, algo así como si un temporal muy fuerte estuviera metiendo todo el mar dentro de la casa. Me aguanté y creo que hasta me reí. Ellos se casaron. Tuve que ir a la iglesia y después vi cómo se mudaban a su propio jacal. Otras muchas veces tuve que ir viendo: cómo enterraban a mi padre, después a mi madre y también cómo iban naciendo los hijos de Margarito. Y lo peor de todo, es que tuve que saber cómo sufría la Tanasia porque Margarito se hacía cada vez más mañoso y más malo con ella. Le tenía prohibido que hablara conmigo y él mismo apenas me hablaba. Todos los de Yavaros sabían que la maltrataba mucho y que ella nomás se defendía llorando.

Yo seguía viviendo en el jacal de mi padre, sin mujer y sin nada, acordándome de la Tanasia y rezando por ella. Cuando nació su tercer hijo, vino Margarito a decirme que yo lo llevara a la pila, le dije que sí sin sentir ya envidia por dentro. Y Margarito vino porque el muchacho tuvo la ocurrencia de nacer un día de San Prócoro y Prócoro le dejamos por nombre. Mirando crecer a mi ahijado, la vida se me hacía menos pesada y Margarito se fue componiendo conmigo, seguido venía a verme y platicábamos de las canoas, de Sebastián nuestro padre y de muchas cosas más. Pero yo nunca iba a su casa ni hablaba con la Tanasia para que él no fuera a creerse otra cosa. De vez en cuando la veía yo en la iglesia y entonces me le quedaba mirando todo el rato de la misa: hasta daba pena verla tan delgada, con tamañas ojeras y con cara de enferma.

Así la fuimos pasando hasta que mi ahijado cumplió ocho años. Ese día me fui temprano a Masiaca para traerle cosas que le quería regalar.

Atardeciendo estaba ya de regreso, bajando con mi carreta por la Cuesta de las Ballenas. Iba muy despacito porque el caballo apenas podía de tan viejo y yo tampoco tenía mucha prisa ni me importaba que nadie me viera con las riendas en la mano. Así venía yo, cuando de pronto oí un ruidito, algo así como un quejido o el roce de un pájaro entre las ramas. Miré y vi muy cerquita, desembocando por el atajo, a la Tanasia, toda doblada debajo de un bulto muy grande de leña. Venía con paso cansado y mirando para el suelo. Apreté las riendas, puse quieto al caballo y yo mismo me quedé sin movimiento no sé cuánto rato. Ella levantó la cabeza, me miró y se quedó parada. La leña se le resbaló de la espalda y cayó al suelo haciendo mucho ruido. Entonces pude moverme, brinqué rápido de la carreta y fui a pararme delante de ella. No sé cómo me salió la voz para decirle:

—Tanasia...

No me contestó. Se puso a llorar con sollozos que no se oían, pero yo sentí el ruido de sus lágrimas. Siempre había estado esperando encontrármela algún día, así, solita. Y ese día que me la encontré, vine a saber que lo que se siente deveras dura para siempre: otra vez tenía yo esa bola grande de sangre rodándome por todo el cuerpo. Como soñando volví a decirle:

—Tanasia...

Ella se estaba secando los ojos con la punta del rebozo. Parada allí, su cuerpo parecía como dibujado sobre el cielo y el cielo la rodeaba por todas partes.

—No llores, Tanasia.

El rebozo se le resbaló poco a poco y toda la luz de la tarde vino a esconderse cerca de sus trenzas.

—Ya no lloro, Prócoro —dijo ella y se sonrió.

El viento húmedo que venía del mar acercó su sonrisa y la pegó a mis labios. Sentí como si la piel se me hubiera caído toda: sus miradas me entraban en el cuerpo como por una sola llaga grande. Abajo, la marea parecía subir muy aprisa, como queriendo tapar los jacales de Yavaros. El silencio y la esperanza guardada desde tanto tiempo, me empujaron. Ella, más que dejarse, se desplomó en mis brazos.

Nos escondimos detrás de la quijada de la ballena y cuando encontré sus labios, la noche, como un mar inmenso, había caído sobre Yavaros, igual que antes de los abuelos y de los bisabuelos, aquella marea grande había llegado hasta la Cuesta de las Ballenas. Ya para irse, ella puso su cabeza sobre mi pecho como si fuera un remordimiento y la dejó allí un rato. Después se alejó sin hacer ruido. Yo me quedé tendido esperando que amaneciera.

Pasaron cinco días, los más largos que he conocido. Al sexto, todavía antes de que amaneciera, llegó corriendo mi ahijado para avisarme que se le andaba muriendo su madre. Me fui con él y me encontré a la Tanasia deveras muy mala y a Margarito que no estaba en su casa porque llevaba tres días emborrachándose en Masiaca. Ella se moría, eso se le veía en los ojos. A Prócoro mi ahijado lo mandé con uno de sus hermanos a buscar a su padre y al otro por el señor cura y el curandero. Así fue como me quedé solo con la Tanasia ese día. Ella apenas si podía hablar, todas sus fuerzas se le iban en el trabajo que le costaba respirar. Así y todo me agarró muy fuerte la mano y me hizo prometerle que nunca le diría nada a nadie, ni siquiera al padrecito, eso de que yo, en toda mi vida no he tenido más mujer que la de mi hermano. Se lo prometí y ella se murió luego, sin esperar a Margarito ni al señor cura ni al curandero.

Nunca supe de que murió la Tanasia. El curandero dijo que de "dolencia de mujer" complicada con el mal de ojo. La verdad no se sabe, pero para mí que fue del sufrimiento, porque no era mujer para vivir en el pecado. Para llevarla a enterrar, la cargamos entre Margarito y yo. Los que quisieron acompañarnos, venían caminando despacito detrás de nosotros. De vez en cuando alguno hablaba para decir cosas buenas de la Tanasia. Era ya medio día cuando llegamos al camposanto y comenzamos a sacar la tierra. Mi hermano y yo hicimos el agujero. A ella, mientras, la dejamos a la sombra de un mezquite. Las mujeres rezaban muy quedito. Sacando la tierra, volví a sentir aquel viento tibio que había pegado su sonrisa en mis labios. Terminamos. Tendí un petate en el fondo de la tumba. Después, Margarito la tomó en sus brazos y me la entregó. Con mucho cuidado la acomodé y le volví a poner las manos sobre el pecho: no sé cómo se le habían movido, que con sus dedos quería agarrárseme de la camisa, sentí ganas de tenderme allí con ella y dejar que nos taparan con la misma tierra. Eso pensaba yo cuando comenzamos a echarle tierra en los ojos y en la boca y en el vientre, hasta que la cubrimos toda entera y encima le clavamos la cruz.

Todos se iban a casa de Margarito a tomar café y mezcal y a hablar de la muerta. Yo me aparté y la emprendí solo para la Cuesta de las Ballenas y me estuve hasta el otro día.

Todo el tiempo me quedé mirando el cielo y allí la vi a ella secándose los ojos con la punta de su rebozo. Todavía estaban algunos palos regados de aquella leña, que ella venía arrastrando por el atajo, apenas el otro día. Pero detrás de la quijada de la ballena, el viento había barrido las huellas de su cuerpo y tal vez, ese pecado fue sólo un sueño mío. Así se me figuró a mí mirando la quijada y mirando el cielo.

Tuve que regresar y hacer otra vez las mismas cosas de todos los días. Por eso regresé, para hacerlas y haciéndolas se me han pasado muchos años. Y después de todo este tiempo, Dios no me ha dado el arrepentimiento, porque yo sólo siento una pena muy grande que me maltrata por dentro, pero no tengo remordimiento de que la única mujer de Prócoro haya sido la de su hermano. Y por eso, por castigo de Dios, he vivido vida tan larga en pago de ese solo día en que encontré sus labios en la Cuesta de las Ballenas.

La felicidad *

Elena Poniatowska

México

Sí, mi amor, sí, estoy junto a ti, sí mi amor, sí, te quiero mi amor, sí, me dices que no te lo diga tanto, ya lo sé, ya lo sé, son palabras grandes, de una sola vez y para toda la vida, nunca me dices vida, cielo, mi vida, mi cielo, tú no crees en el cielo, amor, sí mi amor, cuidame, que no salga nunca de estas cuatro paredes, olvídame en tus brazos, envuélveme con tus ojos, tápame con tus ojos, sálvame, protégeme, amor, felicidad, no te vayas, mira allí está otra vez la palabra, tropiezo en ella a cada instante, dame la mano, más tarde vas a decir, felicidad estuviste con nosotros, sí, lo vas a decir, pero yo lo quiero pensar ahora, decirlo ahora, mira, entra el sol, el calor y esas ramas de la hiedra tenaces con sus hojitas pequeñas y duras que se cuelan por el calor de la ventana y siguen creciendo en tu cuarto y se enredan a nosotros, y yo las necesito, las quiero, son nuestras ataduras, porque yo, amor, te necesito, eres necesario, eso es, eres necesario y lo sabes, hombre necesario que casi nunca dices mi nombre, no tengo nombre a tu lado y cuando dices esto y lo otro, nunca aparece mi nombre y rechazas mis palabras, felicidad, amor, te quiero, porque eres sabio y no te gusta nombrar nada, aunque la felicidad está allí en acecho, con su nombre feliz que

* Elena Poniatowska, *Los cuentos de Lilus Kikus*, México, Universidad Veracruzana, 1967.

se queda en el aire, encima de nosotros, en la luz cernida de la tarde, y si yo la nombro se deshace, y viene luego la sombra y yo te digo, amor, devuélveme la luz, y entonces con la yema de tus dedos recorres mi cuerpo desde la frente hasta la punta del pie, por un camino que tú escoges, reconociéndome, y yo me quedo inmóvil, de lado, de espaldas a ti y devuelves la yema de tus dedos por mi flanco, desde la punta de los pies hasta mi frente, te detienes de pronto en la cadera y dices has adelgazado y yo pienso en un caballo flaco, el de Cantinflas mosquetero que cuelga su fieltro de plumas en el anca picuda, porque yo, mi amor, soy tu jamelgo, y ya no puedo galopar y te aguardo vigilante, sí, te vigilo, diciéndote, no te vayas, nada tienes que hacer sino estar aquí conmigo, con tu mano en mi cadera, no, no nos vamos de aquí, átame, ponme tu camisa, te ríes, te ríes porque me queda tan grande, no te rías, ve a traer agua de limón a la cocina porque hace calor y tenemos sed, anda, ve, no, espérame, yo voy, no, yo voy, bueno, anda tú, espera, no te levantes, ahora me toca a mí, mira, ya fui corriendo por el agua y aquí estoy otra vez junto a ti, que estás sobre la cama, libre y desnudo como el crepúsculo, bebe tú también, bebe la luz iluminada, no te das cuenta, no quiero que se vaya el sol mientras bebemos la felicidad, no quiero que se vaya el sol ni que dejes de estirarte así, fuera del tiempo en la tarde y en la noche que entra por la ventana, nuestra ventana, mira, tápala con la mano, que no entre la noche, que nunca deje de haber ventana, aunque tú puedes taparme el sol con un dedo, sí, mi amor, sí, aquí estoy, tu ventana al mundo, tápame con la mano, apágame como el sol, tú puedes hacer la noche, respiras y ya no entra el aire por la ventana, qué felices somos, mira qué tibio eres, la ventana se ha quedado inmóvil como yo, estática para siempre, tápame con tu mano, ¡ay, cuánto olvido de todo!, la ventana nos guarda nuestra única salida, nuestra comunicación con el cielo, te amo, amor, vámonos al cielo mientras la vecina sale a lavar en el patio, en su patio, patio de lavanderas; mientras aquí en tu patio nadie lava y hay hierbas locas en el lavadero, son altas y las mece el viento porque no puede mecer la ropa en los tendederos vacíos, te acuerdas, en octubre se dio un girasol, pequeño, desmedrado, pero yo sentí que giraba sobre mi vientre, entre mis cabellos revueltos y tristes y amarillos como un pequeño jardín abandonado, un jardincito en las afueras de la ciudad que se trepa por las bardas y que se viene hasta aquí y entra por la ventana a esta casa de migajón, casa de pan blanco, donde estoy en el corazón de la ternura, casa de oro, así redonda como la esperanza, naranja dulce, limón partido, casa de alegría, ten piedad de nosotros, envuélvenos con tus paredes de cal, no abras la puerta, no nos saques a la intemperie, te hemos llenado de palabras, mira, mira, di otra vez: mi vida, mi cielo, mi cielo, mi vida, sube el calor y yo ya no sé ni qué hacer para acallar los latidos, y yo no me muevo, ves, no digas que parezco chapulín, saltamontes, no digas que parezco pulga vestida, ya no me muevo, ves, para qué me dices: estate sosiega, pero si no estoy haciendo nada, sólo te pregunto si quieres dormir y me acercas a ti, te abrazo y me acuño como una medalla en tu boca, y sé que no quieres dormir, sólo quieres que estemos quietos, quietos y mansos mientras el calor sube de la tierra, y crece, pulsándonos, te quiero, mi amor, somos la pareja, el arquetipo, me apoyo en ti, pongo en tu pecho mi cabeza de medalla, me inscribo en ti, palabra de amor, troquelada en tu boca, hay llamas de fuego en tus labios, llamaradas que súbitamente funden mi sustancia, ahora en la fiesta de Pentecostés, pero nosotros nunca nos vamos a morir, ¿verdad?, porque nadie se quiere como nosotros, nadie se quiere así porque tú y yo somos nosotros, nadie puede contra nosotros dos, aquí encerrados en tu pecho y en mi pecho, déjame verte, están dentro de mí, mírame con mis ojos, no los cierres, no duermas mi amor, no te vayas por el sueño, los párpados se te cierran, mírame, déjame verte, no me dejes, que tampoco se vaya el sol, que no se debilite, que no se deje caer, no cedas como la luz, sol, déjalo todo igual sobre mi piel de níspero, mira, me ves ahora mejor que nunca porque se está yendo la tarde, porque te me vas tú también, y aquí estoy diciéndote: no te vayas, dúrame siempre, duro como el sol que vi desde niña con los ojos abiertos, quemándome, prolongándome hasta que veía negro, negro como el final de los cuentos de hadas que acaban en la rutina de los príncipes que fueron muy felices y tuvieron muchos hijos, muchos, no duermas, no duermas te digo, ansiosa, invariable, sin después, porque no hay después ya para nosotros aunque me dejes, pero no me vas a dejar nunca, tendrás que venir a recogerme, a unir los pedazos otra vez

sobre la cama y aquí estoy entera, y no puedes dejarme porque
tendrías que volver y algo de mí te haría falta para siempre,
como la pieza de un rompecabezas que falta y destruye todo el
dibujo, toda la vida que me has dado y que no puedes quitarme
porque te morirías, te quedarías ciego y no podrías hallarme,
coja, manca de ti, sin palabras, muda, con la palabra fin sellán-
dome los labios, el fin de todos los cuentos, ya no hay cuento,
ya no te cuento nada, fin, ya nada cuenta, las cosas se transfor-
man, ya no hay una hora de más sobre la tierra, mira, el mosqui-
tero de la ventana está agujereado, veo las dos mariposas en la
pared con sus alas de papel de china, amarillas, rosa, anaranjadas
y el copo de algodón y el pajarito aquel de madera que compras-
te por la calle el viernes en que todo comenzó, el viernes amarillo como el pajarito de juguete congo y rosa estridente que nos
picotea desde entonces, juguete de niño, como las mariposas de
papel que vuelan en los parques antes de que las de a de veras
salgan del capullo, como las que crucificaste en el otro cuarto,
grandes, de alas maravillosamente azules, transparentes, las tras
pasaste con un alfiler, una encima de otra, con un alfiler que me
duele y yo te pregunté cómo le hiciste, pues haciéndolo, y en-
sartaste la felicidad, la petrificaste allí en la pared, feliz otra vez
esta palabra, la repito, vuelve, vuelve y yo la repito, y tú te irri-
tas y me dices, otra vez la burra al trigo, a las espigas ávidas de la
felicidad, que no entiendes, no, no entiendo, ayúdame a arrancar la cizaña, ayúdame a caminar por esos trigos de Dios con la
aguja clavada ya sin la otra mariposa, dices que todos estamos
solos con la aguja clavada ya sin la otra mariposa, que nadie es
de nadie, que lo que tenemos es suficiente, y basta y es hasta
milagroso, sí, sí, sí, mi amor, es milagroso, no cierres los ojos,
ya entendí, no te encierres, no duermas, sal y mírame, estás
cansado y dentro de poco vas a dormirte, vas a entrar al río, y
yo me quedo en la orilla, la orilla que caminamos juntos, te
acuerdas, bajo los eucaliptos, caminando al paso del río, bajo las
hojas, bajo las espadas de luz, estoy abierta a todas las heridas,
te traje aquí mi joven vientre tendido, te doy mis dientes grandes y fuertes como herramientas y ya no tengo vergüenza de mí
misma, miento, sí, tengo vergüenza y les digo a todas las monjas
que me gustan las rosas con todo y espinas, por debajo de las
faldas negras, mientras ellas juguetean con sus rosarios y el vien-

to y la luz no pueden vibrar entre sus piernas, váyanse de aquí aves de mal agüero, váyanse, hebritas de vida, mustias telarañas rinconeras, llenas de polvo, váyanse, estrechas, puertas a medio abrir, váyanse escobas, déjenme barrer el mundo con ustedes, ustedes que barrieron tantos papelitos de colores en mi alma, y tú quédate amor, quisiera haberte conocido más vieja, hilando junto al fogón las ganas de esperarte, aunque nunca hubieras llegado, y cantarme yo misma la misma vieja canción, cuando era joven, él se quedaba dormido al pie de mi ventana, aunque no fuera cierto, porque viniste ahora temprano, antes de que yo tuviera tiempo de levantarme, y pusiste tu mano en la hendidura de la puerta, y corriste el cerrojo, y me gustaron tus pantalones con los bolsillos deformados, tus bolsillos que parecen llevar adentro todos los accidentes de la vida, y tus propios pensamientos, como envolturas de caramelo hechas bolita, tus pensamientos, dime qué piensas, mi amor, dime en qué estás pensando, ahorita, pero ahorita mismo que te quedaste así como contigo solo, olvidándote de que estoy yo aquí contigo, mi amor, en qué estás pensando, siempre pregunto lo mismo, ¿me quieres?, te estás quedando dormido, sé que te vas a dormir y voy a vestirme sin hacer ruido, y cerraré la puerta con cuidado, para dejarte allí envuelto en el tibio rojo y ocre de la tarde, porque te has dormido y ya no me perteneces y no me llevaste contigo, me dejaste atrás, hoy en la tarde en que el sol y la luz calurosa entraban por la ventana, y voy a ir a caminar mucho, mucho, y me verá la vecina desde su puerta, con su mirada de desaprobación porque sólo de vez en cuando me aventuro por esta vereda, caminaré hasta los eucaliptos, hasta quedar exhausta, hasta que acepte que tú eres un cuerpo allá dormido y yo otro aquí caminando y que los dos juntos estamos
irremediablemente,
irremediablemente,
perdidamente,
desesperadamente,
solos.

Persecución[*]

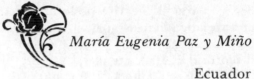

María Eugenia Paz y Miño

Ecuador

Te estoy odiando porque eres como un picaflor que siempre se está chupando un poco de mi néctar ¿Néctar? Sí, este néctar que a través de los años se ha cambiado de nombre y se ha llamado Felicidad. Todos los días vienes y te robas un poco de mí sin ni siquiera pedirme permiso.

Te odio porque tras de tus anteojos escondes ese mundo terrible que me aprisiona, te odio porque cada vez que nos amamos te vas dejándome un charco de angustia; te odio porque no es que quiera estar contigo sino que hay algo que me obliga, eres tú mismo el que me obligas a estar contigo, a ver tus espantosas manos cargadas de estrellas negras posarse sobre mi cabeza y acariciarme; te odio porque mis sueños están repletos de tu imagen, porque a cada instante vienes a arrancarme las ideas, a desajustar mi cerebro con tus impertinencias.

Yo me endulzo en tu pensamiento, me quedo pegosteada a tu cuerpo y a tus horribles cosas en las horas que más tranquila debo estar. A veces me pongo a leer para olvidarte, me pongo a dibujar helicópteros, caracoles plateados, números chuecos, botas sucias, teléfonos descolgados y nunca logro acabarlos pues tu rostro empieza a meterse en mis entrañas y te conviertes en lava-

* María Eugenia Paz y Miño, *Siempre nunca*, Quito, Ediciones EP, 1980.

dor de mi cerebro, eres igual a esas torturas que han impreso en las cárceles, eres una especie de bomba atómica en mi corazón y a veces hasta tienes ese horrible sabor a petróleo que marchita nuestro pueblo. Te odio, te siento cuando menos lo espero, cuando estoy dormida o cansada te apareces para azotarme, para hablarme de política y de misterios, me dices que pronto nos matarán porque han descubierto que estamos metidos en huelgas y revoluciones, que nos llevarán a calabozos profundos con hormigas y clavos y yo te pregunto que por qué me dices estas cosas que ni siquiera sé de lo que se tratan, pero ahí estás tú, con tu látigo inmenso para azotarme los ojos y la boca, para hacerme callar, para que yo no piense en nada. Te pones verde y luego rojo de ira y me maltratas, me dices que soy yo la culpable de que este mundo esté como esté, me golpeas hasta en los dedos con una especie de martillo que tienes pegado a tu voz y me dices que tú también me odias porque soy una explotadora que te exploto los besos; entonces empiezas a besarme para que me olvide de tus insultos y yo me olvido, pero te sigo odiando con todas las fuerzas, porque siempre estás diciendo que nos han descubierto, que ya mismo llegan y nos matan, ya mismo vienen esos a hacernos preguntas, a sacarnos al sol y despellejarnos como cerdos y dejarnos con la bocota abierta por ser revoltosos y rebeldes, que ya mismito empiezan a entrar y violarte por estar conmigo, que ya mismo llegan. . .

Yo te escucho asustada, con la garganta seca y los ojos aguados y te abrazo fuertísimo creyendo que así nos pueden confundir con algún fantasma pero tú me dices que te deje en paz, que ya te vas a largar a luchar y me vas a dejar para que no me hagan nada.

A veces pienso que sí me quieres, porque aunque me echas la culpa de todo, dices que te da miedo que te vean conmigo porque me van a echar el ojo y que no quieres que me pase nada porque al fin y al cabo "tú no sabes nada y te pueden hacer daño". Yo te pregunto que en qué andas metido, que me cuentes lo que haces, que me digas alguna cosita y tú te quedas callado como si no oyeras, como si tus oídos fueran dos hielos que no se rompen ni con rompedor y por eso te odio, porque no me dejas a pesar de que te doy pena y estoy asustada.

Tú, me sabes preguntar si es que te quiero y yo sé decirte

que sí, pero sólo para que me dejes en paz y no me sigas asustando con tu "ya mismo llegan y nos matan, ya mismo vienen y nos llevan a la cárcel".

El otro día estaba comiéndome un poco de pan con jamón y parecía que te quería, que eras una cobija calientita calentando mis escalofríos, pero entonces pasó lo de siempre, te metiste en el pan y te hiciste sánduche de amarguras, te metiste por mi boca y te quedaste en el estómago dando saltos y saltos hasta que yo te vomité y entonces me puse a llorar bastantísimo porque siempre que pienso en que te quiero me duele el estómago y me dan náuseas, será cosa sicológica me dices y después te ríes diciéndome que soy una mentirosa, que debería escribir cuentos porque tengo imaginación y después otra vez te empiezo a odiar como siempre porque te has metido hasta donde ni la sangre ha podido meterse y no puedo dejar de estar piensa y piensa en todo lo que me dices, no puedo hacer nada sino cocinarte en mis músculos y mis palabras. Te veo grandote y sonreído, con tus ojos cafés medio desviados, con tus ropas olor a sacapuntas y tu nariz tremendamente ovalada, con tus zapatos ajustados pateando las piedras, con tu voz cuadrada enmarcando las frases, enmarcando los espacios silenciosos, enmarcando las dulzuras; con tus orejas perdidas en los discursos y los noticiarios, con tus manos saladas moviéndose en zig-zag, con tus anteojos blancos traspasando la distancia, con tu pelo disparatado volando en los vientos, con toda esa masa enorme que eres y que nunca he podido describirla bien, con todo ese aspecto de niño juguetón y de hombre serio confundidos en ti.

Vienes a cada rato a distraerme, a sentarte a mi lado y quitarme el esfero y el papel, a quitarme los libros y los espejos y a ponerte como un adorno en medio del cuarto que me mira cuando me duermo y me despierto, cuando me visto y me desvisto y a decirme siempre lo mismo: "ya vienen, ya nos van a agarrar, ya mismito se aparecen y nos fusilan, nos matan".

Cuando estoy tranquila, casi olvidándote, me llamas y me empiezas a hablar de conventos y monjas, de borrachos y cervezas, de lustrabotas y calzados, de reyes y súbditos, de capitalistas y proletarios, de gobernantes y gobernados para después acabar con que ya mismo nos agarran y nos matan.

Estoy llegando a creer que estás obsesionado con las revueltas y mitines de los pasados meses, siempre estás metido en los desfiles y las manifestaciones llevando carteles de protesta y los últimos meses han sido duros para ti porque tu nombre ha salido en los periódicos y te están buscando. Yo te digo que no hagas caso, que los periódicos siempre andan diciendo mentiras o confundiendo todo pero tú entonces me pegas y me miras con esa mirada terrible y otra vez me dices: ya nos agarran, nos meten presos, nos fusilan...

Y otra vez te empiezo a odiar con más ganas, te empiezo a contar otra vez historias de náuseas o de arañas para que me dejes en paz y te olvides de la persecución y los miedos. Es entonces cuando me dices que soy la causante de todo, que en todo me meto, que siempre estoy lijando tus pensamientos, que estoy a cada ratito persiguiéndote sin dejarte dormir, que ves mis ojos pasearse en tu dormitorio, mis manos redonditas señalando los cerros lejanos, mi boca sonreída vaciándote de besos, mi cuerpo medio tambaleándose en tu cama, mis orejas como hielos metidos en tu desierto, mis brazos flacos moviéndose como columpios oxidados, toda mi masa medio ridícula, medio chueca, medio estúpida robándote los pensamientos, los estudios, las revoluciones. Entonces yo me río porque sé que sientes lo mismo que yo y te sigo contando miles de historias, te sigo desenredando las ilusiones para que llores y te desesperes como yo. Pero entonces de tanto pensar en lo que te pasa me quedo como atontada entornillándome en cada mueca tuya, agrandándome y encogiéndome como ropa mojada, para luego verte aparecer en mi ventana con tu voz de trompo descompuesto, con tu rostro amarillo de miedo, dejándome inconclusa en medio de toda una porquería que dice: "ya mismo llegan y nos matan, nos agarran, nos llevan, nos matan".

Su demonio privado *

Elvira Orpheé

Argentina

El pintor decía que no la podía pintar. Ella sonreía con los labios apretados y no decía nada. Ni siquiera cuánto me costará el retrato. La había traído un primo de él, exclamando qué modelo, pero sin hablar de quién pagaría ni cuánto. Quizá por eso, y no por el color de su piel, el pintor no la podía pintar. Yo tampoco pude. No porque fuera tan morena ni porque no me hubiera preguntado precio —yo era muy joven y todavía inapreciado— sino porque no me gustaba Leonardo y menos aún su San Giovanni Battista. Habilidad y reincidencia podrán dar combinaciones premiadas, pero el premio a la recaída en la misma sonrisa se viene prolongando demasiado.

Por eso no la pude pintar. Además, si Giovanni Battista estaba ya retratado, ¿para qué retratarlo de nuevo aunque esta vez fuera mujer y tuviera cabellos lisos en lugar de abultados?

Mi amigo pintor, por su lado, no retrataba santos maliciosos, ni muchachos de la calle, ni ángeles ambiguos. Él retrataba siempre señoritas.

Empezaba el otoño, tan triste como todas las otras estaciones en una ciudad fea, y el color de esa muchacha que no podíamos pintar ya no relumbraba como en el verano. Así que el pin-

* Elvira Orphreé, *Su demonio preferido*, Buenos Aires, Emecé, 1973.

tor, mi amigo (por su edad podía ser mi maestro), pintaba su vestido celeste, yo su collar luciente. Ninguno de los dos, su cara. Y nos exasperaba nuestra falta de maña.

Un día no supimos ya qué hacer frente a esa cara tan triste y tan irónica. Nos pusimos a rezar para que llegaran visitas. Creo, por lo menos, que nuestros rezos fueron para eso, porque visitas llegaron: el primo del pintor, una señorita de las que él pinta y la mamá de la señorita.

Yo era tonto, yo era joven, yo creía en las buenas costumbres. No me hubiera gustado que mis rezos atrajeran a mi madre. Ella nunca se daba cuenta de nada, y en eso se parecía exasperantemente a una monja. Pero era imposible no darse cuenta de la modelo. Su silencio cargaba un desmesurado desprecio, su sonrisa, una dosis prodigiosa de burla. Y eso la volvía equívoca como a otras mujeres sus ademanes o sus vestidos.

La sonrisa se le alargó con la llegada del primo, pero el silencio también. Él le decía algo a cada rato para meterla en la conversación, pero ni ella hacía el esfuerzo de hablar ni las otras dos mujeres querían hablarle. Era una muchacha muy sospechosa. Cualquier persona respetable lo comprendía en seguida.

La señorita retratable volvía de un viaje a Europa en uno de esos grupos acompañados. Para tener algo que contarle a mi madre, que es muy deferente y cariñosa con la Iglesia, yo le pregunté qué le había parecido el Papa.

—Bestial, che— se enfervorizó la señorita.

La modelo irretratable bajó de su silla y nos miró:

—¡Qué horrible cosa para un príncipe! Pobrecito —y se dirigió a la puerta—. No vendré más —dijo después y se fue sin saludar.

—La han mortificado —se afligió el primo en mi oído para no quedar mal con la señorita y su mamá.

Entonces yo corrí detrás de la modelo, la encontré en la plaza Libertad, y antes de llegar a la plaza San Martín ya estábamos enamorados. *Yo* estaba. ¡De ella supe siempre tan poco!

Por el camino vimos un grupo de gente exaltada. Ella dijo:

—Son muy confundidoras nuestras multitudes. Somos todos muy confundidores aquí.

Vio que no la entendía y explicó:

—*Confundidor* es una palabra confundidora. Pero eso es lo

que quiero decir. Al mismo tiempo algo que hace confundir y alguien que está confundido.

Fue como si hubiera dicho *abracadabra*. Me curó la cerrazón. Me apalancó la puerta del alma y entró ella con todo lo que la acompañaba. Ya me había enamorado hacía un rato; con esa palabra se me reventó el amor y se me desbordó por todos lados hasta dejarme los brazos lánguidos.

Paseamos un año por todas las plazas, vimos muchos grupos confundidores, los abracadabras se repitieron y me hicieron estallar repetidamente el alma. Una tarde cualquiera me preguntó si estaba enamorado de ella y yo contesté que no. Era un muchacho de buenas costumbres. Si le hubiera confesado que sí, habría significado casamiento (según las buenas costumbres) y exploración en todas las penas de mi madre al mismo tiempo. Porque mi madre no hubiera entendido ni la cuarta parte de lo que ella decía, y ella no hubiera condescendido en hablar de sobrinos, partos, casamientos o chicas monas. Si entre nosotros dos ya había una especie de pared acolchada, ¿cómo no la habría entre ella y mi madre? Imposible de atravesar de tan acolchada. Pese al amor, ni yo sabía quién era mi sospechosa modelo ni ella sabía quién era yo, ignorancia bien comprensible porque yo era casi nadie en ese momento. Y si ella lo hubiera comprendido entonces, se habría quedado tranquila quizás y enamorada sin problemas del bobo deslumbrado que era yo.

Mi modelo estudiaba, vivía sola, su letra decía que era absolutamente inteligente y absolutamente amoral. Pero las letras, y las manos, y los signos de las estrellas, y el corte de las orejas, ya se sabe lo que son: azar, como todo el resto del mundo. ¿Qué? ¿Todavía soy capaz de hablar de azar, yo, enterado como pocos de que el azar es sólo una palabra para explicar la arbitrariedad de lo que ocurre?

El primo del pintor, que no la había vuelto a ver y trataba de averiguar algo a través de mí, decía que ella no creía en Dios o, peor, que Dios no entraba en sus preocupaciones ni aspiraciones, que ella no le daba ninguna valoración, ni buena ni mala, ni alta ni baja.

Después que le dije que no la quería, su inquietud fue implacable. Desapareció de la casa donde vivía, me dijeron que ya no podía quedarse mucho tiempo en un mismo sitio, como si alguien la persiguiera. Estaba a cada rato con una valija en la mano, yendo de aquí para allá, de una casa a otra, de un valle perdido en las provincias, al Uruguay, a todos los lugares donde se podía ir con poca plata. Ya no me acuerdo cómo la volví a ver. Quizá fui hasta la facultad donde estudiaba, quizá la retuve un día que pasó como una ráfaga por la casa de algún amigo. La retuve es un modo de decir.

Y un día yo también me fui al Uruguay y me casé con ella. No porque allá ella me mostrara cómo transmutaba su cuerpo la burla, la ironía y la tristeza en una orquestación del placer, sino porque estaba lejos de mi madre, y una ceguera momentánea me habrá hecho creer que cuando mi madre la viera sería siempre como si estuviera lejos y no pudiera darse cuenta de su rareza. Volvimos, y mi madre, muy afligida al principio y creyendo en pecados y reparación, la quiso después y nos llevó a su casa a vivir porque no teníamos otra casa ni forma de tenerla. Mi modelo le oyó, sin sonreír, decir todas las tonteras que dicen las madres y las señoritas. Yo me conmoví mucho: su amor debía de ser tan grande que le vencía la sonrisa.

De tanto en tanto recibía por correo fotografías suyas pedidas a sus parientes o amigos (hasta entonces sólo había tenido las cosas más necesarias, y entre ésas no estaban los recuerdos). Cada vez que encontraba una fotografía de la que no se acordaba se ponía contenta y trataba de rehacer el momento en que se la habían tomado. Llamaba la atención su alegría al descubrir esos retratos olvidados. Eran los que mejor la reproducían, como si el fotógrafo hubiera fijado entre todas sus imágenes las que verdaderamente debían perdurar: una síntesis de juventud, de belleza, de luminosidad. Los otros, en los que podía situar en seguida el sitio y el momento, no despertaban su entusiasmo.

Ese afán de juntar sus recuerdos, ella, tan sola, que dispersaba todo y hasta entonces decía que hubiera querido borrar las huellas de su paso con una sola valija, me conmovió también. Quería meter sus recuerdos en mi vida.

Pero creo que no era completamente feliz, obligada a no razonar, a hacer apreciaciones puramente visuales y a oírlas hacer. Todavía decía sonriendo, pero ya con una sonrisa más triste que irónica: No quisiera adecuarme a lo *bárbaro,* lo *bestial* y las *chicas monas.* Se puede hablar sin decir bárbaro, pero entonces no se puede hablar casi con nadie. Por favor, por favor, no quiero que me digas ninguna de esas palabras moldes, quiero que seas un desconocido, para que no te cace, quiero perseguirte siempre, por cien pistas distintas y todas tuyas.

Un día llegó una fotografía dentro de la carta de un pariente, y ella se desconcertó en lugar de alegrarse. Le saqué el cartón de las manos y la vi arrodillada en una playa, junto a un chico con rulos que no tendría más de dos años. Explicó que la desconcertaba no acordarse en absoluto de esa fotografía. No sabía quién era el chico, los edificios que se veían al fondo parecían los que había visto de Mar del Plata en las revistas, pero ella nunca había estado en Mar del Plata porque "eso es un Luna Park, no una playa". Las fotos mienten, dije, y ese fondo puede ser cualquier otra cosa. Pero me dejó preocupado su desconcierto. En la fotografía se veía, además, un ligero engrosamiento de su cuerpo que ella no tenía en la realidad, como si en lugar de ser una muchacha, fuese una joven mujer que ha tenido un hijo y su cuerpo sintiera las consecuencias de haber albergado a un extraño.

No habló del asunto por un tiempo, hasta que recibió una carta de un pariente que contestaba a su pregunta sobre la fotografía. Decía que no había mandado ninguna en una playa; había mandado una donde ella estaba en un corral acariciando a un chivito. Reconocía que podía haberse equivocado, pero no se acordaba de tener fotos en una playa, y ella misma debía saberlo bien puesto que antes de irse de su provincia no había estado en el mar, y luego no les había hecho llegar fotografías de ninguna especie. Hasta había un tono ofendido en la carta. Yo dije: debe de ser uno de esos viejos que no quieren dar su brazo a torcer. Ella contestó sin mirarme: es dos días más joven que yo. Entonces la tomé de los hombros y le dije: hay cosas en tu vida que yo ignoro, no necesito saberlas, pero si has tenido un hijo creo que no se lo puede abandonar, lo recogeremos diciendo que es tu sobrino.

No lloraba ni se enojaba. Yo lo estaba esperando. Pero no lloraba y no lloraba, estallaba en una carcajada divertida.

—¡Qué suerte! No te conozco. Sigue presente el desconocido. Estás diciendo desatinos. ¡Qué suerte! No quiero conocerte nunca. Quiero que te inventés siempre, mi efímero descubierto, que te inventés de aquí al destino. Ahora atención, desconocido. Aunque las mentiras sean como un aire tibio y una caricia, y aunque yo sea una mentirosa, mis mentiras no refriegan como un suave lomo de seda. Al contrario . . . Nunca tuve un hijo.

Su cara era la que preferían mis ojos entre tantas otras caras. Tan cambiante, tan ascética, tan faunesca.

—Tu cara es la que prefiero. Cierto que es una crónica de delitos que leo imperfectamente, pero cuando esa crónica cuenta el amor, no cuenta el amor por ningún hijo. Así que te creo.

Entretanto, unos grupos seguían soñando con el líder ideal, otros fueron no soñando ya en nada. Las noticias cambiaban, la palabra bárbaro quedaba, inmutable, utilizada para todo: lo bueno, lo malo, lo tonto, lo genial, lo grosero, lo refinado y cuantos opuestos se encontraran. Era como la vida: todo. Algunos hombres continuaban desgañitándose en tribunas, otros vagaban entre los muertos gloriosos quizás en busca de inspiración o ejemplo, pero con su brújula de la gloria desarreglada. Mi modelo y yo seguíamos amándonos. Recibimos un día una revista que se tildaba a sí misma de *bête et mechante*. Yo la leí primero. En un sofá de otra época se veía a un hombre y a una mujer con cabezas fotografiadas sobre vestidos solamente dibujados, que reflejaban todas las complicaciones del siglo diecinueve: volados, talle de avispa, abundante pecho, empezado en la cintura y terminado en la garganta, polainas, cadena, guantes en el hombre, que era muy gordo y tenía una cara más bien renacentista a causa de sus excedentes. Miré el peinado de la mujer, cortísimo, geométrico, como de muchacho. Y en ese absurdo estaba el efecto cómico. El hombre acariciaba la nuca descubierta de la mujer y decía: Vous semblez un voyou et je vous aime car j'aime les voyous. ¡Esa mujer con cuerpo de Mata Hari un pillo de la calle! Esa mujer con cuerpo serpentino y cara de . . . ¡cara de ella! Era ella esa especie de muchacho burlón. La imagen se desdobló delante de mí y yo recité a gritos la leyenda: Usted parece un pilluelo y me gusta porque a mí me gustan los muchachos de la calle. La grité quizá para ocultarme el descubrimiento quizá para hacerme reír como si me hiciera cosquillas a mí mismo. Pero ningún grito hubiera podido cubrir el silencio de ella cuando se acercó y vio las caras retratadas sobre esos cuerpos inventados. Nunca la habían fotografiado para una revista, dijo finalmente, cuando dejé de reírme, nunca había visto a ese hombre gordo de belfo colgante.

—¿Cómo son tus mentiras? —pregunté—. Hasta ahora no lo he sabido.

—Crueles. Tan crueles que se vuelven verdad.

Por un tiempo sólo las colas de nuestros ojos se enteraron de la presencia del otro. Ni ante los extraños nuestra actitud era cordial.

—Ha muerto la señora de Pavone —dijo un día mi madre—. De chico eras amigo de sus hijos, tendrías que ir a verlos.

Es cierto que otras veces ya me había hecho saber que Cacha se había caído en un charco de barro y roto la pierna o Lucio sacado un dedo en un accidente. La mujer con que me había casado recuperó su sonrisa irónica.

—Tracemos una zona de operaciones. A cuatro manzanas de pésames aniversarios y partos por día, se puede liquidar la diversión con cierta rapidez. Como el hombre ha nacido para sufrir, no creo que su hijo deba pasarse la vida divirtiéndose en esas visitas. Alguna vez tiene que entregarse a su destino de sufrimiento y sufrir pintando o haciendo lo que quiera, cosa siempre muy aburrida, por no decir mortificante.

Es cierto que se aprende con los Giovanni Battista morenos, pero ¿no hubiera sido mejor para mí una chica *bárbara de mona*, tranquila como una lápida, con el letrero: "Aquí yace mi vida?" ¿Quién puede afirmar que la vida no sea mejor para yacer que para andar como un trompo?

—¿Qué preferirías ser, un trompo o una lápida?

—Preferiría ser un aerolito. Pero ya no lo seré. Nadie que tiene cría puede ser un aerolito.

Pensé en una fila encantada de pórticos, jardines y cuadros. Creo que no es lo que se piensa cuando se tiene la noticia de la llegada del primer hijo, pero yo ya estaba contagiado, pertenecía al bando de los nostálgicos de lo inconfinado, y no repetía las aspiraciones de los futuros padres a una casita, una camita, batitas, y demás cosas en *ita*.

—Vamos al Mediterráneo —le dije, sin acordarme de fotos sospechosas—. Vamos antes de que nazca. Ahora me pagan mis cuadros. Vamos ya a Italia maravillosa, habitada por gente llena de palabras sin sentido pero también sin obligación.

Todos creen que podrían ser felices. Después, cuando pasan por bastantes fracasos, creen que hubieran podido serlo si ... Nosotros tuvimos momentos que nos traspasaron como helados puñales, segundos de lágrima a causa de un filo de intensidad que nos cortaba el alma. Pero no era un filo de felicidad. La felicidad no tiene filo. Se parece a lo tranquilo, a la lápida, a andar en bicicleta por un camino del campo cuando atardece. La felicidad no tiene momentos, es pareja. Así, en nuestro viaje tuvimos filos de belleza. Vimos muchachos parados, con las piernas dibujadas, y dijimos: cómo se comprende que este pueblo sea tan propenso a las estatuas. Vimos colores de cielo de una belleza lancinante. La noche ponía al alcance de nuestra juventud lunas plagadas de cuentos sobre aguas plagadas de inmortalidad. Se cancelaban los confines entre uno y la noche y el agua y el día y el aire.

La vida era tan dulce que parecía cosa de nada morirse. Tal vez por eso ella decía: qué maravilla es estar muerto, estar muerto es ser todo. Y se tiraba en la arena. A rezar, digo yo, porque cada uno reza como sabe y como quiere. Y el que no reza como quiere es porque sólo tiene rezos prestados. Rosada la arena, rosada su piel que el poniente atravesaba, ella me dejaba que la oyera. Hablaba de su desconocido. Su desconocido que a veces podía ser yo, a veces la belleza, a veces otras cosas más inasibles. *Desconocido intenso, tirada y temblando miraré el relámpago que te revele. Para olvidarte en seguida. Que lo revelado hiera pero no se vuelva experiencia. Quiero amarte desconocido de aquí al destino. No te extiendas, no te despliegues, no me muestres tu cara más que un momento, porque si veo tu cara a cada rato acabaré olvidándola, sin relámpago, dentro de mí. Dejaré tu cara almacenada en esa trastienda opaca donde se me pierden los seres y las cosas ya muy vistos, dentro de mí. Y no quiero perderte, desconocido, no quiero olvidarte entre cosas sin cara. Quiero vivir olvidándote, de aquí a la llegada, quiero vivir descubriéndote, quiero vivir encontrándote.*

Y en la parte en que yo podía ser ese desconocido, cumplí. Nunca puse la mano sobre su vientre para sentir latidos. Nunca me habló de lo que le ocurría. No había familiaridades entre nosotros. Eran tentadoras, es indiscutible, pero ella me había mostrado qué poderosa es su fuerza de erosión.

Volvimos, aguantamos de nuevo las conversaciones repetidas de los otros sin desesperarnos por los perdidos filos, nació una criatura. Ella dijo: éste es también un instante para morir, qué equivocación morirse cuando uno no puede más.

Sobre almohadones hinchados, parecía que saetas luminosas venidas de quién sabe dónde la atravesaban y la volvían sorprendentemente inmortal. Me acordé de una de las fotografías que había recibido hacía algunos meses, una de esas que la mostraban en la cima de la belleza. Yo creo que las damas de Pompeya o de alguna ciudad muerta hace mucho tiempo debieron de tener esa armonía y esa luz de eternidad, esa forma de estar en una cama como preparadas para una consagración. Sin decírselo busqué la foto y se la mostré. Ella dijo:

—Debió ser una vez que me operaron.

—¿Eras muy joven? —pregunté.

—Tenía trece años.

—No puede ser, entonces.

—Quizá sí. Yo era grande a los trece años.

Los hijos son también tentadores y erosivos. Tratamos de contrarrestarlo; no fue posible. Ahora ya teníamos nuestra casa, pero la familia, los amigos, alguna enfermedad o los gritos nos obligaban a ocuparnos de ese pobre extranjero que nos había tocado en suerte y a descuidar al desconocido. Nos obligaban a descubrirnos, a perder el pudor. Empezó la promiscuidad. Hasta tuvimos que ir al Luna Park cuando el extranjero cumplió un año, porque Mar del Plata era lo que resultaba más cómodo.

A las noches nos acordábamos de la tibieza que azuzaba a los jazmines y de los pueblitos junto a otro mar donde la belleza nos había enviciado. A las mañanas íbamos a la arena con baldes y bolsas adecuadas para los antojos imprevistos. Y hasta con máquina de fotografía. Yo sorprendía movimientos que me parecían mejores que otros y los tomaba. Una mañana vi con estupor, con irrealidad, una joven mujer arrodillada en la arena junto a un chico con rulos. El cuerpo de ella no parecía el de un muchacho sino el que ha albergado a otro cuerpo y otra alma, ajenos. La exacta reproducción de la fotografía vista una vez. ¿Qué pluralidad odiosa era esa? Yo ya no pretendía lo transparente —a menos que fuera cristal para producir filo— me fastidiaba. Ya no era un muchacho de buenas costumbres. Pero todo ese misterio que la tenía a ella en una cápsula ¿no era contra mí? Si mentía para ponerse al abrigo de mi malquerencia, es que yo le era malamente desconocido. No el Desconocido ansiado, no en la forma en que ella entendía lo irrepetible.

Las buenas costumbres son una forma de antropofagia, y yo ya no me comía a mis semejantes, hicieran lo que hiciesen. Ella no sabía. ¿Qué tapaba entonces? ¿O mentía por fantasía? Pero jugar a la persona que tiene un secreto trágico es tejer con fantasías de mala calidad. Un tejido que muestra la hilacha. Además, su retrato en la cama pompeyana ¿de cuándo era? No tenía trece años cuando se lo hicieron.

Y allí empezó mi desprecio por ella, mi apego a su fantasía deliberada, mi irrisión por su nostalgia del eterno ausente, el Desconocido, mi lástima por su separación del primer chiquilín de los rulos, mi rabia por todas la prerrogativas del segundo sólo porque era legal, mi amor por el segundo hombrecito de los rulos porque era mi hijo, mi amor por el primero porque era su hijo, mi pena por el Desconocido.

¿Ella mentía? Mentiría yo. Participaría más que nunca del Desconocido ausente y revelado por momentos. Sólo que hasta esos momentos serían una mentira, la revelación una farsa.

Pero la mezcla de tantas contradicciones dentro de mí hizo que se anularan mutuamente y terminaran por hacerse nada. Así se fue instalando entre nosotros dos una relación floja, que era todo lo contrario del apasionado desconocimiento. Una relación con dejadeces. Pausa en la conversación, miradas que ya no descubrían ciudades en los rostros, familiaridades de mala calidad: comentar el diario mientras tomábamos el desayuno, debatir la vida privada del portero y las notas de colegio de los sobrinos.

Una o dos veces, al principio, tuvo su desenfreno de antes, su reacción impúdica para acabar con la femineidad de ama de casa en que la estábamos haciendo empantanar su hijo y yo. Ya había recuperado su cuerpo de muchacho, ya tenía de nuevo su sonrisa irónica y, como siempre, su piel imantaba los dedos.

Fuimos a alguna fiesta. No estuvo muy rodeada porque era alguien que, si atraía con su belleza, podía poner distancias fulgurantes entre ella y los otros. Y, dado que la distancia se comprende como desprecio, mucha gente la encontraba antipática, dura, y —si usaran las palabras en vez de huirles— impía. Sus distancias golpeaban como sacudidas eléctricas. La gente no la recibía con los brazos abiertos, salvo algunos temerarios. No estuvo muy rodeada en ninguna de esas fiestas, pero en una un señor gordo no la dejó en toda la noche. Lo habíamos conocido hacía poco, vivía borracho, sus amigos hacían como que no se daban cuenta o que era un comportamiento muy natural. Cuando había gente de afuera trataban más que nunca sus borracheras y sus otras inclinaciones no comunes como algo que entraba dentro del orden natural y que hubiera sido de mal gusto notar. Estaban ella y el hombre gordo en un sofá. Un fotógrafo tomaba fotos de los grupos que le interesaban. Me acerqué cuando estaba por retratarlos. El hombre gordo tenía la mano en la nuca de ella y decía: Vous semblez un voyou et je vous aime car j'aime les voyous.

Fui una porción de vértigo. Se me descalabraron las intenciones, la memoria y el instante. Los trazos fosforescentes del Desconocido, que ella se representaba como relámpagos, fueron para mí sombras hendidas por sombras.

Cuando cada sentido se puso en su lugar le pregunté:

—¿Hace mucho que conocías a ese borracho?

—No. Parece que es muy inteligente. Pero lo único que ha hecho es resoplarme encima. Y me dan fatiga al corazón los que tienen la respiración fatigada.

—Es muy rico —dije yo, propenso a todas las sospechas.

—Parece que ya no. Ha regalado mucho a unos cuantos muchachos que lo atendieron sin repugnancia —contestó muy naturalmente.

En lugar de desanudárseme la duda, de frotarme la duda con piedra pómez, de pensar que no sólo en el amor o en la belleza estaba el Desconocido sino también en el tiempo y en los augurios, la empuñé como a una sombra ardida, con rabia, con quemadura, con inutilidad. Esa sombra se volvió contra mí y me segó, me cortó de los días del pasado, sin comprender que yo seguía siendo el mismo bobo deslumbrado sólo que con las buenas costumbres abolidas.

No comprendimos ya nada ninguno de los dos, salvo que su búsqueda del Desconocido había cesado de ser feroz, que tal vez había perdido su pista, que yo ya no formaba parte de ese Desconocido tan buscado y que hasta ella podía volverse un depósito de cenizas, cenizas de nosotros dos, de los momentos afilados.

Nuestras cenizas convivieron bien. Sin sobresaltos, dispensadas de eludir lo *bárbaro*, lo común, los niveles parejos. Quizás ella buscaba al Desconocido por su lado, en alguien que no era yo. En todo caso, no sería el Desconocido ese personaje gordo, hubiera lo que hubiese entre los dos. La inteligencia no basta para convertir a nadie en el Desconocido de los que no quieren conocer debilidades, ni simplemente conocer, sino vivir atónitos, entrever, olvidar lo entrevisto.

Además, el personaje gordo murió y ella recibió la noticia sin sorpresa o con crueldad, quién sabe. Dijo: Para lo que servía... Después hubo un médico. Un tipo cursi pero insolente, según ella, una anomalía, un gitano músico en la piel de un médico famoso. Lo decía quizá porque precisaba hablar del nuevo Desconocido que no quería descubrir. Lo vi una vez. ¡Ese, participar del Desconocido! Sí, era inexacto y peligroso, y desterrado perpetuo entre los hombres, y accidental, y desarraigado, y con una belleza extraña porque no era belleza. Pero no podía participar del Desconocido. Hay tantos como él. Ella quizá supo en seguida que era común. No sé si él la amó. Tenía todos los estigmas de esos que aman por treinta días su retrato en una mujer. Pero habrá descubierto que se equivocó, que ella no pertenecía a ninguna serie. Y ella, además, debe de haberlo herido a muerte con su ironía o su distancia o su no sé qué, porque el hecho es que él también se murió, como el hombre gordo. Tiempo después ella hizo uno de esos comentarios intrascendentes que se hacen cuando uno está aburrido: ¿Qué será de la muerte de Czardas? (burla por su tipo de gitano húngaro), como quien dice ¿qué será de la vida de Fulano? Y se puso a hacer suposiciones sobre sus actividades de ultramundo. ¡Qué desamorada!, dije yo, y ella comprendió que era así porque se calló. Pero al cabo de un momento dijo: No siempre.

Lo descubrió ella. Si lo hubiera descubierto yo lo habría ocultado. Y quizá ni lo habría descubierto, estaba demasiado fuera de la pista.

Un día ella revolvía papeles. Cayó una serie de fotografías. Las recogió a montones, miró la de arriba. La miró un rato. Se volvió a mí con la cara anegada de desmemoria y de presagio.

Me tendió el cartón, muda. En una grada de esas escaleras que sólo aquel país donde fuimos a sentirnos todo a través de la piel y la juventud sabe hacer, perdido en la armonía, en el placer de llegar a la médula de lo bello que anda en el aire, en una de esas gradas de dilapidada belleza estaba sentada ella. En lo alto, de cada lado de la escalera, había dos faroles prendidos. Se veían los escalones más bajos golpeados por ese suave mar donde brota apenas la espuma.

—¿Qué? —dije yo—. La habremos tomado cuando estuvimos. ¿Qué es lo que hay que ver?

—Estoy de cara al mar. No había nadie frente a mí.

Un frío instantáneo y una comprensión tardía. Cuando las cosas saltaban al entendimiento yo había inventado dédalos, traiciones, simulación, trivialidad. Había creído que ella tenía un hijo antes de haber tenido el mío, le había atribuido quién sabe qué relaciones con el hombre gordo, quién sabe cuáles mentiras idiotas.

—No había nadie en frente —repetí—. O quizá sí. Una barca.

—Las barcas no se acercaban hasta allí. Estaba lleno de rocas.

—Alguien desde una roca.

—Era de noche. Hubiera visto el fogonazo. Y los faroles que aquí aparecen prendidos estaban apagados. No había más que luz de luna esa noche. ¿Cómo me sacaron esa fotografía? ¿Con luz de luna?

—Quizá la tomé yo desde un costado.

—Los escalones se ven bien de frente.

—Entonces no sé.

—Yo sí. El Desconocido.

El Desconocido que ella había buscado a través de todo lo que la conmovía. El que era un filo, un momento, una revelación, el miedo y el amor al mismo tiempo.

—El Desconocido que yo no perseguí, como creía —dijo—. El que preveía. El que sabe lo que haré en cualquier momento, cómo serán los hijos que tendré, la postura que tomaré en una cama, lo que dirá un hombre gordo una noche. El que me predetermina.

Casi vi lo que pensaba. Ojos feroces, falta de ojos ¿qué era lo que la vigilaba así noche y día, año y año? Ella lo creyó ojos. Ningún recuerdo, ninguna promesa, ningún sol fue capaz de

139

retenerla a la luz del día. Se encerró en una pieza oscura, se negó a todos los actos. Hizo frente al enemigo, negándose a que le eligieran los actos. Sólo de noche, y sin luz, se abría su puerta unos centímetros para que pasara algo de comida. Conmigo hablaba a través de la puerta.

—¿Y si él pudiera verte en la oscuridad?

—Ya lo he pensado. Ya he pensado que fuera un sol de sombra. Pero no podrá ver más que una sola postura, una sola forma estática de deslizarse en la bestialidad. Ojos que no duermen de noche están acostumbrados a verme en cualquier oscuridad. Ya lo he pensado.

Me acordé de cuando hablaba de él como de la huella invocada: *¡El efímero revelado! Que deje azules puntas de miedo asomándose a buscarme, y detrás la oscuridad. Fuegos fatuos avanzando de lo hondo de la noche.*

Sólo que entonces esas puntas luminosas de miedo eran la aproximación de él —nunca la mezcla con él—, eso que de algún modo, creía, la fulminaría de maravilla. De ahí su miedo y el deseo de su contacto repentino. Sus ojos querían encandilarse, no verlo. Ahora era ella misma el revés de lo entrevisto, lo trivial de tan conocido por él, de tan prevista.

—Oye —dije pegado a la puerta como para que él no se enterara—, oye ¿y si él hubiera predeterminado también tu encierro?

—Se aburrirá. Me ha previsto en momentos con aura de eternidad. Decías que esas fotos eran las mejores, que eran la obra maestra de una expresión. Ya no me verá más así.

—¿Y si te viera en el momento cumbre de la desesperación, del terror? Sería también un triunfo para él.

—No me verá así. Sólo puede verme en el momento cumbre del fastidio, del aburrimiento.

—O del rencor.

Intentaba convencerla porque el amor me había clavado los dientes de nuevo, apenas desaparecida la familiaridad. Le decía que quizá sólo para ella tenía tanta importancia que alguien la predeterminara. Quien más, quien menos, todos tienen su predeterminador, y aunque sospechan vehementemente, crean teorías para negarlo y, por fin, se lo olvidan por trescientos cincuenta y cuatro días en el año. Era tal vez una prueba de singularidad tener un predeterminador tan manifiesto. Aunque diera miedo saberse vigilado, si el vigilante no se dejaba ver, las cosas no eran tan graves. Un día se me ocurrió un argumento.

—Todas las fotos tenían un detalle falso —susurré en la puerta—. Las dos rodillas en la arena en la del chico y un traje de baño entero, un camisón más cubierto en la cama pompeyana, mi falta en la del sofá con el hombre gordo, y yo estaba detrás de ustedes. Estaba también cerca en la foto de la escalera. Él no te puede ver claramente, exactamente, y me parece que hay una progresión de errores. No puede determinarte del todo. Podrá quizá cada vez menos. Hagamos otras pruebas. ¿Si salieras y viéramos qué pasa ahora que él sabe que sabemos?

Mi argumento era bueno. Pero no me oyó. Por orgullo. Quería ser tan desconocida como el Desconocido que había rastreado antes ferozmente.

Pero el día que encontré su fotografía acostada y con las manos juntas perdí toda esperanza. El Desconocido sabía que ella iba a morir dentro de poco. En la fotografía su actitud era la de la muerte, sus rasgos afilados los de un cadáver, sus manos cruzadas las del piadoso que entrega su alma. No me quedaba, por amor, otro remedio que hacerme cómplice de su orgullo. Le llevé la comida yo, llena de un somnífero, forcé la puerta más tarde, la vestí, me la llevé cayéndose y levantándose hasta el automóvil, corrí distancias, lancé la máquina contra un árbol y salté afuera. Se incendió sin que yo tuviera que hacer esa horrible cosa que temía: quemarla. Oh no, él no la tendría con las manos piadosamente cruzadas. Alguien nos socorrió. Ella estaba carbonizada casi, yo sin memoria. Salvo para una cosa: exigir sus cenizas, exigir sus cenizas, exigir sus cenizas. Hasta que las tuve. Entonces recuperé la memoria y supe para qué las quería. Para burlar al Desconocido, para que supiera que eso él no lo había previsto. Entonces me fui hasta los médanos, abrí la caja con las cenizas, el viento se las llevó en seguida, al mar, a la arena, a la médula del Desconocido querido, no del odiado, a quién sabe dónde.

El árbol *

A Nina Anguita, gran artista, mágica amiga
que supo dar vida y realidad a mi árbol
imaginado; dedico el cuento que, sin saber,
escribí para ella mucho antes de conocerla.

María Luisa Bombal

Chile

El pianista se sienta, tose por prejuicio y se concentra un instante. Las luces en racimo que alumbran la sala declinan lentamente hasta detenerse en un resplandor mortecino de brasa, al tiempo que una frase musical comienza a subir en silencio, a desenvolverse, clara, estrecha y juiciosamente caprichosa.

"Mozart, tal vez" —piensa Brígida. Como de costumbre se ha olvidado de pedir el programa. "Mozart, tal vez, o Scarlatti..." ¡Sabía tan poca música! Y no era porque no tuviese oído ni afición. De niña fue ella quien reclamó lecciones de piano; nadie necesitó imponérselas, como a sus hermanas. Sus hermanas, sin embargo, tocaban ahora correctamente y descifraban a primera vista, en tanto que ella... Ella había abandonado los estudios al año de iniciarlos. La razón de su inconsecuencia era tan sencilla como vergonzosa: jamás había conseguido aprender la llave de Fa, jamás. "No comprendo, no me alcanza la memoria más que para la llave del Sol." ¡La indignación de su padre! "¡A cualquiera le doy esta carga de un infeliz viudo con varias hijas que educar! ¡Pobre Carmen! Seguramente habría sufrido por Brígida. Es retardada esta criatura."

Brígida era la menor de seis niñas todas diferentes de carácter. Cuando el padre llegaba por fin a su sexta hija, lo hacía tan

* María Luisa Bombal, en: Celia C. de Zapata y Lygia Johnson, *Detrás de la reja*, Caracas, Monte Ávila, 1980.

perplejo y agotado por las cinco primeras que prefería simplificarse el día declarándola retardada. "No voy a luchar más, es inútil. Déjenla. Si no quiere estudiar, que no estudie. Si le gusta pasarse en la cocina oyendo cuentos de ánimas, allá ella. Si le gustan las muñecas a los dieciséis años, que juegue." Y Brígida había conservado sus muñecas y permanecido totalmente ignorante.

¡Qué agradable es ser ignorante! ¡No saber exactamente quién fue Mozart, desconocer sus orígenes, sus influencias, las particularidades de su técnica! Dejarse solamente llevar por él de la mano, como ahora.

Y Mozart la lleva, en efecto. La lleva por un puente suspendido sobre agua cristalina que corre en un lecho de arena rosada. Ella está vestida de blanco, con un quitasol de encaje, complicado y fino como una telaraña, abierto sobre el hombro.

— Estás cada día más joven, Brígida. Ayer encontré a tu marido, a tu ex marido, quiero decir. Tiene todo el pelo blanco.

Pero ella no contesta, no se detiene, sigue cruzando el puente que Mozart le ha tendido hacia el jardín de sus años juveniles.

Altos surtidores en los que el agua canta. Sus dieciocho años, sus trenzas castañas que desatadas le llegaban hasta los tobillos, su tez dorada, sus ojos oscuros tan abiertos y como interrogantes. Una pequeña boca de labios carnosos, una sonrisa dulce y el cuerpo más liviano y gracioso del mundo. ¿En qué pensaba, sentada al borde de la fuente? En nada. "Es tan tonta como linda" decían. Pero a ella nunca le importó ser tonta ni "planchar" en los bailes. Una a una iban pidiendo en matrimonio a sus hermanas. A ella no la pedía nadie.

¡Mozart! Ahora le brinda una escalera de mármol azul por donde ella baja entre una doble fila de lirios de hielo. Y ahora le abre la verja de barrotes con puntas doradas para que ella pueda echarse al cuello de Luis, el amigo íntimo de su padre. Desde muy niña, cuando todos la abandonaban, corría hacia Luis. Él la alzaba y ella le rodeaba el cuello con los brazos, entre risas que eran como pequeños gorjeos y besos que le disparaba aturdidamente sobre los ojos, la frente y el pelo ya entonces canoso (¿es que nunca había sido joven?) como una lluvia desordenada. "Eres un collar —le decía Luis—. Eres como un collar de pájaros."

Por eso se había casado con él. Porque al lado de aquel hombre solemne y taciturno no se sentía culpable de ser tal cual era: tonta, juguetona y perezosa. Sí, ahora que han pasado tantos años comprende que no se había casado con Luis por amor; sin embargo, no atina a comprender por qué, por qué se marchó ella un día, de pronto...

Pero he aquí que Mozart la toma nerviosamente de la mano arrastrándola nerviosamente en un ritmo segundo a segundo más apremiante, la obliga a cruzar el jardín en sentido inverso, a retomar el puente en una carrera que es casi una huida. Y luego de haberla despojado del quitasol y de la falda transparente, le cierra la puerta de su pasado con un acorde dulce y firme a la vez, y la deja en una sala de conciertos, vestida de negro, aplaudiendo maquinalmente en tanto crece la llama de las luces artificiales.

De nuevo la penumbra y de nuevo el silencio precursor.

Y ahora Beethoven empieza a remover el oleaje tibio de sus notas bajo una luna de primavera. ¡Qué lejos se ha retirado el mar! Brígida se interna playa adentro hacia el mar contraído allá lejos, refulgente y manso, pero entonces el mar se levanta, crece tranquilo, viene a su encuentro, la envuelve, y con suaves olas la va empujando, empujando por la espalda hasta hacerle recostar la mejilla sobre el cuerpo de un hombre. Y se aleja, dejándola olvidada sobre el pecho de Luis.

—No tienes corazón, no tienes corazón —solía decirle a Luis. Latía tan adentro el corazón de su marido que no pudo oírlo sino rara vez y de modo inesperado—. Nunca estás conmigo cuando estás a mi lado —protestaba en la alcoba, cuando antes de dormirse él abría ritualmente los periódicos de la tarde—. ¿Por qué te has casado conmigo?

—Porque tienes ojos de venadito asustado —contestaba él y la besaba. Y ella, súbitamente alegre, recibía orgullosa sobre su hombro el peso de su cabeza cana. ¡Oh, ese pelo plateado y brillante de Luis!

—Luis, nunca me has contado de qué color era exactamente tu pelo cuando eras chico, y nunca me has contado tampoco lo que dijo tu madre cuando te empezaron a salir canas a los quince años. ¿Qué dijo? ¿Se rió? ¿Lloró? ¿Y tú, estabas orgulloso o tenías vergüenza? Y en el colegio, tus compañeros, ¿qué decían? Cuéntame, Luis cuéntame...

—Mañana te contaré. Tengo sueño, Brígida, estoy muy cansado. Apaga la luz.

Inconscientemente él se apartaba de ella para dormir, y ella inconscientemente, durante la noche entera, perseguía el hombro de su marido, buscaba su aliento, trataba de vivir bajo su aliento, como una planta encerrada y sedienta que alarga sus ramas en busca de un clima propicio.

Por las mañanas cuando la mucama abría las persianas, Luis ya no estaba a su lado. Se había levantado sigiloso y sin darle los buenos días, por temor al collar de pájaros que se obstinaba en retenerlo fuertemente por los hombros. "Cinco minutos, cinco minutos nada más. Tu estudio no va a desaparecer porque te quedes cinco minutos más conmigo, Luis."

Sus despertares. ¡Ah, qué tristes sus despertares! Pero —era curioso— apenas pasaba a su cuarto de vestir, su tristeza se disipaba como por encanto.

Un oleaje bulle, bulle muy lejano, murmura como un mar de hojas. ¿Es Beethoven? No.

Es el árbol pegado a la ventana del cuarto de vestir. Le bastaba entrar para que sintiese circular en ella una gran sensación bienhechora. ¡Qué calor hacía siempre en el dormitorio por las mañanas! ¡Y qué luz cruda! Aquí, en cambio, en el cuarto de vestir, hasta la vista descansaba, se refrescaba. Las cretonas desvaídas, el árbol que desenvolvía sombras como de agua agitada y fría por las paredes, los espejos que doblaban el follaje y se ahuecaban en un bosque infinito y verde. ¡Qué agradable era ese cuarto! Parecía un mundo sumido en un acuario. ¡Cómo parloteaba ese inmenso gomero! Todos los pájaros del barrio venían a refugiarse en él. Era el único árbol de aquella estrecha calle en pendiente que desde un costado de la ciudad se despeñaba directamente al río.

—"Estoy ocupado. No puedo acompañarte . . . Tengo mucho que hacer, no alcanzo a llegar para el almuerzo . . . Hola, sí, estoy en el club. Un compromiso. Come y acuéstate . . . No. No sé. Más vale que no me esperes, Brígida."

— ¡Si tuviera amigas! —suspiraba ella. Pero todo el mundo se aburría con ella. ¡Si tratara de ser un poco menos tonta! ¿Pero cómo ganar de un tirón tanto terreno perdido? Para ser inteligente hay que empezar desde chica, ¿no es verdad?

A sus hermanas, sin embargo, los maridos las llevaban a todas partes, pero Luis —¿por qué no había de confesárselo a sí misma?— se avergonzaba de ella, de su ignorancia, de su timidez y hasta de sus dieciocho años. ¿No le había pedido acaso que dijera que tenía por lo menos veintiuno, como si su extrema juventud fuera en ellos una tara secreta?

Y de noche ¡qué cansado se acostaba siempre! Nunca la escuchaba del todo. Le sonreía, eso sí, le sonreía con una sonrisa que ella sabía maquinal. La colmaba de caricias de las que él estaba ausente. ¿Por qué se había casado con ella? Para continuar una costumbre, tal vez para estrechar la vieja relación de amistad con su padre.

Tal vez la vida consistía para los hombres en una serie de costumbres consentidas y continuas. Si alguna llegaba a quebrarse, probablemente se producía el desbarajuste, el fracaso. Y los hombres empezaban entonces a errar por las calles de la ciudad, a sentarse en los bancos de las plazas, cada día peor vestidos y con la barba más crecida. La vida de Luis, por lo tanto, consistía en llenar con una ocupación cada minuto del día. ¡Cómo no haberlo comprendido antes! Su padre tenía razón al declararla retardada.

—Me gustaría ver nevar alguna vez, Luis.

—Este verano te llevaré a Europa y como allá es invierno podrás ver nevar.

—Ya sé que es invierno en Europa cuando aquí es verano. ¡Tan ignorante no soy!

A veces, como para despertarlo al arrebato del verdadero amor, ella se echaba sobre su marido y lo cubría de besos, llorando, llamándolo: Luis, Luis, Luis . . .

—¿Qué? ¿Qué te pasa? ¿Qué quieres?

—Nada.

—¿Por qué me llamas de ese modo, entonces?

—Por nada, por llamarte. Me gusta llamarte.

Y él sonreía, acogiendo con benevolencia aquel nuevo juego.

Llegó el verano, su primer verano de casada. Nuevas ocupaciones impidieron a Luis ofrecerle el viaje prometido.

—Brígida, el calor va a ser tremendo este verano en Buenos Aires. ¿Por qué no te vas a la estancia con tu padre?

—¿Sola?

—Yo iría a verte todas las semanas, de sábado a lunes.

Ella se había sentado en la cama, dispuesta a insultar. Pero en vano buscó palabras hirientes que gritarle. No sabía nada, nada. Ni siquiera insultar.

—¿Qué te pasa? ¿En qué piensas, Brígida?

Por primera vez Luis había vuelto sobre sus pasos y se inclinaba sobre ella, inquieto, dejando pasar la hora de llegada a su despacho.

—Tengo sueno . . . —había replicado Brígida puerilmente, mientras escondía la cara en las almohadas.

Por primera vez él la había llamado desde el club a la hora del almuerzo. Pero ella había rehusado salir al teléfono, esgrimiendo rabiosamente el arma aquella que había encontrado sin pensarlo: el silencio.

Esa misma noche comía frente a su marido sin levantar la vista, contraídos todos sus nervios.

—¿Todavía estás enojada, Brígida?

Pero ella no quebró el silencio.

—Bien sabes que te quiero, collar de pájaros. Pero no puedo estar contigo a toda hora. Soy un hombre muy ocupado. Se llega a mi edad hecho un esclavo de mil compromisos.
. . .

—¿Quieres que salgamos esta noche?
. . .

—¿No quieres? Paciencia. Dime, ¿llamó Roberto desde Montevideo?
. . .

—¡Qué lindo traje! ¿Es nuevo?
. . .

—¿Es nuevo, Brígida? Contesta, contéstame . . .

Pero ella tampoco esta vez quebró el silencio.

Y en seguida lo inesperado, lo asombroso, lo absurdo. Luis que se levanta de su asiento, tira violentamente la servilleta sobre la mesa y se va de la casa dando portazos.

Ella se había levantado a su vez, atónita, temblando de indignación por tanta injusticia. "Y yo, y yo —murmuraba desorientada—, yo que durante casi un año . . . cuando por primera vez me permito un reproche . . . ¡Ah, me voy , me voy esta misma noche! No volveré a pisar nunca más esta casa . . ." Y abría con furia los armarios de su cuarto de vestir, tiraba desatinadamente la ropa al suelo.

Fue entonces cuando alguien o algo golpeó en los cristales de la ventana.

Había corrido, no supo cómo ni con qué insólita valentía, hacia la ventana. La había abierto. Era el árbol, el gomero que un gran soplo de viento agitaba, el que golpeaba con sus ramas los vidrios, el que la requería desde afuera como para que lo viera retorcerse hecho una impetuosa llamarada negra bajo el cielo encendido de aquella noche de verano.

Un pesado aguacero no tardaría en rebotar contra sus frías hojas. ¡Qué delicia! Durante toda la noche, ella podría oír la lluvia azotar, escurrirse por las hojas del gomero como por los canales de mil goteras fantasiosas. Durante toda la noche oiría crujir y gemir el viejo tronco del gomero contándole de la intemperie, mientras ella se acurrucaría, voluntariamente friolenta, entre las sábanas del amplio lecho, muy cerca de Luis.

Puñados de perlas que llueven a chorros sobre un techo de plata. Chopin. *Estudios* de Federico Chopin.

¿Durante cuántas semanas se despertó de pronto, muy temprano, apenas sentía que su marido, ahora también él obstinadamente callado, se había escurrido del lecho?

El cuarto de vestir: la ventana abierta de par en par, un olor a río y a pasto flotando en aquel cuarto bienhechor, y los espejos velados por un halo de neblina.

Chopin y la lluvia que resbala por las hojas del gomero con ruido de cascada secreta, y parece empapar hasta las rosas de las cretonas, se entremezclan en su agitada nostalgia.

¿Qué hacer en verano cuando llueve tanto? ¿Quedarse el día entero en el cuarto fingiendo una convalecencia o una tristeza? Luis había entrado tímidamente una tarde. Se había sentado muy tieso. Hubo un silencio.

—Brígida, ¿entonces es cierto? ¿Ya no me quieres?

Ella se había alegrado de golpe, estúpidamente. Puede que hubiera gritado: "No, no; te quiero Luis, te quiero", si él le hubiera dado tiempo, si no hubiese agregado, casi de inmediato, con su calma habitual:

—En todo caso, no creo que nos convenga separarnos, Brígida. Hay que pensarlo mucho.

En ella los impulsos se abatieron tan bruscamente como se habían precipitado. ¡A qué exaltarse inútilmente! Luis la quería con ternura y medida; si alguna vez llegara a odiarla la odiaría con justicia y prudencia. Y eso era la vida. Se acercó a la ventana, apoyó la frente contra el vidrio glacial. Allí estaba el gomero recibiendo serenamente la lluvia que lo golpeaba, tranquilo y regular. El cuarto se inmovilizaba en la penumbra, ordenado y silencioso. Todo parecía detenerse, eterno y muy noble. Eso era la vida. Y había cierta grandeza en aceptarla así, mediocre, como algo definitivo, irremediable. Mientras del fondo de las cosas parecía brotar y subir una melodía de palabras graves y lentas que ella se quedó escuchando: "Siempre." "Nunca" . . .

Y así pasan las horas, los días y los años. ¡Siempre! ¡Nunca! ¡La vida, la vida!

Al recobrarse cayó en cuenta que su marido se había escurrido del cuarto.

¡Siempre! ¡Nunca! . . . Y la lluvia, secreta e igual, aún continuaba susurrando en Chopin.

El verano deshojaba su ardiente calendario. Caían páginas luminosas y eneceguecedoras como espadas de oro, y páginas de una humedad malsana como el aliento de los pantanos; caían páginas de furiosa y breve tormenta, y páginas de viento caluroso, del viento que trae el "clavel del aire" y lo cuelga del inmenso gomero.

Algunos niños solían jugar al escondite entre las enormes raíces convulsas que levantaban las baldosas de la acera, y el árbol se llenaba de risas y de cuchicheos. Entonces ella se asomaba a la ventana y golpeaba las manos; los niños se dispersaban asustados, sin reparar en su sonrisa de niña que a su vez desea participar en el juego.

Solitaria, permanecía largo rato acodada en la ventana mirando el oscilar del follaje —siempre corría alguna brisa en aquella calle que se despeñaba directamente hasta el río— y era como hundir la mirada en un agua movediza o en el fuego inquieto de una chimenea. Una podía pasarse así las horas muertas, vacía de todo pensamiento, atontada de bienestar.

Apenas el cuarto empezaba a llenarse del humo del crepúsculo ella encendía la primera lámpara, y la primera lámpara resplandecía en los espejos, se multiplicaba como una luciérnaga deseosa de precipitar la noche.

Y noche a noche dormitaba junto a su marido, sufriendo por rachas. Pero cuando su dolor se condensaba hasta herirla como un puntazo, cuando la asediaba un deseo demasiado imperioso de despertar a Luis para pegarle o acariciarle, se escurría de puntillas hacia el cuarto de vestir y abría la ventana. El cuarto se llenaba instantáneamente de discretos ruidos y discretas presencias, de pisadas misteriosas, de aleteos, de sutiles chasquidos vegetales, del dulce gemido de un grillo escondido bajo la corteza del gomero sumido en las estrellas de una calurosa noche estival. Su fiebre decaía a medida que sus pies desnudos se iban helando poco a poco sobre la estera. No sabía por qué le era tan fácil sufrir en aquel cuarto.

Melancolía de Chopin engranando un estudio tras otro, engranando una melancolía tras otra, imperturbable.

Y vino el otoño. Las hojas secas revoloteaban un instante antes de rodar sobre el césped del estrecho jardín, sobre la acera de la calle en pendiente. Las hojas se desprendían y caían . . . La cima del gomero permanecía verde, pero por debajo el árbol enrojecía, se ensombrecía como el forro gastado de una suntuosa capa de baile. Y el cuarto parecía ahora sumido en una copa de oro triste.

Echada sobre el diván, ella esperaba pacientemente la hora de la cena, la llegada improbable de Luis. Había vuelto a hablarle, había vuelto a ser su mujer, sin entusiasmo y sin ira. Ya no lo quería. Pero ya no sufría. Por el contrario, se había apoderado de ella una inesperada sensación de plenitud, de placidez. Ya nadie ni nada podría herirla. Puede que la verdadera felicidad esté en la convicción de que se ha perdido irremediablemente la felicidad. Entonces empezamos a movernos por la vida sin esperanzas ni miedos, capaces de gozar por fin todos los pequeños goces, que son los más perdurables.

Un estruendo feroz, luego una llamarada blanca que la echa hacia atrás toda temblorosa.

¿Es el entreacto? No. Es el gomero, ella lo sabe.

Lo habían abatido de un solo hachazo. Ella no pudo oír los trabajos que empezaron de mañana. "Las raíces levantaban las baldosas de la acera y entonces, naturalmente, la comisión de vecinos . . ."

Encandilada se ha llevado las manos a los ojos. Cuando recobra la vista se incorpora y mira a su alrededor. ¿Qué mira? ¿La sala de concierto bruscamente iluminada, la gente que se dispersa?

No. Ha quedado aprisionada en las redes de su pasado, no puede salir del cuarto de vestir. De su cuarto de vestir invadido por una luz blanca aterradora. Era como si hubieran arrancado el techo de cuajo; una luz cruda entraba por todos lados, se le metía por los poros, la quemaba de frío. Y todo lo veía a la luz de esa fría luz: Luis, su cara arrugada, sus manos que surcan gruesas venas desteñidas, y las cretonas de colores chillones.

Despavorida ha corrido hacia la ventana. La ventana abre ahora directamente sobre una calle estrecha, tan estrecha que su cuarto se estrella casi contra la fachada de un rascacielos deslumbrante. En la planta baja, vidrieras y más vidrieras llenas de frascos. En la esquina de la calle, una hilera de automóviles alineados frente a una estación de servicio pintada de rojo. Algunos muchachos, en mangas de camisa, patean una pelota en medio de la calzada.

Y toda aquella fealdad había entrado en sus espejos. Dentro de sus espejos había ahora balcones de níquel y trapos colgados y jaulas con canarios.

Le habían quitado su intimidad, su secreto, se encontraba desnuda en medio de la calle, desnuda junto a un marido viejo que le volvía la espalda para dormir, que no le había dado hijos. No comprende cómo hasta entonces no había deseado tener hijos, cómo había llegado a conformarse a la idea de que iba a vivir sin hijos toda su vida. No comprende cómo pudo soportar durante un año esa risa de Luis, esa risa demasiado jovial, esa risa postiza de hombre que se ha adiestrado en la risa porque es necesario reír en determinadas ocasiones.

¡Mentira! Eran mentiras su resignación y su serenidad; quería amor, sí, amor, y viajes y locuras, y amor, amor . . .

—Pero Brígida, ¿por qué te vas?, ¿por qué te quedabas? —había preguntado Luis.

Ahora habría sabido contestarle:

— ¡El árbol, Luis, el árbol! Han derribado el gomero.

El desvío [*]

Armonía Sommers

Uruguay

Se trata de una historia vulgar. Pero yo la narro a toda esta gente que está tirada conmigo sobre la hierba adonde se produjo el desvío y nos dejaron abandonados. En realidad, no parecen oír ni desear nada. Yo insisto, sin embargo, porque no puedo concebir que alguien no se levante y grite lo que yo al caer. A pesar de lo que me preguntaron en lugar de responderme. Algo tan brutalmente definitivo como este aterrizaje sin tiempo.

Lo conocí una mañana cualquiera en una estación de ferrocarriles, mientras la muchedumbre se agolpaba como siempre para confirmar su ego. Recuerdo que había un niño de pocos años en el andén, con un montón de globos sostenidos por hilos. Algunos que le habían visto llorar por la falta de viento, soplaban al paso desde abajo a fin de fabricárselo. El que viajó luego en mi cabina y yo nos habíamos sumado a aquel asunto, cuando al levantar ambos la cabeza nos vimos entre los globos y la risa del chico.

Yo no sé si a causa de las circunstancias, mirarse a través de tantos colores elevados a fuerza de ilusión, me pareció tan hermoso, y que quizás él tuviera respecto a mí una sensación más o menos pareja. Lo cierto fue que hasta hace unos segundos no cesamos de mirarnos, y eso es mucho.

El desconocido tomó mi maleta del suelo, se puso al hombro un morral en el que se notaban las formas turgentes de las frutas y me colocó en el asiento, tratando de colmar todos los deseos que uno expresa pataleando a cierta edad y luego defiende con mejor educación al llegar a grande: la ventanilla y el lugar que avanza en el sentido de la máquina.

[*] Armonía Sommers, *Todos los cuentos 1953-1967*, Arca, Montevideo, tomo I, 1967.

Había, recuerdo, otra plaza frente a la nuestra, y la ocuparon dos individuos con grandes canastos, tapando con sus cabezotas de palurdos el espejo en que hubiéramos podido mirarnos. Aunque, para decir la verdad, poco tardamos en descubrir las ventajas del método directo.

De pronto, mi compañero, tan joven como yo pero mucho más iniciado en ciertas técnicas, tomó mi mano y la retuvo entre las suyas. Su contacto cálido y seco me había sumido de golpe en un vértigo comparativo en el que iban desfilando todas las blandas, húmedas o demasiado asépticas que uno debe soportar con asco, o sin ganas, cuando él aprovechó aquella especie de otorgamiento para levantar mis dedos hasta sus labios y besarlos uno por uno, en forma prolija y entregada, sin tomar en cuenta en lo más mínimo a los testigos miopes de enfrente.

A todo esto, el tren había empezado a andar con su famoso chuku-chuku que hace las delicias de todo el mundo. Yo estiré las piernas hasta los cestos de los vecinos, y entorné los ojos en medio de la felicidad máxima. Entonces el hombre joven me preguntó en un tono tierno y cómplice:

—De modo que te gusta a ti también ese ruidito ¿no es cierto?

—Que si me gusta —dije yo al borde del éxtasis— sería capaz de cualquier locura cuando empieza a escucharse.

—¿Hasta de quererme?

Qué pregunta, pensé sin responder. Si le había dejado progresar en tal forma, desde la búsqueda de mi cara por detrás de los globos hasta aquellos besos disparados tan directamente hacia la sangre, era que algún mecanismo frenador se me había descontrolado repentinamente, y entonces sobraban las explicaciones.

El tren iba cobrando velocidad, entrando en el lugar común de los silbidos. Se nos entreveraban ya las cosas a través del vidrio (pájaro con árbol, casa con jardín y gente, cielo con humo y nada). Tuve por breves instantes la impresión de un rapto fuera de lo natural, casi de desprendimiento. Él pareció sorprender mis ideas al trasluz y como quien saca un caramelo del bolsillo me ofreció una sonrisa también especial, de la marca que usaba para todo. Yo traté de retribuírsela.

—Me gustan mucho tus dientes —me dijo— son del tipo que yo andaba buscando, esos que brillan cuando chocan con la luz y parecen romperla... Qué difícil es todo, y al mismo tiempo qué sencillo cuando sucede...

Y comenzó a besarme con una impetuosidad como de despedida, pero de esa que suele ponerse, asimismo, cuando uno se convence de que todo el ejercicio anterior del besar ha sido pura chatarra, o un simple desperdicio de calorías.

—¿Qué lleva en ese bolso? —pregunté al fin del aliento que me quedaba, por desviar aquella intimidad demasiado vertiginosa.

—Alguna ropa y los implementos de afeitar —dijo—. Bueno —añadió después con cierta malicia— y manzanas. ¿Comerías?

— ¡Manzanas! —exclamé, entrando en su sistema— mi segundo capricho después del ruido del tren. Sólo que en este caso me gustaría compartir una a mordisco limpio. Más que nada por demostrar que son naturales —agregué exhibiendo mis dos hileras de dientes.

Luego del episodio un tanto brumoso de aquella primera comida, de la que nunca recordaré si habrá sido almuerzo o cena, vi con cierta decepción que él empezaba a mirar su reloj pulsera.

—Rayos —dijo de pronto— siete días ya, qué infalible matemática en todo esto.

—¿Cómo, qué es eso de siete días, si acabamos de subir a este desbocado tren expreso?

Fue en ese momento cuando debí empezar a salir de mi penumbra mental, a causa de sus palabras.

—Mira —aclaró— los tipos del canasto cambiaron de vagón el primer día. Ellos y muchos más, parece que a causa de divergencias con nosotros. Y vino en varias oportunidades el hombre de los billetes, que yo iba renovando cada mañana.

—¿Aquel individuo sin cara, vestido de gris, que creo haber visto no sé si sobre el piso o prendido del techo a lo mosca?

Mi compañero inauguró algo que no le conocía, una carcajada que hizo girar todos los cuellos hacia nosotros.

—Sí —contestó al fin— alguien que casi no acusaría más relieve que el de los botones de su chaqueta. Pero que miró nuestras manos con tan feroz insistencia de campesino casamentero, que tuve que ponerte ese anillo mientras dormías.

—Voy a echarme esta vez bastante agua sobre la cabeza —dije al cabo de su última palabra— porque eso de dormir yo así como así ya no cuela. Parecería un relato con el personaje equivocado —añadí incorporándome.

—Digamos que primero fue lo de la manzana entre dos, y que luego te dormiste a mi lado —explicó él como quitándole importancia a los hechos—. Es lo que sucede normalmente cuando ya ha transcurrido cierto tiempo. Y que luego deberá repetirse hasta tocar fondo —agregó aún, mirando hacia su misteriosa provisión de manzanas.

Todo aquello me estaba pareciendo algo demasiado fuera de lo habitual, como un desafío por el enigma. Pero andaban mezclados al delirio elementos objetivos de tal validez que eran capaces de obligar a creer en el conjunto, contra cualquier protesta.

Nos hallábamos, entretanto, asimilando de lleno el ritmo del tren. Y hasta la medida de la velocidad, que en un principio se nos mostraba por las cosas externas huyendo a contramano, se había hecho moneda corriente. Yo iba individualizando ya los días de las noches, los pasajeros molestos del otro asiento y los que eran capaces de cerrar los ojos aun sin sueño.

Un día mi hombre sacó un pantalón de invierno de su bolso. Aquello fue como el fin de mi dulce tránsito en la idiotez, una especie de golpe de gracia que no provenía de toparse con el nuevo viento frío colado por las rendijas.

—¿Lo has visto? —me dijo con tono de reproche tratando de estirar la prenda— estaba bien doblado por mi madre y tú has hecho este lío.

Yo lo miré con cierto aire bobalicón que se quedó colgado en el espejo de enfrente.

—Es que nunca doblé pantalones de nadie —gemí— pero eso debería ser cualquier cosa menos un motivo para el agravio.

Ya iba a poner en juego el recurso casi olvidado de llorar cuando él, atajándome las lágrimas con la mano, trató de arreglar la cosa.

—Observa —me explicó— un desgraciado pantalón se maneja así, tomándolo por los bajos y haciendo coincidir las rayas de las piernas. Luego ya podrá doblarse en dos, o en cuantas partes se quiera.

Cielos, qué descubrimiento. Pero yo seguía con la humedad en la nariz, esa pequeña gota que viene de la ofensa, por detrás de la línea de los resfríos comunes. El incidente se evaporó saliendo a caminar de la mano por los pasillos, a cenar fuera del camarote mirando la noche estrellada que corría a la inversa del tiempo. (Confieso ahora aquella sensación de ir en sentido contrario de algo que se nos llevaba pedazos entre los dientes, pero cuyo dolor no era lo que debía ser de acuerdo con la importancia del despojo.)

—¿Preferirías fumar aquí o comer de nuestras manzanas en el compartimiento? —me dijo él de pronto con una voz madura que se le iba asordinando en forma progresiva.

Los dejamos a todos boquiabiertos, agarrados al nombre real de las cosas con la cohesión de un banco de ostras. Comer manzanas era para nosotros la significación total del amor, y nos capitalizábamos en su desgaste como si hubiésemos descubierto las trojes del verano.

Hasta que un día ocurrió, sencillamente como voy a contarlo y tal le habrá sucedido a tantos. Nadie anota el momento, es claro. Luego todo cae de golpe, y los escombros se enseñorean del último rastro.

—Es que voy a decírtelo de una vez por todas —declaró él cierta noche al regreso de una comentada exhibición de cine— a mí sólo me entusiasman las documentales, esas en las que las gentes y las cosas de verdad envían un mensaje directo. Y las novelas de aventuras, porque en tal caso soy yo quien lo vive todo.

Bostezó, tiró los zapatos lejos, apagó la luz y quedó aletargado.

Pero la verdad es que uno no va a asistir despierto al sueño de nadie, por más a oscuras que lo dejen. Era, pues, la de aprovechar la lumbre que resta encendida dentro para empezar a revisar las pequeñas diferencias, hacer el inventario con tiempo por si apuraban el balance. Los hombres sucios del asiento de enfrente, recordé, que él elige para conversar porque, según sus paradojas, conservan las manos limpias. Aquello que opinó sobre mi asco a las moscas o a los estornudos de la gente en las panaderías: siempre pequeñas cosas entrando en el juego inicial como saltamontes por la ventana abierta. Pero que al fin desembocaban en planteamientos por colisión, en guerra de principios. Fidelidad eterna de las moscas contra mi repugnancia. Humanidad que se comunica al pan, versus las cargas microbianas del estornudo. Y todos los etcéteras que puede conjugar un etcétera solitario no bien se le deje suelto. "Has dicho se acabó la guerra como si pasaras en limpio una carta de adiós escrita por otro con las entrañas", me reprochó cierta vez en tal temperatura emocional que me valdría para no volver a repetir jamás aquellas cuatro palabras. Sí, pero lo de dormitar sobre mi hombre con un leve ronquido y cierto hilillo de baba desentendida, mientras una película con varios premios había congregado al pasaje, eso era algo más que definitivo.

Cuando el tipo sin rostro vino al día siguiente por la renovación del billete, yo le hablé sin mirarle:

—Espere a que éste despierte. Después veremos quién sigue en el tren o quién se baja. No será cuestión de continuar aquí toda la vida.

Al pronunciar aquella última palabra sentí algo sospechoso en el plexo solar, pero la seguí repitiendo sordamente —vida, vida— en cierto plan de sospechas sobre la especie de trampa en que pudiera haber caído. Y eso ya sin control, pues el estrafalario reloj me había embrollado las cuentas con el tiempo.

Comenzó así otro día sin marca conocida, con afeitada matinal y cepillo de dientes. Entonces yo quise anunciar mi decisión quitándome el anillo en forma provocativa. Pero no me salía del dedo. Él dejó de rasurarse y empezó a reír como el niño de los globos cuando los viera subir de nuevo en la lejana estación inicial donde nos habíamos conocido.

—Es que has engordado —dijo al fin— eso que no le pasa a mis moscas, por ejemplo, que viven en el aire prestado y andan siempre en un eterno alerta, hasta para sus festines más inocentes.

—Y que hay también filos verbales mejores que el de esa navaja —mascullé apretando las mandíbulas—. Pero llega el momento en que uno puede estallar, querer largarse a pensar de por sí, a discutir con su cerebro propio. Sí, ese cerebro que alguna vez habrá funcionado.

—Dramas —comentó él retornando a su menester— nadie vería tanto pecado en que hasta las más caras neurosis gusten también del exquisito café con crema. . .

—A ver —continué aún, cuerpeando las estocadas— a ver ese reloj infernal. ¿Cuánto tiempo hará que viajamos en este maldito tren, que debe ir por lo menos a Marte, a la Luna, según tus novelas de cabecera?

Él limpió la navaja, la guardó con una paciencia sin límites. Luego consultó el reloj, me miró en los ojos hasta calarme y volvió con la antigua fórmula:

—Siete años ya. El tiempo justo para lo que está ocurriendo. Qué infalible y medida precisión, Dios y sus encantadores acertijos...

Me irritó esta vez su petulancia respecto a los plazos. Tenía ganas de deshacerlo con algo contundente, un juicio ilevantable que nos dejase mano a mano como en un empate a golpes bajos.

—Y bien —le espeté sordamente— no creas que no lo he visto, que me es ajeno. Nuestras manzanas, aquellas que parecían ser sólo para nosotros dos cuando lamías el juego de mis comisuras, yo te he sorprendido dándolas a mis espaldas tras algunas puertas mal cerradas del convoy. Y hasta te he escuchado comentar después en sueños la escapatoria, decir nombres que no eran el mío. Y muchas cosas más que no quiero traer a cuento para que el mundo no comience a husmear en nuestras miserias. De modo que yo arreglo mi maleta y me voy a otro vagón. Eso es lo limpio, creo, ese es el juego honesto, hayan pasado o no los famosos años clave.

Él me dejó hacer. ¿Oyen o no? eh, ustedes, los desparramados por la hierba. Pero ocurrió que al llegar la noche el ruido del ferrocarril, principalmente ese de la suprema soledad con que salta los puentes, me impidió dormir. Además, empecé a sentir sed y no encontraba el vaso de agua, a tener frío y no hallar ni las mantas ni la llave de la luz. Porque todo había cambiado de disposición a mi alrededor, como en la primera noche en tierra extraña de un inmigrante. Cuando lo sentí golpear suavemente en la puerta me incorporé dando gracias al cielo, que pasaba como un cepillo negro tras el vidrio. Y que después dejó de existir. Aunque quizás lo habrá seguido haciendo para otros que tendrían sólo eso, un pobre y vago cielo para la tan grande soledad.

—¿Has visto? —me dijo finalmente, ayudando a reemprender la mudanza—. Así uno despilfarre un poco tras una puerta a medio cerrar, las cosas se hallan tan bien dispuestas como para que las frutas del morral alcancen para todo.

Yo aprendí desde entonces a burlarme de mí misma. Además, durante aquellos tiempos de frenesí, inventamos el juego de tirar objetos por la ventana. Habíamos espiado a la gente sobrecargada de cosas. Tenían que dormir arrollando las piernas. Y otros hasta dejaron de abrazarse por falta de sitio. Esa nueva concepción del espacio terminó por reacomodar el caos. Y yo supongo ahora que un día memorable él se olvidó también de dar cuerda al relojito a causa de mis aprensiones. "Si vive, su tiempo está en nosotros", me dijo cierta vez en que insinué la idea, calcular cuántos años de hombre tendría ya el chiquillo a través de cuyos globos nos habíamos conocido. Luego del frío que me recorrió la espalda a causa de sus palabras, nunca más se buscaron señales metafísicas al pasar por esquinas peligrosas.

Hasta que llegó esta noche. Qué extraño, jamás había dado en pensarlo, la gran familia de desconocidos entre sí que se descerrajan en el mismo minuto, sea cualquiera el origen del acontecimiento. Yo tenía los pies helados. Me pareció, además, que el tren había empezado a marchar a menor velocidad. Aunque nada de eso pude expresar con una lengua medio rígida. Él me puso una manta sobre las piernas, me tomó de la mano, me besó dedo por dedo como la primera vez y quedó dormido.

Entonces fue cuando sucedió. El hombre sin cara se plantó en el asiento contrario, en medio de la oscuridad absoluta a que nos obligaban a esa hora. Percibí, sin embargo, que le iban surgiendo al fin los rasgos desconocidos, o que yo nunca había tenido tanto tiempo de descubrirle. Algunos fogonazos de la máquina me permitían verlo en forma intermitente, como a una casa de campo bajo los relámpagos.

—Usted le dije al fin dando diente contra diente— tanto tiempo alcanzándonos cosas. Gracias por todo. ¿Pero qué quiere?

El individuo me miró con una lástima y una crueldad tan entreveradas que hubiera sido imposible deshacer la mezcla. Parecía tener algo inmenso que comunicarme. Pero sin oportunidad ya, al igual de alguien que recuerda el nombre olvidado de una calle justamente cuando ve, al pasar, que han demolido la casa que venía buscando.

Mantuve todo lo posible ese pensamiento en el cerebro, tratando de que su embarazo poemático y triste me separara del hombre. (El que vivía en la casa habrá llamado alguna vez al otro vaya a saberse con qué secreta urgencia. Su amigo no acudió por tener olvidados la calle, el número.) El hombre, entretanto, no había soltado palabra, tironeando quizás de los detalles de un quehacer que parecía inminente. (Entonces —pensé aún— un día, de súbito, lo recuerda todo, número, nombre. Pero sólo cuando pasa por allí y ve que han quitado la casa.) —Bueno —dijo al fin, tal si hubiera asistido al desenlace de la anécdota— nos acercamos al desvío. Y creo que es a usted, no a él aún a quien debo empujar por esa puerta. Trate de no despertarlo, sería un gesto estúpido, una escena vulgar indigna de su parte.

—Pero es que yo no puedo cancelar esto sin aviso, y así, en la noche. Usted ha visto bien lo nuestro, lo conoció desde un principio. . .

No me dejó ni agonizar. Percibí claramente el ruido de cerrojo de la aguja al hacerse el desvío, transmitido de los rieles a mi corazón como un latido distinto. Y luego mi caída violenta sobre la maleza, al empuje del hombre sin cara.

—¡Eh, dónde está la estación, dónde venden los pasajes de regreso! ¡El número, sí, aquí está en mi memoria, el número de aquella casa demolida!

Entonces fue cuando lo oí, a la grupa del convoy que se alejaba sin mí y sin estos otros:

—*¿Qué estación, qué regreso, qué casa. . .?*

Lección de cocina *

Rosario Castellanos

México

La cocina resplandece de blancura. Es una lástima tener que mancillarla con el uso. Habría que sentarse a contemplarla, a describirla, a cerrar los ojos, a evocarla. Fijándose bien esta nitidez, esta pulcritud carece del exceso deslumbrador que produce escalofríos en los sanatorios. ¿O es el halo de desinfectantes; los pasos de goma de las afanadoras, la presencia oculta de la enfermedad y de la muerte? Qué me importa. Mi lugar está aquí. Desde el principio de los tiempos ha estado aquí. En el proverbio alemán la mujer es sinónimo de Küche, Kinder, Kirche. Yo anduve extraviada en aulas, en calles, en oficinas, en cafés; desperdiciada en destrezas que ahora he de olvidar para adquirir otras. Por ejemplo, elegir el menú. ¿Cómo podría llevar a cabo labor tan ímproba sin la colaboración de la sociedad, de la historia entera? En un estante especial, adecuado a mi estatura, se alinean mis espíritus protectores, esas aplaudidas equilibristas que concilian en las páginas de los recetarios las contradicciones más irreductibles: la esbeltez y la gula, el aspecto vistoso y la economía, la celeridad y la suculencia. Con sus combinaciones infinitas: la esbeltez y la economía, la celeridad y el aspecto vistoso, la suculencia y ... ¿Qué me aconseja usted para la comida

---

* Rosario Castellanos, *Álbum de familia*, México, Joaquín Mortiz, 1977.

de hoy, experimentada ama de casa, inspiración de las madres ausentes y presentes, voz de la tradición, secreto a voces de los supermercados? Abro un libro al azar y leo: "La cena de don Quijote." Muy literario pero muy insatisfactorio. Porque don Quijote no tenía fama de gourmet sino de despistado. Aunque un análisis más a fondo del texto nos revela, etc., etc., etc. Uf. Ha corrido más tinta en torno a esa figura que agua debajo de los puentes. "Pajaritos de centro de cara." Esotérico. ¿La cara de quién? ¿Tiene un centro la cara de algo o de alguien? Si lo tiene no ha de ser apetecible. "Bigos a la rumana." Pero ¿a quién supone usted que se está dirigiendo? Si yo supiera lo que es estragón y ananá no estaría consultando este libro porque sabría muchas otras cosas. Si tuviera usted el mínimo sentido de la realidad debería, usted misma o cualquiera de sus colegas, tomarse el trabajo de escribir un diccionario de términos técnicos, redactar unos prolegómenos, idear una propedéutica para hacer accesible al profano el difícil arte culinario. Pero parten del supuesto de que todas estamos en el ajo y se limitan a enunciar. Yo, por lo menos, declaro solemnemente que no estoy, que no he estado nunca ni en este ajo que ustedes comparten ni en ningún otro. Jamás he entendido nada de nada. Pueden ustedes observar los síntomas: me planto, hecha una imbécil, dentro de una cocina impecable y neutra, con el delantal que usurpo para hacer un simulacro de eficiencia y del que seré despojada vergonzosa pero justicieramente.

Abro el compartimiento del refrigerador que anuncia "carnes" y extraigo un paquete irreconocible bajo su capa de hielo. La disuelvo en agua caliente y se me revela el título sin el cual no habría identificado jamás su contenido: es carne especial para asar. Magnífico. Un plato sencillo y sano. Como no representa la superación de ninguna antinomia ni el planteamiento de ninguna aporía, no se me antoja.

Y no es sólo el exceso de lógica el que me inhibe el hambre. Es también el aspecto, rígido por el frío; es el color que se manifiesta ahora que he desbaratado el paquete. Rojo, como si estuviera a punto de echarse a sangrar.

Del mismo color teníamos la espalda, mi marido y yo, después de las orgiásticas asoleadas en las playas de Acapulco. El podía darse el lujo de "portarse como quien es" y tenderse boca abajo para que no le rozara la piel dolorida. Pero yo, abnegada mujercita mexicana que nació como la paloma para el nido, sonreía a semejanza de Cuauhtémoc en el suplicio cuando dijo "mi lecho no es de rosas y se volvió a callar". Boca arriba soportaba no sólo mi propio peso sino el de él encima del mío. La postura clásica para hacer el amor. Y gemía, de desgarramiento, de placer. El gemido clásico. Mitos, mitos.

Lo mejor (para mis quemaduras, al menos) era cuando se quedaba dormido. Bajo la yema de mis dedos —no muy sensibles por el prolongado contacto con las teclas de la máquina de escribir— el nylon de mi camisón de desposada resbalaba en un fraudulento esfuerzo por parecer encaje. Yo jugueteaba con la punta de los botones y esos otros adornos que hacen parecer tan femenina a quien los usa, en la oscuridad de la alta noche. La albura de mis ropas, deliberada, reiterada, impúdicamente simbólica, quedaba abolida transitoriamente. Algún instante quizá alcanzó a consumar su significado bajo la luz y bajo la mirada de esos ojos que ahora están vencidos por la fatiga.

Unos párpados que se cierran y he aquí, de nuevo, el exilio. Una enorme extensión arenosa, sin otro desenlace que el mar cuyo movimiento propone la parálisis; sin otra invitación que la del acantilado al suicidio.

Pero es mentira. Yo no soy el sueño que sueña, que sueña, que sueña; yo no soy reflejo de una imagen en un cristal; a mí no me aniquila la cerrazón de una conciencia o de toda conciencia posible. Yo continúo viviendo con una vida densa, viscosa, turbia, aunque el que está a mi lado y el remoto, me ignoren, me olviden, me pospongan, me abandonen, me desamen.

Yo también soy una conciencia que puede clausurarse, desamparar a otro y exponerlo al aniquilamiento. Yo... La carne, bajo la rociadura de la sal, ha acallado el escándalo de su rojez y ahora me resulta más tolerable, más familiar. Es el trozo que vi mil veces, sin darme cuenta, cuando me asomaba, de prisa, a decirle a la cocinera que...

No nacimos juntos. Nuestro encuentro se debió a un azar ¿feliz? Es demasiado pronto aún para afirmarlo. Coincidimos en una exposición, en una conferencia, en un cine-club; tropezamos en un elevador; me cedió su asiento en el tranvía; un guardabosques interrumpió nuestra perpleja y, hasta entonces, paralela contemplación de la jirafa porque era hora de cerrar el zoológico. Alguien, él o yo, es igual, hizo la pregunta idiota pero indispensable: ¿usted trabajo o estudia? Armonía del interés y de las buenas intenciones, manifestación de propósitos "serios". Hace un año yo no tenía la menor idea de su existencia y ahora reposo junto a él con los muslos entrelazados, húmedos de sudor y de semen. Podría levantarme sin despertarlo, ir descalza hasta la regadera. ¿Purificarme? No tengo asco. Prefiero creer que lo que me une a él es algo tan fácil de borrar como una secreción y no tan terrible como un sacramento.

Así que permanezco inmóvil, respirando rítmicamente para imitar el sosiego, puliendo mi insomnio, la única joya de soltera que he conservado y que estoy dispuesta a conservar hasta la muerte.

Bajo el breve diluvio de pimienta la carne parece haber encanecido. Desvanezco este signo de vejez frotando como si quisiera traspasar la superficie e impregnar el espesor con las esencias. Porque perdí mi antiguo nombre y aún no me acostumbro al nuevo, que tampoco es mío. Cuando en el vestíbulo del hotel algún empleado me reclama yo permanezco sorda, con ese vago malestar que es el preludio del reconocimiento. ¿Quién será la persona que no atiende a la llamada? Podría tratarse de algo urgente, grave, definitivo, de vida o muerte. El que llama se desespera, se va sin dejar ningún rastro, ningún mensaje y anula la posibilidad de cualquier nuevo encuentro. ¿Es la angustia la que oprime mi corazón? No, es su mano la que oprime mi hombro. Y sus labios que sonríen con una burla benévola, más que de dueño, de taumaturgo.

Y bien, acepto mientras nos encaminamos al bar (el hombro me arde, está despellejándose) es verdad que en el contacto o colisión con él he sufrido una metamorfosis profunda: no sabía y sé, no sentía y siento, no era y soy.

Habrá que dejarla reposar así. Hasta que ascienda a la temperatura ambiente, hasta que se impregne de los sabores de que la he recubierto. Me da la impresión de que no he sabido calcular bien y de que he comprado un pedazo excesivo para nosotros dos. Yo, por pereza, no soy carnívora. Él, por estética, guarda la línea. ¡Va a sobrar casi todo! Sí, ya sé que no debo preocuparme: que alguna de las hadas que revolotean en torno mío va a acudir en mi auxilio y a explicarme cómo se aprovechan los desperdicios. Es un paso en falso de todos modos. No se inicia una vida conyugal de manera tan sórdida. Me temo que no se inicie tampoco con un platillo tan anodino como la carne asada. Gracias, murmuro, mientras me limpio los labios con la punta de la servilleta. Gracias por la copa transparente, por la aceituna sumergida. Gracias por haberme abierto la jaula de una rutina estéril para cerrarme la jaula de otra rutina que, según todos los propósitos y las posibilidades, ha de ser fecunda. Gracias por darme la oportunidad de lucir un traje largo y caudaloso, por ayudarme a avanzar en el interior del templo, exaltada por la música del órgano. Gracias por . . .

¿Cuánto tiempo se tomará para estar lista? Bueno, no debería de importarme demasiado porque hay que ponerla al fuego a última hora. Tarda muy poco, dicen los manuales. ¿Cuánto es poco? ¿Quince minutos? ¿Diez? ¿Cinco? Naturalmente, el texto no especifica. Me supone una intuición que, según mi sexo, debo poseer pero que no poseo, un sentido sin el que nací que me permitiría advertir el momento preciso en que la carne está a punto.

¿Y tú? ¿No tienes nada que agradecerme? Lo has puntualizado con una solemnidad un poco pedante y con una precisión que acaso pretendía ser halagadora pero que me resultaba ofensiva: mi virginidad. Cuando la descubriste yo me sentí como el último dinosaurio en un planeta del que la especie había desaparecido. Ansiaba justificarme, explicar que si llegué hasta ti intacta no fue por virtud ni por orgullo ni por fealdad sino por apego a un estilo. No soy barroca. La pequeña imperfección en la perla me es insoportable. No me queda entonces más alternativa que el neoclásico y su rigidez es incompatible con la espontaneidad para hacer el amor. Yo carezco de la soltura del que rema, del que juega al tenis, del que se desliza bailando. No practico ningún deporte. Cumplo un rito y el ademán de entrega se me petrifica en un gesto estatuario.

¿Acechas mi tránsito a la fluidez, lo esperas, lo necesitas? ¿O te basta este hieratismo que te sacraliza y que tú interpretas como la pasividad que corresponde a mi naturaleza? Y si a la tuya corresponde ser voluble te tranquilizará pensar que no estorbaré tus aventuras. No será indispensable —gracias a mi temperamento— que me cebes, que me ates de pies y manos con los hijos, que me amordaces con la miel espesa de la resignación. Yo permaneceré como permanezco. Quieta. Cuando dejas caer tu cuerpo sobre el mío siento que me cubre una lápida, llena de inscripciones, de nombres ajenos, de fechas memorables. Gimes inarticuladamente y quisiera susurrarte al oído mi nombre para que recuerdes quién es a la que posees. Soy yo. ¿Pero quién soy yo? Tu esposa, claro. Y ese título basta para distinguirme de los recuerdos del pasado, de los proyectos para el porvenir. Llevo una marca de propiedad y no obstante me miras con desconfianza. No estoy tejiendo una red para prenderte. No soy una mantis religiosa. Te agradezco que creas en semejante hipótesis. Pero es falsa.

Esta carne tiene una dureza y una consistencia que no caracterizan a las reses. Ha de ser de mamut. De esos que se han conservado, desde la prehistoria, en los hielos de Siberia y que los campesinos descongelan y sazonan para la comida. En el aburridísimo documental que exhibieron en la Embajada, tan lleno de detalles superfluos, no se hacía la menor alusión al tiempo que dedicaban a volverlos comestibles. Años, meses. Y yo tengo a mi disposición un plazo de . . .

¿Es la alondra? ¿Es el ruiseñor? No, nuestro horario no va a regirse por tan aladas criaturas como las que avisaban el advenimiento de la aurora a Romeo y Julieta sino por un estentóreo e inequívoco despertador. Y tú no bajarás al día por la escala de mis trenzas sino por los pasos de una querella minuciosa: se te ha desprendido un botón del saco, el pan está quemado, el café frío.

Yo rumiaré, en silencio, mi rencor. Se me atribuyen las responsabilidades y las tareas de una criada para todo. He de mantener la casa impecable, la ropa lista, el ritmo de la alimentación infalible. Pero no se me paga ningún sueldo, no se me concede un día libre a la semana, no puedo cambiar de amo. Debo, por otra parte, contribuir al sostenimiento del hogar y he de desempeñar con eficacia un trabajo en el que el jefe exige y los compañeros conspiran y los subordinados odian. En mis ratos de ocio me transformo en una dama de sociedad que ofrece comidas y cenas a los amigos de su marido, que asiste a reuniones, que se abona a la ópera, que controla su peso, que renueva su guardarropa, que cuida la lozanía de su cutis, que se conserva atractiva, que está al tanto de los chismes, que se desvela y que madruga, que corre el riesgo mensual de la maternidad, que cree en las juntas nocturnas de ejecutivos, en los viajes de negocios y en la llegada de clientes imprevistos; que padece alucinaciones olfativas cuando percibe la emanación de perfumes franceses (diferentes de los que ella usa) de las camisas, de los pañuelos de su marido; que en sus noches solitarias se niega a pensar por qué o para qué tantos afanes y se prepara una bebida bien cargada y lee una novela policíaca con ese ánimo frágil de los convalecientes.

¿No sería oportuno prender la estufa? Una lumbre muy baja para que se vaya calentando, poco a poco, el asador "que previamente ha de untarse con un poco de grasa para que la carne no se pegue". Eso se me ocurre hasta a mí, no había necesidad de gastar en esas recomendaciones las páginas de un libro.

Y yo, soy muy torpe. Ahora se llama torpeza; antes se llamaba inocencia y te encantaba. Pero a mí no me ha encantado nunca. De soltera leía cosas a escondidas. Sudando de emoción y de vergüenza. Nunca me enteré de nada. Me latían las sienes, se me nublaban los ojos, se me contraían los músculos en un espasmo de náusea.

El aceite está empezando a hervir. Se me pasó la mano, manirrota, y ahora chisporrotea y salta y me quema. Así voy a quemarme yo en los apretados infiernos por mi culpa. por mi culpa, por mi grandísima culpa. Pero, niñita, tú no eres la única. Todas tus compañeras de colegio hacen lo mismo, o cosas peores, se acusan en el confesionario, cumplen la penitencia, las perdonan y reinciden. Todas. Si yo hubiera seguido frecuentándolas me sujetarían ahora a un interrogatorio. Las casadas para cerciorarse, las solteras para averiguar hasta dónde pueden aventurarse. Imposible defraudarlas. Yo inventaría acrobacias, desfallecimientos sublimes, transportes como se les llama en Las mil y una noches, récords. ¡Si me oyeras entonces no te reconocerías, Casanova!

Dejo caer la carne sobre la plancha e instintivamente retrocedo hasta la pared. ¡Qué estrépito! Ahora ha cesado. La carne yace silenciosamente, fiel a su condición de cadáver. Sigo creyendo que es demasiado grande.

Y no es que me hayas defraudado. Yo no esperaba, es cierto, nada en particular. Poco a poco iremos revelándonos mutuamente, descubriendo nuestros secretos, nuestros pequeños trucos, aprendiendo a complacernos. Y un día tú y yo seremos una pareja de amantes perfectos y entonces, en la mitad de un abrazo, nos desvaneceremos y aparecerá en la pantalla la palabra "fin". ¿Qué pasa? La carne se está encogiendo. No, no me hago ilusiones, no me equivoco. Se puede ver la marca de su tamaño original por el contorno que dibujó en la plancha. Era un poco más grande. ¡Qué bueno! Ojalá quede a la medida de nuestro apetito.

Para la siguiente película me gustaría que me encargaran otro papel. ¿Bruja blanca en una aldea salvaje? No, hoy no me siento inclinada ni al heroísmo ni al peligro. Más bien mujer famosa (diseñadora de modas o algo así), independiente y rica que vive sola en un apartamento en Nueva York, París o Londres. Sus "affaires" ocasionales la divierten pero no la alteran. No es sentimental. Después de una escena de ruptura enciende un cigarrillo y contempla el paisaje urbano al través de los grandes ventanales de su estudio.

Ah, el color de la carne es ahora mucho más decente. Sólo en algunos puntos se obstina en recordar su crudeza. Pero lo demás es dorado y exhala un aroma delicioso. ¿Irá a ser suficiente para los dos? La estoy viendo muy pequeña.

Si ahora mismo me arreglara, estrenara uno de esos modelos que forman parte de mi trousseau y saliera a la calle ¿qué sucedería, eh? A la mejor me abordaba un hombre maduro, con automóvil y todo. Maduro. Retirado. El único que a estas horas puede darse el lujo de andar de cacería.

¿Qué rayos pasa? Esta maldita carne está empezando a soltar un humo negro y horrible. ¡Tenía yo que haberle dado vuelta! Quemada de un lado. Menos mal que tiene dos.

Señorita, si usted me permitiera . . . ¡Señora! Y le advierto que mi marido es muy celoso . . . Entonces no debería dejarla andar sola. Es usted una tentación para cualquier viandante. Nadie en el mundo dice viandante. ¿Transeúnte? Sólo los periódicos cuando hablan de los atropellados. Es usted una tentación para cualquier x. Silencio. Signi-fi-ca-ti-vo. Miradas de esfinge. El hombre maduro me sigue a prudente distancia. Más le vale.

Más me vale a mí porque en la esquina ¡zas! Mi marido, que me espía, que no me deja ni a sol ni a sombra, que sospecha de todo y de todos, señor juez. Que así no es posible vivir, que yo quiero divorciarme.

¿Y ahora qué? A esta carne su mamá no le enseñó que era carne y que debería de comportarse con conducta. Se enrosca igual que una charamusca. Además yo no sé de dónde puede seguir sacando tanto humo si ya apagué la estufa hace siglos. Claro, claro, doctora Corazón. Lo que procede ahora es abrir la ventana, conectar el purificador de aire para que no huela a nada cuando venga mi marido. Y yo saldría muy mona a recibirlo a la puerta, con mi mejor vestido, mi mejor sonrisa y mi más cordial invitación a comer fuera.

Es una posibilidad. Nosotros examinaríamos la carta del restaurante mientras un miserable pedazo de carne carbonizada, yacería, oculta, en el fondo del bote de la basura. Yo me cuidaría mucho de no mencionar el incidente y sería considerada como una esposa un poco irresponsable, con proclividades a la frivolidad pero no como una tarada. Ésta es la primera imagen pública que proyecto y he de mantenerme después consecuente con ella, aunque sea inexacta.

Hay otra posibilidad. No abrir la ventana, no conectar el purificador de aire, no tirar la carne a la basura. Y cuando venga mi marido dejar que olfatee, como los ogros de los cuentos, y diga que aquí huele, no a carne humana, sino a mujer inútil. Yo exageraré mi compunción para incitarlo a la magnanimidad. Después de todo, lo ocurrido ¡es tan normal! ¿A qué recién casada no le pasa lo que a mí acaba de pasarme? Cuando vayamos a visitar a mi suegra, ella, que todavía está en la etapa de no agredirme porque no conoce aún cuáles son mis puntos débiles, me relatará sus propias experiencias. Aquella vez, por ejemplo, que su marido le pidió un par de huevos estrellados y ella tomó la frase al pie de la letra y . . . ja, ja, ja. ¿Fue eso un obstáculo para que llegara a convertirse en una viuda fabulosa, digo, en una cocinera fabulosa? Porque lo de la viudez sobrevino mucho más tarde y por otras causas. A partir de entonces ella dio rienda suelta a sus instintos maternales y echó a perder con sus mimos . . .

No, no le va a hacer la menor gracia. Va a decir que me distraje, que es el colmo del descuido. Y, sí, por condescendencia yo voy a aceptar sus acusaciones.

Pero no es verdad, no es verdad. Yo estuve todo el tiempo pendiente de la carne, fijándome en que le sucedían una serie de cosas rarísimas. Con razón Santa Teresa decía que Dios anda en los pucheros. O la materia que es energía o como se llame ahora.

Recapitulemos. Aparece, primero el trozo de carne con un color, una forma, un tamaño. Luego cambia y se pone más bonita y se siente una muy contenta. Luego vuelve a cambiar y ya no está tan bonita. Y sigue cambiando y cambiando y cambiando y lo que uno no atina es cuándo pararle el alto. Porque si yo dejo este trozo de carne indefinidamente expuesto al fuego, se consume hasta que no queden ni rastros de él. Y el trozo de carne que daba la impresión de ser algo tan sólido, tan real, ya no existe.

¿Entonces? Mi marido también da la impresión de solidez y de realidad cuando estamos juntos, cuando lo toco, cuando lo veo. Seguramente cambia, y cambio yo también, aunque de manera tan lenta, tan morosa que ninguno de los dos lo advierte. Después se va y bruscamente se convierte en recuerdo y . . . Ah, no, no voy a caer en esa trampa: la del personaje inventado y el narrador inventado y la anécdota inventada. Además, no es la consecuencia que se deriva lícitamente del episodio de la carne.

La carne no ha dejado de existir. Ha sufrido una serie de metamorfosis. Y el hecho de que cese de ser perceptible para los sentidos no significa que se haya concluido el ciclo sino que ha dado el salto cualitativo. Continuará operando en otros niveles. En el de mi conciencia, en el de mi memoria, en el de mi voluntad, modificándome, determinándome, estableciendo la dirección de mi futuro.

Yo seré, de hoy en adelante, lo que elija en este momento. Seductoramente aturdida, profundamente reservada, histérica. Yo impondré, desde el principio, y con un poco de impertinencia, las reglas del juego. Mi marido resentirá la impronta de mi dominio que irá dilatándose, como los círculos en la superficie del agua sobre la que se ha arrojado una piedra. Forcejeará por prevalecer y si cede yo le corresponderé con el desprecio y si no cede yo no seré capaz de perdonarlo.

Si asumo la otra actitud, si soy el caso típico, la femineidad que solicita indulgencia para sus errores, la balanza se inclinará a favor de mi antagonista y yo participaré en la competencia con un handicap que, aparentemente, me destina a la derrota y que, en el fondo, me garantiza el triunfo por la sinuosa vía que recorrieron mis antepasadas, las humildes, las que no abrían los labios sino para asentir, y lograron la obediencia ajena hasta al más irracional de sus caprichos. La receta, pues, es vieja y su eficacia está comprobada. Si todavía lo dudo me basta preguntar a la más próxima de mis vecinas. Ella confirmará mi certidumbre.

Sólo que me repugna actuar así. Esta definición no me es aplicable y tampoco la anterior, ninguna corresponde a mi verdad interna, ninguna salvaguarda mi autenticidad. ¿He de acogerme a cualquiera de ellas y ceñirme a sus términos sólo porque es un lugar común aceptado por la mayoría y comprensible para todos? Y no es que yo sea una "rara avis". De mí se puede decir lo que Pfandl dijo de Sor Juana: que pertenezco a la clase de neuróticos cavilosos. El diagnóstico es muy fácil ¿pero qué consecuencias acarrearía asumirlo?

Si insisto en afirmar mi versión de los hechos mi marido va a mirarme con suspicacia, va a sentirse incómodo en mi compañía y va a vivir en la continua expectativa de que se me declare la locura.

Nuestra convivencia no podrá ser más problemática. Y él no quiere conflictos de ninguna índole. Menos aún conflictos tan abstractos, tan absurdos, tan metafísicos como los que yo le plantearía. Su hogar es el remanso de paz en que se refugia de las tempestades de la vida. De acuerdo. Yo lo acepté al casarme y estaba dispuesta a llegar hasta el sacrificio en aras de la armonía conyugal. Pero yo contaba con que el sacrificio, el renunciamiento completo a lo que soy, no se me demandaría más que en la Ocasión Sublime, en la Hora de las Grandes Resoluciones, en el Momento de la Decisión Definitiva. No con lo que me he topado hoy que es algo muy insignificante, muy ridículo. Y sin embargo . . .

Una *

Dora Alonso

Cuba

Me pregunté más de una vez qué era la humildad; qué la fortaleza. En una sola oportunidad sentí algo capaz de responderme. Ella, una (la mujer que morirá como ha vivido: anónima, sepultada bajo el peso de sus horas iguales), me lo reveló. Yo estaba cerca de su cabeza blanca, de sus ojos llorosos. Eran las seis y media de la mañana.

De la funeraria a la casa hay una carrera de automóvil. La hice una hora después del amanecer. En la modesta sala mortuoria quedaban el sarcófago gris, lleno de planchuelas de falsa plata; los cuatro grandes candelabros de oro falso; las luces eléctricas simulando cirios; una imagen de santo dominando el cadáver desde lo alto de la pared. Adosado a ésta, la línea de incómodas sillas de tijera y cuatro sillones. En el local se reunían los hijos del que acababa de morir, los empleados de la funeraria y el enviado de la florería; un individuo gordo, de encorvada nariz en acecho.

Hacía frío y neblina. La calle donde estaba situada la funeraria se destacaba por el gran anuncio lumínico destinado a guiar la enlutada clientela, y se hallaba desierta. Solamente un

* Dora Alonso, *Cuentos*, La Habana, Bolsilibros Unión, Unión de Escritores y Artistas de Cuba, 1976.

172

repartidor de pan, en su carrito de motor con depósito adosado, cruzaba haciendo ruido.

Subimos a un auto de alquiler. Salimos directamente hacia la casa de quien poco después tendríamos que ver llorar por la noticia de algo tan sencillo, tan natural como la muerte del anciano.

Durante el camino para llegar al modesto barrio de las afueras de la población, recordé algunas cosas. Recordé, sobre todo, que el hombre que yacía y la mujer que íbamos a visitar para enterarla de su muerte, estuvieron juntos más de cincuenta años. Y ese tiempo es demasiado largo para que no ocurra algo cuando se rompe la pareja.

Remonté el pasado. Siempre ella aparecía trabajando. Unas veces (muchas realmente), dándole vida a un nuevo hijo, lo que hacía lucir más pequeña su figura y más redonda. Sobre el hijo por nacer, el delantal estampado de tizne y grasa; sobre la frente manchada de pigmento, los mechones pegados por el calor cercano del fogón.

La recordábamos junto a una mansa bestia, extrayendo hilos de tibia espuma destinados a una criatura enferma. La evocábamos bajo violentos aguaceros, cubierta la cabeza por un saco de yute, con el jarro bajo el brazo para resguardarlo, y de noche, a luna abierta y pacífica, acompañada de su cercana sombra.

Siendo tantos los recuerdos, ninguno conseguía separarla del trabajo. Bajo un árbol del pan, cada día lejano, la esperaba una batea llena de ropa mojada. Y otra vez el rostro afanoso, sus manos de uñas partidas, y el trozo de jabón.

Cantaba ella a media voz las canciones del tiempo del noviazgo, deshilvanándolas en el viento del gran patio lleno de polvo colorado, de latas, de cáscaras de caña que se secaban y se retorcían al secarse, como jubos muertos.

La misma canción que adornaba el trabajo dormía los hijos sobre el vaivén del mimbre, al caer la tarde. Porque nunca estaba triste. ¡Nunca estaba triste! El trabajo y el ánimo la medían toda, de los pies a la cabeza.

En el afanar, los hijos se le hicieron hombres. Con sus formas propias. Con la rusticidad del simple ambiente que les rodeaba y donde crecieron. Gente buena, todos. Y al que nació imperfecto y vivió padeciendo, la misma madre deseó su muer-

te y la bendijo, cerrándole los ojos por amor a él. Muchos años
después, el hijo mayor se quitó la vida y ella dijo algo que casi
nadie pudo entender. Dijo algo así, como que estaba en su derecho de rechazar lo que ya no quería. Sin reclamarle nada por
haberlo parido.

Mientras el automóvil avanzaba a través de la antigua ciudad
provinciana, nos repetíamos que su amor de mujer había sido
un solo amor ciego, barredor, sencillo y firme. Un pedazo de roca enterrado. Permaneció adherida al hombre, peleándolo un
minuto tras otro, abrazándolo con la fuerza entera que ella
disponía. Así, de un solo abrazo, habían pasado cincuenta años.
Y ahora, ya no...

Seis y cuarto de la mañana. El día penetraba las calles desiertas.
El sol, pequeñito, llegaba arrastrándose por encima de los teja-
dos vencidos y los lamentos de los gallos.

Un bodeguero soñoliento abría su mínimo comercio. En la
quietud de la calle su bostezo se prolongaba ruidosamente. Detrás de su corpulencia se adivinaba el color maduro de las piñas
y los cajones repletos de viandas.

El viaje terminó frente a la ancha puerta claveteada de la
casa cerrada y muda. Imaginamos fugazmente la primitiva llave antigua, y asociamos todo, ignorando por qué, con el fantasma de una caja de música olvidada durante mucho tiempo y
a muchísima distancia de allí.

No me atrevía a llamar, aunque tenía bajo mi mano la hermosa mano de bronce del llamador, que mostraba un aro simbólico en el dedo anular. Por asociación temía otra mano, estro-
peada, cubierta de arrugas y de venas sobresalientes, luciendo
también un anillo de alianza, aliado ahora con la muerte. La
misma mano que me abriría la puerta.

Comencé a sentirme infeliz. Atrapada por el miedo a dañar.
Deseaba de modo absurdo que no me oyeran, que no acudieran,
que se negaran a recibirme.

Reconozco que cerré los ojos cuando determiné levantar el
llamador y resonó su seco golpe dentro de la casa, despertando
las arecas del patio, el naranjo agrio lleno de pájaros, la rosa de
vidrio de los medios puntos morados, blancos y azules de la
tranquila saleta en penumbras...

Acudieron presurosos los pasos, acercándose a mi sobresalto. Se descorrió el cerrojo, entreabriéndose la puerta. Ella asomó: su pelo blanco, blanco; el percal del vestido, los negros zapatos acordonados. Y sus ojos, que ya lucían la frágil blancura y esa mirada de los viejos, cargada de tristeza.

Me miraban sus ojos, preguntaban. En silencio la contemplé tan menuda y desamparada que no supe qué decirle... ¿Cómo debía decir...?

Ella fue la que primero habló:

—¿Carlos? —apenas dijo.

Respondí con los labios cerrados, bajando la cabeza. Entonces caminó hasta el patio lleno de hojas recién nacidas a la luz del día nuevo, cruzando bajo el mezclado color de los medios puntos resplandecientes que la cubrieron de morado y azul. Se recostaba un momento al tronco del naranjo; tomaba un largo aliento revelador. Y allí...

—Me acompañó toda la vida y me regaló seis hijos buenos. ¡Le estoy tan agradecida! —dijo con esfuerzo.

Y llorando tan quedo que necesité adivinarle las lágrimas siguió rumbo a la cocina para hacerme café.

Cosecha *

Nelida Piñón

Brasil

Un rostro prohibido desde que había crecido. Dominaba los paisajes en el modo activo de agrupar frutas y comerlas en las sendas minúsculas de las montañas, y además por la alegría con que distribuía las pepitas. A cada tierra su verdad de pepita, él se decía sonriendo. Cuando se hizo hombre, encontró a la mujer, ella se sonrió, era altiva como él, aunque su silencio fuese de oro, lo miraba más de lo que explicaba la historia del universo. Esta reserva mineral lo encantaba y por ella pasó a dividir el mundo entre el amor y sus objetos. Un amor que se hacía profundo a punto de dedicarse a excavaciones, a rehacer ciudades submersas en lava.

La aldea rechazaba el proceder de quien habita tierras raras. Parecían los dos soldados de una frontera extranjera, para transitarse por ellos, más allá del olor de carne amorosa, ellos exigían pasaporte, deposiciones ideológicas. Ellos apenas se preocupaban con el fondo de la tierra, que es nuestro interior, ella también completó su pensamiento. Les inspiraba el sentimiento de la conspiración de las raíces que el propio árbol, atraído por el sol y expuesto a la tierra, no podía alcanzar aunque se creyese enterado.

* Nélida Piñón, en: Celia de Zapata y Lygia Johnson, *Detrás de la reja*, Caracas, Monte Ávila, 1980.

Hasta que decidió partir. Le tocaban andanzas, trazar las líneas finales de un mapa cuya composición se había iniciado y él sabía hesitante. Explicó a la mujer que para amarla mejor no excluía el mundo, la transgresión de las leyes, los disturbios de los pájaros migratorios. Al contrario, las criaturas en sus peregrinaciones le parecían simples piezas aladas cercando alturas raras. Ella se resistió, confiaba en el llanto. A pesar de que su rostro exhibiera en aquellos días una belleza espléndida a punto de pensar él que estando el amor con ella por qué buscarlo en tierras donde difícilmente lo encontraré, insistía en la independencia. Siempre los de su raza adoptaron comportamiento de potro. Aunque él en especial dependiese de ella para reparar ciertas omisiones fatales.

Vivieron juntos todas las horas disponibles hasta la separación. Su última frase fue simple: con Ud. conocí el paraíso. Su delicadeza conmovió a la mujer, aunque los diálogos del hombre la inquietasen. A partir de esta fecha se encerró dentro de la casa. Como los caracoles que se resienten del exceso de claridad. Comprendiendo que tal vez debiese preservar la vida de un modo más intenso, para cuando él volviese. En ningún momento dejaba de alimentar la fe, proporcionar porciones diarias de carpas oriundas de aguas orientales a su amor exagerado.

En toda la aldea la actitud del hombre representaba una rebelión que se debía temer. Procuraban proscribir su nombre de cualquier conversación. Se esforzaban por destruir el rostro libre y siempre que pasaban por la casa de la mujer fingían que ella jamás le había pertenecido. Le enviaron regalos, pedazos de tocino, canastas de peras y poesías esparcidas. Para que ella interpretase a través de aquellos recursos cuánto la consideraban disponible, sin marca de buey y las iniciales del hombre en su piel.

La mujer raramente admitía a una presencia en su casa. Los regalos entraban por la ventana del frente siempre abierta para que el sol atestiguase su vida decente, pero abandonaban la casa por la puerta de atrás, todos aparentemente intocados. La aldea iba allá para inspeccionar los objetos que de algún modo la presenciaron y a ellos no, pues difícilmente aceptaban la rigidez de las costumbres. A veces ella se servía de un pariente para las compras indispensables. Ellos dejaban entonces los pedidos a sus pies, y en el rápido pasaje por el interior de la casa procuraban investigar todo. De cierto modo ella consentía para que viesen que el hombre todavía imperaba en las cosas sagradas de aquella casa.

Jamás faltó una flor diariamente renovada próxima al retrato del hombre. Su semblante de águila. Pero, con el tiempo, más allá de cambiar el color del vestido, antes triste ahora siempre rojo, y alterar el peinado, pues había decidido mantener el pelo corto, recortado junto a la cabeza — decidió eliminar el retrato. No fue fácil la decisión. Durante días rondaba el retrato, sondeaba los ojos oscuros del hombre, ya lo condenaba, ya lo absolvía: ¿por qué Ud. necesitó su rebeldía? yo vivo sola, no sé si la guerra lo tragó, no sé siquiera si debo conmemorar su muerte con el sacrificio de mi vida.

Durante la noche, confiando en la sombra, retiró el retrato y lo tiró rudamente sobre el armario. Pudo descansar después de la actitud tomada. Pensó de este modo poder probar a los enemigos que él habitaba su cuerpo independiente del homenaje. Tal vez hubiese murmurado a alguno de sus parientes, entre descuidada y oprimida, que el destino de la mujer era mirar el mundo y soñar con el rey de la tierra.

Recordaba la manera de hablar del hombre en sus momentos de tensión. Su rostro entonces se igualaba a la piedra, vigoroso, una prominencia en que se había inscrito una sentencia para permanecer. No sabía quién entre los dos era más sensible a la violencia. Él, que se había ido, ella, que se había tenido que quedar. Sólo con los años fue comprendiendo que si él todavía vivía tardaba en regresar. Pero, si había muerto, ella dependía de alguna señal para providenciar su fin. Y repetía temerosa y agitada: alguna señal para providenciar su fin. La muerte era una vertiente exagerada, pensó ella mirando el pálido brillo de las uñas, las cortinas limpias, y empezó a sentir que únicamente conservando la vida haría homenaje a aquel amor más punzante que búfalo, carne final de su especie, aunque hubiera conocido la corona cuando de las planicies.

Cuando ya se tornaba penoso en exceso conservarse dentro de los límites de la casa, pues había empezado a agitar en ella una determinación de amar apenas las cosas venerables, fuesen polvo, araña, alfombra desgarrada, cacerola sin mango, como que adivinando, él llegó. La aldea vio su modo de tocar en la puerta con la seguridad de aproximarse al paraíso. Tocó tres veces, ella no respondió. Tres más y ella como que afectada por la reclusión, no admitía extraños. Todavía héroe, él tocó algunas veces más, hasta que gritó su nombre, soy yo, entonces no ve, entonces no siente, o ya no vive más, ¿seré yo entonces el único en cumplir la promesa?

Ella sabía ahora que era él. No consultó el corazón para agitarse, mejor vivir su pasión. Abrió la puerta e hizo de la madera su escudo. Él imaginó que escarnecían su vuelta, no quedaba alegría en quien lo recibía. Todavía averiguó la verdad: si no es Ud., ni es necesario entrar. Tal vez hubiese olvidado que él mismo había manifestado un día que su regreso jamás sería conmemorado, odiaría a gente abundante en la calle viendo el silencio de los dos después de tanto castigo.

Ella señaló en la madera su respuesta. Y él pensó que debía sorprenderla según su gusto. Fingía la mujer no percibir su ingreso casa adentro; más viejo sí, el polvo coloreando curiosamente su ropa. Se miraron como se ausculta la intrepidez del cristal, sus venas limpias, la calma de perderse en la transparencia. Agarró la mano de la mujer, se aseguraba de que sus ojos, a pesar del pecado de las modificaciones, todavía miraban con el antiguo amor, ahora más probado.

Le dijo: volví. También podría haber dicho: ya no te quiero más. Confiaba en la mujer: ella sabría organizar las palabras expresadas con descuido. Ni la verdad o su imagen contraria, denunciarían su himno interior. Debería ser como si ambos conduciendo el amor jamás lo hubiesen interrumpido.

Ella lo besó también con cuidado. No buscó su boca y él se dejó conmovido. Quiso solamente su frente, le alisó el pelo. Le hizo ver su sufrimiento, había sido tan difícil que ni su retrato pudo soportar. ¿Dónde estuve entonces en esta casa? él preguntó. Procure habremos de conversar. El hombre se sintió afectado por tales palabras. Pero las peregrinaciones le habían enseñado lo mismo: que adentro de casa se traen los desafíos.

Debajo del sofá, de la mesa, sobre la cama, entre las sábanas, hasta en el gallinero, él procuró, siempre prosiguiendo, casi le preguntaba: estoy caliente o frío. La mujer no seguía sus búsquedas, agasajada en un largo abrigo de lana, ahora pelaba batatas imitando a las mujeres que encuentran alegría en esta pericia. Este humor de la mujer como que lo confortaba. En vez de conversar cuando tenían tanto que decirse, sin querer ellos habían empezado a pelear. Y procurando él pensaba dónde habría estado cuando allí no estaba, por lo menos visiblemente por la casa.

Casi desistiendo encontró el retrato sobre el armario, el vidrio de la moldura todo roto. Ella había tenido el cuidado de esconder su rostro entre añicos de vidrio, quién sabe qué tormentas y otras heridas más. Ella lo llevó por la mano hasta la cocina. Él no quería dejarse ir. Entonces ¿qué quieres hacer aquí? Él respondió: quiero a la mujer. Ella consintió. Después, sin embargo, ella habló: ahora sígueme hasta la cocina.

—¿Qué hay en la çocina?

Lo dejó sentado en la silla. Hizo la comida, se alimentaron en silencio. Después limpió el piso, lavó los platos, hizo la cama recién desarreglada, limpió el polvo de la casa, abrió todas las ventanas casi siempre cerradas en aquellos años de ausencia. Procedía como si él todavía no hubiese llegado, o como si jamás hubiese abandonado la casa, pero se hacían sí preparativos de fiesta. ¿Nos vamos a hablar a lo menos ahora que yo necesito? él dijo.

—Tengo tanto que contarle. Recorrí el mundo, la tierra, sabe y además.

Yo sé, ella fue diciendo rápido, no consintiendo que él discurriese sobre las variedades de la fauna, o que le asegurase que aunque los rincones distantes presenten ciertas particularidades de algún modo son próximos a nuestra tierra, de donde Ud. nunca se apartó porque Ud. jamás pretendió la libertad como yo. No dejando que le contase sí que las mujeres aunque rubias, pálidas, morenas y de piel de trigo, no ostentaban su olor, a ella, él la identificaría aun de ojos cerrados. No dejando no que ella supiese de sus campañas: anduvo a caballo, tren, velero, hasta helicóptero, la tierra era menor de lo que suponía, había visitado la prisión, razón de haber asimilado una rara concentración de vida que en ninguna parte sino allí jamás encontró, pues todos los que allí estaban no tenían otro modo de ser sino realizando diariamente la expiación.

Y ella, no dejándole contar lo que había sido el historial de su vida, iba sustituyendo con sus palabras entonces lo que ella sí había vivido. Y de tal modo hablaba como si ella fuera la que hubiese abandonado la aldea, hecho campañas abolicionistas, inaugurado puentes, vencido dominios marítimos, conocido mujeres y hombres, y entre ellos perdiéndose pues quién sabe si no sería de su vocación reconocer por el amor las criaturas. Sólo que ella hablando evitaba semejantes asuntos, su riqueza era enumerar con voluptuosidad los quehaceres diarios a que había estado confinada desde su partida, cómo limpiaba la casa, o había inventado un plato tal vez de origen dinamarqués, y lo cubrió de verdura, delante de él se fingía conejo, luego asumiendo el estado que la hacía graciosa se alimentaba con la mano y se sentía mujer; como también simulaba escribir cartas jamás enviadas pues ignoraba dónde encontrarlo; cuán penoso había sido decidirse sobre qué destino dar a su retrato, pues aunque practicase violencia contra él, no podía olvidar que el hombre siempre estaría presente; su mundo de pelar frutas, tejiendo delicadas combinaciones de diseños sobre la cáscara, ora poniendo en relieve un trecho mayor de la pulpa, ora dejando el fruto apenas revestido de rápidas hebras de piel; y todavía la solución encontrada para alimentarse sin dejar el rancho en que su casa se había convertido, había tenido cuidado entonces en admitir únicamente los de su sangre bajo condición de rápida permanencia, el tiempo suficiente para que ellos viesen que a pesar de la distancia del hombre ella todo hacía por rendirle homenaje, algunos de la aldea sin embargo, que él lo supiese ahora, insistieron en hacerle regalos, que si al principio la irritaban, terminaron por agradarla.

—De otro modo, ¿cómo vengarme de ellos?

Recogía los donativos, hasta las poesías y dejaba las cosas permanecer sobre la mesa por breves instantes, como si así se comunicase con la vida. Mas, tan pronto todas las reservas del mundo que ella pensaba poder existir en los objetos se agotaban, ella los tiraba a la puerta del fondo. Confiaba en que ellos mismos recogiesen el material para que no se deteriorase en su puerta.

Y tanto ella iba relatando los largos años de su espera, un vivir cotidiano que en su boca alcanzaba vigor, que él temía interrumpir un solo momento lo que ella proyectaba dentro de casa como si *cuspiese* perlas, perros en miniatura, y una gran dama abundante, aun con el pretexto de vivir junto a ella las cosas que él había vivido solo. Pues cuanto más ella *adensaba* la narrativa, tanto más él sentía que más allá de haberla herido con su profundo conocimiento de la tierra, su profundo conocimiento de la tierra después de todo no significaba nada. Ella era mucho más capaz de que él en *atener* intensidad, mucho más sensible porque vivió detrás de la reja, más voluntariosa por haber resistido con bravura los galanteos. La fe que con neutralidad había dispensado al mundo a punto de ser incapaz de recoger de vuelta para su cuerpo lo que había dejado caer indolente, ella había sabido hacer crecer, y había concentrado en el dominio de su vida sus razones más intensas.

A medida que las virtudes de la mujer lo sofocaban, sus victorias y experiencias se iban transformando en una masa confusa, desorientada, ya no sabiendo él qué hacer de ella. Hasta dudaba si había partido, si no se habría quedado todos estos años apenas algunos kilómetros de allí, en destierro como ella, pero sin igual poder narrativo.

Seguramente él no presentaba la misma dignidad, apenas había sabido conquistar su porción de la tierra. Nada había hecho sino andar y pensar que había aprendido verdades delante de las cuales la mujer habría de capitular. Mientras tanto, ella confesando la jornada de las legumbres, la confección misteriosa de una sopa, sellaba sobre él un penoso silencio. La vergüenza de haber compuesto una falsa historia lo deprimía. Sin duda había estado allí con la mujer todo el tiempo, jamás había abandonado la aldea, el torpor a que lo habían destinado desde el nacimiento, y cuyos límites él, altivo, pensó haber roto.

Ella no cesaba de apoderarse de las palabras, por la primera vez en tanto tiempo explicaba su vida, se complacía en recoger en el vientre, como un tumor que rasca las paredes íntimas, el son de su voz. Y mientras tanto, oía a la mujer, lentamente él fue rasgando su retrato, sin ella impedirlo, implorase o no, ésta es mi más fecunda memoria. Cumplíase con la nueva pasión, el mundo antes oscurecido que ella descubrió al retorno del hombre.

Él tiró el retrato trizado en la basura y su gesto no sufrió aún de esta advertencia. Los actos favorecían la claridad y para no agotar las tareas a que pretendía dedicarse, él fue arreglando la casa, pasó un paño mojado en los armarios, fingiendo oírla, iba olvidando la tierra en el arrebato de limpieza. Y cuando la cocina se presentó inmaculada, él recomenzó todo de nuevo, entonces pelando frutas para la compota mientras ella le proporcionaba historias indispensables al mundo que necesitaría aprehender una vez que a él pretendiese dedicarse para siempre. Pero de tal modo se arrebataba ahora que parecía distraído, como si pudiese abstenerse de las palabras encantadas de la mujer para adoptar por fin su universo.

Joven madre *

María Luisa Puga

México

¿El parto? No, el parto estuvo bien, o sea, al parecer fue normal. Claro que como era la primera vez yo estaba asustada, pero había hablado con mucha gente, con mi madre, con amigas, con las mismas enfermeras. Fue normal. Una cree que no va a aguantar. Que se va a romper. Que nadie se da cuenta, o peor, que nadie va a creer. Creo que me pasé el tiempo tratando de encontrar una manera de decirles que de veras no aguantaba más. Quería estar segura de convencerlos antes de empezar a gritar, a gritar en serio, digo, porque me sentía gritar todo el tiempo, o gemir, no sé, pero cuando de pronto alguien dijo ya, ha sido usted muy valiente, y la oí —oí su llanto— fue increíble, me asusté, creí que la habían traído del cuarto de junto. Lloraba como si la hubieran despertado sacudiéndola. No entendí. Empecé a llorar yo también porque me sentí muy triste y sola, porque supe que no me iban a entender. Todos se movían mucho y yo sentía que me estiraban y me limpiaban y me ponían cosas, y cuando una enfermera me dijo ya está bien, cálmese, es una niña, no llore, no le creí, no le creí. Creí que me había muerto y ya estaba soñando —o viviendo mi vida de muerta. Luego no sé qué pasó. Cuando desperté me la trajeron envuelta y limpia para que le diera de comer. Yo hacía lo que

* María Luisa Puga, *Accidentes*, México, Martín Casillas, 1981.

me decían. Me sentía muy torpe, y la sentía chupar de mi seno. Era cierto. La leche salía y algo ahí la succionaba. Y la tocaba, la sentía respirar, pero no, no lo creía. Luego se la llevaban y yo caía en un sueño oscuro y estrecho, como todos esos meses antes de que naciera. Un espacio abovedado. No es que me pareciera malo, quiero decir, no me asustaba ni me dolía nada. Era sólo la angustia de llegar al otro lado. No sé cuándo empezó. Un día lo noté. Tal vez cuando la sentí por primera vez en mí. Fue muy raro. Ni agradable ni desagradable. Raro. Como si yo fuera dos, pero no conociera a la otra. Y empecé a espiarla. Ambas estábamos en mi cuerpo —no, no hablo del bebé. Cuando pensaba en el bebé era de otra manera. Le hablaba mucho, todo el tiempo, creo. Y con Mario hacíamos planes para cuando naciera. Pero eso era otra cosa. Eso era cuando yo me obligaba a no sentir la bóveda, esa otra presencia, esa falta de cuerpo. Me obligaba, porque nadie se daba cuenta. Ni Mario ni nadie. Porque no se notaba cuando me miraba al espejo. Porque el doctor decía que mi embarazo iba bien, que mi salud era buena. Y si le decía que me sentía extraña, me decía es normal, es la primera vez. Y yo me obligaba a creerle. Pero arrastré ese cuerpo conmigo cada vez con más pánico. Sintiendo que mi voz se quedaba más y más abajo. Que sólo yo la oía. Que sólo gritando mucho la oirían los demás. Algo en mi cabeza se estaba cerrando y se oscurecía, y yo tenía que avanzar buscando la otra salida, una salida, cualquiera. Desde donde estaba no se veía nada. La noche me empezó a dar miedo. Cuando la calle se aquietaba, cuando Mario apagaba la luz para dormirnos, yo sentía terror. Y cuando amanecía, me veía preparar el desayuno, salir de compras, preparar ropa para el bebé, hablar con gente sabiendo que no era cierto, que no era cierto, que yo no estaba ahí, sino atrapada en esa bóveda que no se terminaba nunca, que seguía seguía seguía y hasta pensé en tratar de acostumbrarme porque al parecer la gente me aceptaba así. Mario me seguía queriendo y el doctor decía que todo iba magnífico. A veces se me hinchaban las piernas, sentía náuseas, me cansaba, esas cosas que suceden durante los embarazos. Me llenaba de alivio. Eran los únicos momentos en los que mi cuerpo y yo éramos lo mismo. Y le hablaba a mi bebé. Lo sabía ahí, vivo. Sentía que debía protegerlo contra esa otra cosa. Pero soy joven, soy fuerte. Esos malestares no duraban. Desaparecían pronto y sólo me dejaban un sabor a oscuro en la boca. Sabía de inmediato que ya estaba de vuelta. Otra vez lejos de todo. Otra vez perdida. No me di cuenta de que me fui entristeciendo. De que cuando sonreía me sentía un gesto ajeno en la cara. De que la risa no era mía. Y creo que no me di cuenta porque me hice una esperanza. O me la hicieron, no sé. A lo mejor ni era esperanza. Cada vez que decía que me sentía deprimida me decían que era normal, que todo eso pasaría cuando naciera el bebé. Que se debía a un desgaste de energía y no sé cuántas cosas más. Que no me preocupara. Y comencé a contar los días. A vivir con los ojos fijos en esa fecha que se calculaba para el nacimiento. A esperar en voz alta. A cerrar los ojos cada vez que sentía la bóveda. Y creo que por eso también comencé a ocultarlo. A fingir cada vez que estaba con alguien. Incluso cuando me miraba en el espejo. Era como aguantar la respiración. Ya falta poco, ya falta poco. Cuando salga de aquí allá va a estar otra vez la gente afuera. Tenía que creer eso porque tenía que creer que había un final, una salida del otro lado. Y casi sentía curiosidad por ver muy de cerca lo que me estaba sucediendo. Ese estar sin estar. Ese no ser. Ese sueño oscuro. Porque anhelaba lo otro. Y la impaciencia me impedía dormir. Y cuando me trajeron al hospital, me asía de las manos de las enfermeras para que no me dejaran allá, para que me jalaran hacia este lado, costara lo que costara. Durante el parto lo vi con toda claridad. Dolor no sé. Dolor era todo. Era estar ahí con tanta gente en torno mío y yo atrapada y sola sin saber qué hacer y cómo. Y ver que nacía el bebé, que era una niña como yo quería. Oír que Mario decía entonces sí se va a llamar Alina, que era el nombre que él había escogido, pero yo también, con toda mi esperanza, con todo mi deseo de vivir, que se llamara Alina, que fuera nuestro bebé, que nos enseñara a vivir con ella. Sentirla comer de mí y vivir y saber que no, que no había salido de la bóveda, que no podía ser, que nadie me entendía cuando decía que estaba mal, oír la nueva frase, otra de esas frases lejanas e inutilizables, otro límite ilusorio, la depresión posnatal, es normal, se pasa en unos días, y el grito que se formaba dentro de mí, que no encontraba salida, y mi bebé sin saber, confiada, sola como yo, sola.

¿Qué me hizo saltar? Eso. La ventana abierta en el baño, el

trajín de las enfermeras en la sala, el ruido de los coches abajo, el imaginar los días y los días y los días. Era gris el cielo, era un cuadro gris plomizo desde la ventana. No vi hacia abajo. Estábamos solas. Salté.

—¿Y ahora?

Cuando la bóveda se estrelló me sentí fuerte. Todo está hecho pedazos en torno mío. Alina murió. Estoy rota. Ahora voy a vivir como pueda, desde donde pueda, con lo que pueda.

(Una nota en el *Guardian*, Londres, 28 dic. 77:
"Una joven madre que sufría depresión posnatal, saltó por la ventana del cuarto piso de un hospital de entrenamiento en Londres, con su bebé de tres días. La bebita murió; la madre, malherida, vive). . ."

La brecha*

Mercedes Valdivieso

Chile

Largo paréntesis.

Pero no hay plazo que no se cumpla...

Me dolió, me desgarró, me aplicaron calmantes. Nació sano, hermoso. Lo vi al volver de la anestesia un par de horas después. El cansancio era muy grande para tener manifestaciones de alegría. Y estaba contenta. Libre otra vez; al menos, sola con mi propio cuerpo. Respiré hondo. Esa noche pedí a la enfermera que lo acercara. Tan chiquito, tan desamparado, arrancado de su primer refugio: de la carne al pañal, a horarios, a voces incoherentes. Lloraba, parecía aterrado.

— ¡No lo coja, señora; desde que nacen hay que disciplinarlos!

(¡Dios, qué flaco favor le había hecho; empezaba la lucha contra él!)

Desoí sus consejos y lo levanté. Su aliento agitado, sus manitas crispadas en el aire pedían socorro. Ahora yo era dos. Puse mi cara junto a la suya, rosada, tibia, y se fue calmando.

Sentí piedad, una ternura inmensa y desconocida.

—Bueno, chiquitito, ya nos arreglaremos, ya nos arreglaremos.

* Mercedes Valdivieso, *La brecha*, Santiago, Zig Zag, 5a. ed., S/F (copia mimeografiada).

188

Afuera la noche de septiembre, limpia, fresca. Oía los coches correr por la Costanera. Quise ir en uno de ellos velozmente hacia la cordillera acompañada de la risa fuerte y alegre de un hombre.

El departamento que ocupaba, grande y lujoso, más parecía un hotel que una clínica, pero era una clínica. Apreté las manos contra mi vientre sobre las sábanas: "Nunca más. Haré lo necesario para impedir que esto se vuelva a repetir. Nunca más."

—Los hijos son la corona de las madres, evitarlos es un pecado. Más vale llegar pronto al Cielo que más tarde al Infierno.

Así decía mi suegra, que pesaba mucho en la conciencia de Gastón. Este consideraría, por lo tanto, entre las terribles consecuencias futuras de mi decisión, la posibilidad de la condenación eterna. Porque abstenerse ciertos días, la mayoría, para no correr riesgos ni pecar, era demasiado duro a los veinticinco años.

Me reí, mirando el cielo oscuro.

" ¡Nunca más!"

A la sombra del búho*

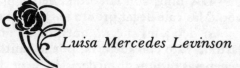

Luisa Mercedes Levinson

Argentina

Felicitas se tocó el vientre apenas abultado. Tuvo una sensación de temor y reverencia: era la pared del recinto donde se estaba desarrollando el drama del mundo. Muy a su manera, Felicitas supo que los protagonistas eran los de siempre; uno el deslumbrante invasor que pretende terminar con el viejo orden. El otro el sostenedor de la tradición, el de la antigua casta de patrón, señor de las pampas. Felicitas sintió la voltereta del uno y la embestida del otro. No los amaba. La palabra madre no estaba aún implícita en su ser; sólo era testigo de una tragedia que se desencadenaba en sus adentros. Tuvo conciencia de que cada uno de los embriones estaba dispuesto a devorar al otro.

¿Quién sería el campeón? Felicitas sabía que solamente uno prevalecería; que la dulzura no puede ser gemela del orgullo. Ella sentía las mareas calientes que lo alimentaban. Las sentía desde su pelvis hasta la boca. ¿Cómo sería el mar, resplandeciente o tenebroso? Recordó cosas aprendidas en su infancia, Caín y Abel, rencor y ternura. . . Pero su propia historia no tenía nada que ver con la escrita en los libros de las monjas; presintió que el que devora al otro, lo incorpora a sí, y empieza a ser el otro.

* Luisa Mercedes Levinson, *A la sombra del búho*, Buenos Aires, Losada, 1972.

El hueco de la carreta se iba ennegreciendo mientras moría la tarde. Felicitas, ahí tirada, quiso tomar parte, pero no supo por cuál decidirse. Cada uno era eso misterioso que chupaba su esencia. ¿Hijo? Con los ramalazos de las arcadas, le subían las historias antiguas. . . aquella contada por la abuela materna, esa que había nacido a orillas del Mediterráneo, pero no era española como los otros tres abuelos. Su mar tenía otro nombre, aunque era el mismo mar. . . ¿Egeo, dijo? La historia ocurría en una caverna, no, ella lo nombró laberinto; ahí deambulaba alegremente un monstruo sagrado —con cuerpo de hombre y cara de toro, que se alimentaba de carne humana—. Pero desde el norte llegó un príncipe bárbaro, desnudo y hermoso, que no se avenía a morir sino a matar. . . Hacía calor adentro del laberinto. En la carreta, hacía calor. ¿Dónde estaba su marido? Felicitas sudaba y tenía escalofríos. Walter era rubio y brutal. Lo vio en su imaginación como hacía pocas madrugadas, alejándose hasta que su espalda desnuda y dorada fue sólo una reverberación de sol escalando la cuesta. Walter había dicho que iba montaña arriba para que ese río seco corriera con aguas nuevas, para que todos fueran ricos. ¿Canalizar, había explicado? Lo siguieron los peones que quedaban (dos se habían largado de a caballo), casi todos los jurís (como Walter llamaba a los indios) y las mujeres jóvenes también. Cerca de la carreta sólo quedaron las viejas brujas con sus fogatas, los chicos y algunas despechadas mirando con recelo y hambre al hijo del cacique. ¡Lindos ojos de perro tenía el indio cuando la miraba a ella! Felicitas había visto esos ojos una vez, entre los ponchos del chuchento. . . ¿La mirada del amor era siempre la misma aunque proviniera de la fuerza o de la pobreza, de la juventud o de la vejez? Felicitas advirtió que esas mujeres que parecían troncos oxidados, también tenían una mirada que ella conocía. Era el mismo resplandor cortante que ella había descubierto una noche de baile en el Cabildo en los ojos de las damas patricias. Aquella memorable noche en que Felicitas cumplía quince años y estrenó el vestido de raso azul cielo con cintas de terciopelo negras y blancas.

Las memorias se le agolpaban tan imperiosas y simultáneas como sus arcadas. El calor exacerbaba los espasmos y las historias; aquella del chileno, contada por las morenas del cuarto de plancha de la calle de la Defensa era así: un roto cruzaba los Andes de a pie con su gran perro, hambrientos los dos. El hombre desconfiaba del perro y no le sacaba los ojos de encima. El perro lo seguía, mirándolo con sus ojos de perro. El roto empezó a razonar como creía que razonaba el perro: "Tengo hambre, quiero comer y lo que tengo más cerca es a este hombre." Tranquilizada su conciencia, el roto degolló al perro y se lo comió. Pero no pudo tragar los ojos del perro. Por los Andes todavía relucen, para advertir a los caminantes la proximidad de los precipicios.

Felicitas buscó entre sus cosas diseminadas en la carreta, y dio con el espejo rajado. Estaba sudada y sucia. Los piojos se inquietaban entre las mechas opacas. Cierta vez, en la tertulia de las O'Gorman, un godo había contado que los piojos eran la compañía del calabozo. — ¡Mierda!— soltó Felicitas, y se rascó la cabeza y las axilas con rabia. Un rayo de luna penetraba hasta lo hondo de la carreta. El jurí la seguía mirando con sus ojos inmutables. Felicitas empezó a observarlo. Ahora estaba en cuclillas, sentado sobre la nada, contra la noche translúcida. Recordó que en las horas de la mañana y de la tarde, desde hacía varios días, lo había visto excavar y dirigir a otros indios en la construcción de un pozo ancho, tal vez una choza que apenas se levantaba del suelo. Esa misma tarde había observado que anudaban ramazones o lianas y las iban colocando como techumbre sobre la excavación. De pronto Felicitas vio que el muchachito que sabía algo de español, trataba de decirle alguna cosa. ¿Que ese pozo era un recinto de frescor a donde solían internar a la mujer del cacique para dar a luz a su primogénito?. . . Felicitas acarició su vientre. La luz lechosa prestaba algo de fantasmal al paisaje hostil. Las copas de los árboles cobraban brazos, los troncos, rostros, los pájaros de la noche gritaban sus conjuros. Sólo la mirada del jurí la untaba de dulzor. El chico seguía afanándose en balbucear:

—El hijo del gran cacique —y señalaba al indio— había hecho construir ese recinto para que Felicitas se enterrara en la buena tierra que otorga el frescor.

Felicitas, amedrentada, se acurrucó en la carreta. Pero al día siguiente, y sin explicación alguna, la machi o médica bruja la tomó en brazos como si fuera un niño y la bajó a tierra, aparentemente para que contemplara: el ancho pozo exhalaba su olor a humedad y a líquenes. Por las paredes chorreaban gotas de frescura.

A los dos días, vencida por el calor y la fiebre, Felicitas dejó hacer. Ya nada podía ser peor. En brazos del hijo del cacique y ayudada por la vieja, bajó por la escala de lianas. De las paredes oscuras y goteantes, colgaban helechos y flores del aire. La machi la obligó a extenderse en un catre que habían bajado de la carreta. Felicitas se durmió. Hacía muchos días y noches que no soñaba. Ahora iba recuperando la perdida voluptuosidad. Casi era lindo yacer ahí, en la penumbra, sin barreras entre la vida y la muerte. Del tejido verdoso de la techumbre se colaba una luminosidad aplacada, pero ávida aún. Las paredes de tierra mitigaban los ruidos. Sólo rugía el mar de sus adentros o tal vez era la lucha por prevalecer. Felicitas estaba atenta a esos latidos, pero sólo participaba de su dramatismo como la bañista que se asoma a las profundidades del mar, desde la orilla. Pensaba en el jurí (ella lo nombraba así, ahora) como un protector natural, sin reparar en su tez lampiña y pulida como una lámina de cobre, ni en su cuerpo elástico. Felicitas pasaba los días acariciando la superficie redondeada de su vientre, casi percibiendo su creciente. Notaba con placer que sus pechos estaban recuperando su turgencia y los pezones se iban aureolando con los ocres y rojizos de ese paisaje que ya no contemplaba. Sólo las nubes cambiantes, escritas por el tejido de la techumbre, pasaban, dejando mensajes que ella se empeñaba en descifrar. ¿Tendría alguna relación con aquella noche de La Malacara, cuando sintió el amor carnal y la pugna de dos hombres? Todavía le volvió el gusto de la sangre a la boca...

Ahora, en sus adentros, el tumulto o acaso la catástrofe llegaban al no puedo más. Se durmió temblando.

Cuando despertó, una calma extraña la embargaba. No sentía el ajetreo y la lucha como hacía apenas unas horas. Adentro de su ser prevalecían unos latidos seguros y satisfechos que no le producían espasmos. Una sola vida, ardiente y posesiva, crecía ahora adentro de su vida casi vegetal. —¿Cuál habrá sido el vencedor —se dijo—, el mejor o el peor? Felicitas tuvo miedo.

Por allí había recipientes con agua. Empezó a lavarse los pies. Después la cabellera. Ahora podía perfumarse con flores de tuna maceradas y protegerse de las alimañas con una suerte de pimientos, untarse la cara y el cuello con miel de lechiguana.

Ella también estaba presa, como aquel que latía en sus adentros, en una matriz de la tierra; sentía que cumplía alguna ley oscura y remota. Estaba bien así.

Desde la escala de lianas podía descolgarse el imprevisto; a veces la seguridad, en la figura tímida del jurí, a veces la amenaza, en la de la machi y las otras mujeres portadoras de recipientes con sustentos y abluciones, o de las que retiraban los cacharros de las excrecencias.

En las largas horas soñolientas, Felicitas contemplaba las paredes con sudores geológicos y se consustanciaba con ellas. En la gruta de su vientre ella también hacía el don de su juventud y belleza para nutrir a otro. ¿Lo amaría? A veces, cuando el calor arreciaba, se veía a sí misma como a un horno quemante donde el pan del mundo se eleva y crece. ¿Cuál había sido su levadura? Felicitas soñaba con el hombre total, el de la hermosura y la fuerza. Como algunas mujeres que han sufrido el descalabro de sus familias en la infancia, ella confundía la seguridad con el poder, la atracción del amor con la avidez por el dinero. Para Felicitas el hombre era el patrón, y la mujer, la estancia que el patrón debía colmar de majadas, yeguarizos y vaquillonas preñadas.

Ahora Felicitas contemplaba con molicie su vientre redondo, las paredes de ese infierno o cielo que una vez albergó el placer. No se hacía demasiadas preguntas. El presente la colmaba. Ni siquiera había observado todos esos objetos que colgaban de las paredes de su chozapozo; tal vez pretendían ser una decoración ofrecida por el jurí: boleadoras, la quijada de algún animal monstruoso que serviría como hacha, algunas máscaras de corteza, figuras de barro... ¿Dónde estaba el rostro de San Luis Gonzaga, para legarlo a su hijo? Que sea como Gualterio, Gualterio... pero con la cara de Walter Loo...

Los ojos de las mujeres le arañaban los párpados. Felicitas no sabía dónde estaba su marido. No sabía, siquiera, cuál era. Las mujeres de pechos de bandera zarandeada la miraban con el viejo rencor de todas las mujeres cuando observan a otra.

— ¡Bruja, bruja con calentura! —murmuraban en su lenguaje de tunas, y después—: Tu hijo será el escuerzo de la mala pata, el que vaticinó la machi, el que debe ser entregado al dios de los venenos en una pacheta de pelos y uñas de tigre y coca mascada. Solamente si tu hijo tiene los ojos azules del hombre que se fue montaña arriba para liberar las fuentes, se salvará; porque crecerán los marlos . . . Pero si tiene los ojos del dios . . .

Felicitas no entendía su lengua, pero sí la del silencio, más amenazador que las palabras. El jurí le traía todas las mañanas frutos, y aves que había cazado y que hacía pasar por el fuego para que fuera del gusto de ella. Felicitas era para él la fertilidad, la Pacha que nace embarazada desde el río del mundo, antes de ramificar, y sus ojos con madureces doradas, eran la tierra horizontal de donde parten los cielos recién nacidos.

Ya había pasado la octava luna. Las mujeres no se apartaban del lado de Felicitas. —Bruja, tu hijo va a morir para robustecer el dios de los venenos —decían sus pupilas.

El jurí vigilaba echado como un perro a la entrada de la fosa. Cuando empezaron los temblores, Felicitas tuvo miedo. Necesitaba algún emblema como amparo, lo buscaba con desesperación. No recordaba cómo era su madre, sólo su miniatura en marfil (la abuela no la nombraba). Solamente a las mulatas de las cocinas había oído hablar de esa Ugenita un poco rubia, un poco loca y un poco tísica, con un destino demasiado trágico para su fragilidad. Ahora Felicitas construyó su imagen sin fidelidad, tal como la necesitaba, y se prendió de ella: —Madre, protéjame. Que mi hijo sea como usted, y que tenga los ojos azules.

Naturalmente los verdaderos dolores de parto empezaron con la tormenta. Hacía meses que no había llovido. Esa noche empezaron los relámpagos y algunos truenos lejanos. El jurí trajo enormes hojas gruesas y ovaladas para cubrir la techumbre calada. Las contracciones del dolor se repetían cada ocho Ave Marías. Luego cada tres. Entre espasmo y espasmo, el mundo se daba vuelta. Felicitas creía que su pozo, su vivienda, se hundía en las profundidades; después le crecían hojas o alas y volaba por los aires. Abajo la pampa, la estancia, a veces la calle de la Defensa y las negras mazamorreras. Ahora, entre una y otra contracción, sólo tenía tiempo para rezar un Gloria al Padre. El mundo se revolcaba como hembra en celo.

En el frescor de la cumbre, Walter hacía abrir surcos y cambiar la posición de algunas piedras para encauzar las aguas. Había hecho un plan guiado por la intuición y por las teorías que le había enseñado su amigo el héroe, ese Martín Güemes que sabía más de herrero, de militar, de ingeniero, y de amante que cualquier otro hombre. Walter daba instrucciones, pero, sobre todo inventaba nuevas tonadas. Los gritos de los pájaros montañeses eran complementos naturales a sus armonías. Ya ni necesitaba de la guitarra; los ritmos indígenas, sus bombos y sus bailes, estaban más de acuerdo con ese paisaje de abismos, con esa tierra de coloraciones entresoñadas y con esas nubes verticales, violáceas y amarillas. Los ídolos o sombras coloridas que aparecían en las montañas cambiaban de cara cada amanecer y cada ocaso. A la hora de la siesta parecían sonreír y Walter aprovechaba ese beneplácito momentáneo para desflorar a alguna india púber que lanzaba grititos guturales cuando Walter le mordía los pezoncitos. Ese gusto de sudor y tierra tenía para él la acidez y el dulzor de "berries" oscuros que le manchaban la boca y los vestidos infantiles en el remoto condado de Mayo en la lejana Irlanda.

Estaba apoyado en el regazo de una indiecita, adormilado después de la realización del amor, cuando oyó un gemido que venía de otros ámbitos. Se despertó. Tal vez se trataba de un balido de llama, pero él se acordó de su mujer. ¿No estaba ya en tiempos de parir? Ordenó que cargaran con todo, para retornar al valle del calor de los infiernos, a la carreta maloliente, a los caballos enflaquecidos y a Felicitas, seguramente consumida por las fiebres. ¡Carajo, exclamó y todavía el río seguirá medio seco por ahí!

Las mujeres musitaban palabras ásperas mientras hervían las aguas y machacaban las hierbas. El parto se presentaba mal. La machi, con sus mañas de diablo viejo, tomó a Felicitas por la cintura y la puso de pie con los brazos enlazados en unas lianas que colgaban desde arriba. Parecía crucificada. La dejó ahí, desnuda contra la pared de tierra húmeda, medio colgando: era un bajorrelieve del principio del mundo. —El chico está colocado a través. Quiere nacer de culo como los diablos —dijo la vieja, y ahí, de pie frente a Felicitas empezó a apretar el vientre abultado con sus manos de lapacho mientras lanzaba soplidos de víbora—. Ésta no sabe ni hacer fuerza —agregó.

La criatura estaba atascada. La vieja musitó una cantinela, pero de pronto cesaron sus imprecaciones, levantó una pierna desnuda y apoyó el pie ennegrecido en el vientre de la parturienta, mientras se sostenía de otra liana que colgaba. Pasó una lechuza chillando, pero más fuerte chilló Felicitas.

—Va a morir, va a morir —repetían las mujeres—. Ella y el chico van a morir...

Ya no se oyeron los truenos contra las montañas lejanas. Los gritos de Felicitas podían más que ellos. La machi se enderezó y fijó los ojos como tizones en el ombligo de la parturienta. Pronunció unas sílabas con una voz de chicharra y extendió un líquido oscuro y pegajoso en la pelvis de Felicitas. Esperó. Luego, sus manos geológicas empezaron a manipular adentro del túnel materno.

—Va a morir, morir —aullaban las mujeres. La vieja otra vez tomada de la liana, levantó una pierna, pero esta vez apoyó el pie en la pared y desde las honduras de Felicitas atornilló, tironeó y volvió a tironear. Felicitas lanzó un grito que hizo temblar al pozo y al mundo. Se desmayó pero la machi y las mujeres la sostuvieron ahí amarrada, colgando sin sentido. Se oyó un vagido y en ese momento un búho pasó volando, pero la sombra de sus alas persistió por unos minutos largos. La machi cayó hacia atrás con las piernas en alto y un recién nacido amoratado y grasoso entre sus manos sangrantes. Los ojuelos del chico eran del turbio color de la caída de los cielos.

La vieja casona *

Julieta Pinto

Costa Rica

Los murciélagos que por tantos años habitaron los cuartos desiertos, salieron chillando al entrar el sol por las ventanas. Nubes de corpúsculos diminutos de polvo iniciaron un baile fantástico en los rayos de luz, y la casona crujió con sus puertas. Su sonido no era el quejido cansado de un gozne o de una cerradura, sino un sonido alegre, como el gorjear de un niño cuando se despierta en las mañanas.

Era efectivamente un despertar. No se sabía cuántos años habían sus puertas permanecido cerradas, cuánto tiempo había sido habitada sólo por arañas y ratones.

Hacía mucho que sus paredes no escuchaban voces ni sus pisos sentían el roce de unos pasos. Sola y abandonada, el polvo la invadía, las goteras se infiltraban entre las tejas desacomodadas por el viento del verano, y sus brazos se cansaban de sostener una armazón que no daba abrigo a nadie. Cuando se creía ya inservible, que iba a recogerse para el sueño, una mañana la luz penetró de nuevo y pasos ligeros recorrieron las habitaciones. Sintió el agua correr por los pisos de ladrillos, la escoba y el trapo por los de madera. Las paredes fueron sacudidas y los muebles

* Julieta Pinto, *Si se oyera el silencio*, en: Sergio Ramírez, *Antología del cuento centroamericano*, San José, Editorial Universitaria Centroamericana Educa, 2a., ed., 1977.

desenterrados de una capa oscura y fina de polvo. Sus entrañas se conmovieron al oír el vagido de un recién nacido, y su esqueleto se enderezó como el de un abuelo ante la figura erguida de su nieto.

La joven agotada se dejó caer en un sillón. Su cara roja por el ejercicio estaba húmeda de sudor y una sonrisa de satisfacción jugueteaba en sus labios. La casa estaba habitable de nuevo. Contempló al pequeño que dormía en su canasta, ajeno al ajetreo que se desarrollaba a su alrededor. Sus facciones se ensombrecieron.

"Yo soy ahora la madre. Me toca desempeñar este papel y no lo he aprendido todavía. Ha sido fácil ser hija. Vivir ajena a lo que significa responsabilidad. Recibir sin saber que se recibe, como algo natural, casi una obligación. Esta casona fue el marco de mi niñez, mi crecimiento angustioso, el descubrimiento de la muerte cuando mi padre nos dejó para siempre. Voy a vivir bajo las mismas paredes que mis padres, que mis abuelos. Recorreré con mi hijo las mismas etapas que ellos recorrieron, imitaré sus gestos y sus palabras. Oiré la lluvia caer sobre las tejas y su espesa cortina borrará el paisaje que veo desde el corredor. Soñaré los mismos sueños que mi madre cuando se quedaba pensativa con la aguja enhebrada y los ojos perdidos en el borde celeste de las montañas. Sentiré la impaciencia de mis hijos tirándome de la falda, y mis ojos tendrán esa mirada perdida que tanto me impacientaba.

"Recordaré la finca observando las nuevas siembras. Tan antiguas como la tierra misma, cuando las hierbas crecían cada invierno y morían cada verano. Hoy son los cultivos, pero el ciclo de las estaciones continúa y el verano precede al invierno como mis padres me precedieron a mí. Las voces de mi madre y de mi abuela están confundidas en estas paredes, son una sola que se une a la mía para darle más resonancia.

"Los juguetes sacudidos del polvo de los años recobrarán la vida después de soñar tan largo tiempo; el caballo de madera galopará con mi hijo mayor, y la muñeca de porcelana con un brazo postizo contará la historia de su desgracia, mientras una hija mía de ojos oscuros la mece en la pequeña poltrona de brazos roídos por el comején."

Se sobresaltó al ver las sombras absorbiendo la luz. Había

comenzado la lucha de la que siempre salían vencedoras. Sintió rebullirse al pequeño y supo que tenía hambre. Se acercó a la cocina para calentarle la leche. No había notado lo tarde que era.

"Creo que va a ser difícil aprender que los niños comen a horas fijas, que debo tener presente el reloj y no permitirme vagar en el tiempo como lo he hecho todos estos años. Aún recuerdo la sorpresa cuando la sirvienta me decía que hacía rato me llamaba a comer. ¿A comer?, repetía asombrada; pero si el sol está alto todavía. La sonrisa de malicia me hacía mirar hacia el poniente: nubes de colores luchaban por sostener el disco rojo que se les escapaba descendiendo cada vez más. Me apresuraba a acercarme a la mesa iluminada por la misma luz que teñía las nubes y pedía disculpas por llegar tarde. La voz severa de mi padre repetía: 'Recuerda que me gusta terminar la comida antes de que oscurezca. Detesto la luz de las bombillas que destiñen los alimentos y el sonido de los murciélagos gritando en la oscuridad.' Rápidamente sorbía mi sopa de celajes.

"Ahora soy yo la que debe cuidar que la comida se sirva a sus horas, que el sol no se acueste sin que yo lo sepa y que mi hijo tenga la leche lista al despertar. El baño diario, sus alimentos regidos por un reloj que debo cuidar y vigilar cada hora sin permitir que salte el tiempo o se quede estancado como a veces me sucede."

Llevó la leche al niño que la pedía con su única arma: un llanto impaciente, colérico, que al no ser atendido prontamente se convertía en un vagido angustioso. Su vocecita denotaba el terror del abandono que ronda las cunas de los recién nacidos.

"Vagamente veo mi figura recostada en vez de la del niño y mi madre con la botella de leche mientras me acariciaba suavemente. Mil palabras cariñosas salían de sus labios. Aunque no las entendía, su tono me daba una sensación tan reconfortante como la leche que sorbía. Era la certeza, la seguridad de que había alguien que me cuidaría siempre y mis ojos se cerraban tranquilos.

"Ahora contemplo las paredes gruesas y un estremecimiento me recorre. Siento como si estuviera presa, como si el reloj y la casa fueran verjas de hierro que no me dejarán salir jamás. Una sensación de angustia me invade. No soy libre, lo dejé de ser en el momento que nació mi hijo, desde el día en que su boca golosa se prendió de mis pechos y sus labios hicieron salir hilos de leche. La responsabilidad me aterra, yo no soy como mi madre ni como mi abuela. Soy diferente. Deseo estar sola y dejar volar mis pensamientos por regiones desconocidas donde el tiempo y el espacio se unen en una sola línea continua sin escollos ni quiebres. Me gusta sentarme a la orilla de un río; hacer un largo viaje en el corazón de una hoja que tuvo la suerte de caer en sus aguas. Juntas recorrer distancias inmensas y por fin sumergirnos en un agua clara, sin fronteras y donde se desconoce el tiempo.

"A veces la tierra me cansa y mi pensamiento se va en una nube buscando alturas, estrellas, mundos nuevos, que se pueden ver también a través de los árboles cuando reposo de espaldas a la tierra y las hojas forman un encaje que aleja aún más el cuadrado azul del cielo. Los minutos, las horas y los días se confunden en un segundo de eternidad."

El niño se quejó y ella lo miró sorprendida. Había terminado de tomar la leche sin que se diera cuenta y la miraba con una interrogación en sus ojos azules. Se sobresaltó al ver que no dormía. Parecía que había estado leyendo sus pensamientos y en sus ojos se leía el temor. Un impulso la hizo abrazarlo y, acunándolo, comenzó a susurrarle las mil palabras de cariño que sólo una madre conoce. No sabía dónde las había aprendido ni cómo salían de sus labios. Minutos después el niño dormía tranquilamente mientras un hilito de leche se escurría por sus mejillas.

Un suspiro largo, tenue, se escapó del corazón de la vieja casona. Ya no temía al tiempo. Se sintió tan joven como recién construida, cuando su madera aún tenía el olor del bosque, el color de las hojas tiernas, y sus brazos fuertes sostuvieron con orgullo las paredes desteñidas.

Madrecita *

Moravia Ochoa López

Panamá

¿Sabes lo que es mirar que tu niña no tenga lindos *panties*? ¿Ni medias buenas ni zapatos decentes? ¡Linda tu edad, criatura! ¡Linda tu niña, si tiene un vestido rosa que ponerse! Linda tu niña. La mía nunca puede ponerse medias nuevas. ¿Usa medias? No tiene blanco poplin ni almidón para sus camisitas. La mía, que llevaba un *pantie* remendado, con un viejo elástico que ya no se estira, de tan estirado.

Mi niña lleva hambre. Esta tarde me llevó de su mano diciéndome:

Mamy, confites.

Yo dije que después.

Ahorita.

Vos sabes: no te hacen bien los confites.

Y me picaron los zumos de las lágrimas. Y se me juntaron barricadas de arena sobre el corazón que se caía de puro blandito. La ciudad era amarga.

Madrecita —le digo a mi niña, mirando cómo duerme—. Yo le sé. Algún día le quitaremos el polvo a los caminos. Lavará buena lluvia sobre la senda limpia. Estoy sola y en paz sólo contigo. Pero ya para vos, pequeña, será otra cosa. Vendrán tus amiguitas a jugar con una niña linda. Yo me encargo.

* Moravia Ochoa López, *El espejo*, en: Enrique Jaramillo Levy, *Antología crítica de la joven narrativa panameña*, México, Federación Editorial Mexicana, 1971.

Madrecita: algún día tu mamy será rica —le aseguro con un amor que es casi miedo al sentirla un bultito entre mis brazos.

Y ella, que no lleva sino zapatos viejos, me dice entonces que ya no le importa tener zapatos nuevos.

¡Mamy linda! —me agrega, conmovida.

Se aprieta a mí y yo me la tengo que sacudir como un pequeño bicho molesto, para no echarme a llorar. Y nos envuelven las paredes viejas. Enclaustradas en el rictus de las viejas amarguras, las polillas del tiempo se afanan en vivir y rebuscarme. El padre de mi Sandy es un olvido muerto en los olvidos.

Sandra —mi Sandy— tiene hambre. Yo me asomo al espejo para desaburrirme del cansancio. Miro mi rostro, pez joven, pez adentro; escama de fastidio en cada arruga. La angustia está como las anguilas eléctricas. Miro mi rostro; mis párpados hinchados consuetudinariamente. Siento nuestra soledad de mundo. La decisión está en mi mano. Viscosa, húmeda, imperfecta es la categoría de los hombres que dan dinero. Y hacen la prostituta y hacen la querida. Está el hambre y es lo de menos. Pero está también el hambre de mi Sandy. Los confites de mi Sandy. Los paseos de mi Sandy. Y dejo correr la tristeza con la inocencia honesta de mi infancia. Y lo recuerdo a él. Y a mis pasados doce años. Cuánto rato de niños en tentaciones, si llama a confesión nuestro recuerdo. Cuánto de él es pájaro insalvable porque está la inocencia de mi Sandy en su delgado cuerpo dormitando.

Nos escapamos por las arenas del amor sencillo. Hubo unos primeros besos breves. No sé cómo. Luego la gente me llamó preñada. Así, sin contemplaciones.

Te largas —vociferó mi padre.

Yo lo busqué a mi Manuel por los campos. Por las arenas del amor sencillo que echaba su raicilla en mis entrañas.

¡Vosotras las mujeres todo lo hacéis un lío con eso de las barrigas! —me dijo.

Yo sollocé y me di vuelta.

¿No lo quieres? —pregunté.

Él me abrazó durante nueve meses.

Yo lo busqué a Manuel por los campos. Y sin querer, sabía. Ya Manuel ni era simple ni era mío. Ya Manuel no era mi Manuel.

Vos eres apendejada —me dijo una noche.

Antes me decía que yo era delicada y amable como las florecillas. Corríamos descalzos zarandeando las escaleras de la lluvia. Y ya no le busqué por las arenas del amor que le diera en una noche tan franca en que ni me di cuenta.

El día de mis trece años, tuve el regalo de Sandy entre mis brazos. Dolió mucho. Dolió casi demasiado. Pero empezaba a hacerme una mujer.

A veces la gente viaja a grandes lugares. Yo sólo viajé hasta la capital.

Con mi Sandy en los brazos, con mi Sandy. ¿Qué podrán remediarnos las lágrimas? De todos modos, un escape casi fluvial que es un alivio. De chicos, alguna que otra vez paró el castigo. Alguna que otra vez. Pero no cuando mi padre dijo:

Lárgate.

Sandy tiene fiebre, a lo mejor, es la laringitis, como el otro día. Linda hija mía: tu mamy se está cansando de no servirte. Tu madre se está cansando de morir diariamente y tú con ella, que es como estar muriendo con una muerte doble.

¿Por qué tú, pequeña hija mía? Desearía estar sola para morir. Morir yo solamente.

Duerme, chiquita.

La beso repetidamente en la mejilla, en la frente, en los cabellos sueltos y finos. Es difícil manejarse con la vida. La ciudad es a veces viscosa como la hembra que el hombre ha pagado en la oscuridad de los zaguanes.

Sandy. ¡Sandyta! —le murmuro, sin hacer ruido con mis tacos altos.

Tengo un traje rojo brillante. Me da escalofríos. Me lo dio la mujer del zaguán veinte, por si me decidía.

Grotesco —pensé frente al espejo—. Esa no soy yo.

No puedo. No puedo.

Sandy.

¿Hace cuánto tiempo que busco un oficio?

Sandy.

No hay como la ropa de una. Me pongo mi gastado traje celeste. Me dejo los tacos altos. Huelo a mujer bañada. Y ensayo una sonrisa. Y doy al traste con mis escrúpulos. Sandy tiene fiebre.

En la calle ya prostituida por la mujer del zaguán veinte, los hombres pasan como la noche, lentamente.

El hijo que nunca fue... *

María Virginia Estenssoro

Bolivia

Reían en el automóvil de regreso de tomar aire libre.

El cielo era de betún y de hollín en la oscurísima noche del campo.

De súbito, levantó Ernesto el brazo, y señaló:

— ¡Syrio!

Y le contó en frases amargas, tristes, cínicas y mordaces, la historia de aquel amor:

Fue en Nueva York. Ella se llamaba Caroline. La quería. Llegó una tarde al parque donde la esperaba, y me dijo: — ¡Ya está todo arreglado! —Yo miraba a Syrio, como ahora, y repuse distraídamente: ¿Sí? —Y ella, alegre—. Sí, sí. Ya estoy libre. ¡Qué felicidad! ¿No estás tú contento? —Sí... sí... —Bueno, no sé lo que tienes, me voy. Y la vi alejarse rápida y esbelta, calzándose los guantes. La boca verde de una entrada del Metro, se la tragó. Syrio seguía refulgiendo como un diamante maravilloso. Yo pensaba en Dios, que, como una maldición fulminó a aquél: ¡Creced y multiplicaos! Que tan fácilmente burla hoy en día el hombre con un cuchillo de acero o con un retazo de goma. ¿Qué pensará el Supremo Hacedor de sus criaturas? ¿Qué dirá de esta

* María Virginia Estenssoro, en: Armando Soriano, *El cuento boliviano 1900-1937*, Buenos Aires, Eudeba, 1964.

especie de antropoide, de este gran mono, que ha sido lo bastante inteligente para inventar un aparato que hace trampa a sus divinas leyes, que deberían ser inmutables, eternas e inapelables como Él mismo?

Magdalena, interrogó:

—¿La volviste a ver?

—No. La quise mucho, casi tanto como a ti. Aquella noche, pensé en la facilidad de perder de vista a una persona de una ciudad como Nueva York. Y mientras tamborileaba nervioso en los vidrios de mi ventana, miraba a Syrio que tenía el brillo de una lágrima en el cielo, y pensaba en mi hijo, en el hijo que nunca fue, que nunca fue... abogado; terminó Ernesto con una risa breve, seca y llena de sarcasmo.

Magdalena contemplaba a Syrio pensativa, y a la luna que había aclarado el cielo y que parecía untarlos de nácar.

Lentamente se volvió, y mirándolo muy a los ojos, le dijo:

—Yo voy a adorar a tu hijo.

Y él, como en los instantes de suprema ternura, como en los trances de infinito amor, con un balbuceo de niño miedoso pronto a llorar, besándole la mano, le dijo:

— ¡Mamita!

En la mesa de operaciones, Magdalena gemía automáticamente:

—Ya no más, doctor, ya no más.

El médico restañaba la sangre con pedazos de algodón esterilizado. Ella sentía el olor de yodo, de alcohol, de desinfectante. El dolor la punzaba y volvía a implorar: — ¡Basta, por Dios, doctor, basta!

De improviso el estilete penetró hasta el fondo, y a su grito enloquecido, se unió una súplica ahogada, un balbuceo infantil que brotaba de sus entrañas:

—Mamá.

El médico se secaba las manos y le decía:

—Ya está señora. Qué cobarde es Ud.

—No se burle doctor...

Y escuchaba:

—Mamá.

Salió. Aunque se sentía adolorida, alargó el paso y trató de hacerlo elástico acompasándolo en la acera:

—Tac, tac, tac, tac, tac, tac, ma, má. Ma, má. Ma, má...

Un niño vendía diarios; estaba sucio, andrajoso, descalzo. Sus ojos imploraban humildes. Magdalena le compró un periódico, mirándolo, mirándolo:

—Mamá.

En la casa la esperaba su niño. Su niño; el hijo de su matrimonio. Salió como siempre a recibirla corriendo, con los bracitos extendidos. Tropezó y cayó:

— ¡Mamá!

Oprimida, abrumada, se acostó. Su niño, fresco, tranquilo, sonriente, dormía a su lado. Su cabecita castaña se hundía en la almohada como en un nido. Ella lo miraba como a una flor lozana y blanca que hubiera nacido en su corazón. Y en su corazón se dibujaba otra cabecita oscura que también pudo haber brotado como otra flor de maravilla y de inocencia, y que ella había dejado cercenar bárbaramente al cirujano.

—Mamá.

Pero, la oscura cabecita extirpada en su seno, arrancada a su regazo, arrebatada a su carne y tajada en sus entrañas, había dejado su huella, una pequeña huella indeleble, imborrable y adorable. Y en el alma de la madre, la sombra infantil del hijo, extendía los brazos y gritaba:

— ¡Mamá! ¡Mamá!

—Pobre niñito mío, deliraba Magdalena, estrechando la manita de azucena del otro, que fresco, sonriente y tranquilo, dormía apoyado en su pecho. ¡Pobre niñito mío! Estás entumecido como un pajarito. Ven que te caliente, duérmete. Pobre mío, tan helado, sin ternura, sin amor. Chiquito, mi lucero, mi tesoro. Pobrecito, duerme, duerme.

Y la sombra infantil seguía repitiendo su lamento:

—Mamá, mamá...

Magdalena creía enloquecer. El corazoncito del niño dormido a su lado le decía:

— ¡Mamá!

El tictac del reloj le fingía:

—Mamá.

Se levantó. Paseando agitada pensaba en la tarde en que Ernesto decía:

—¿Qué pensará Dios de la burla de sus criaturas? —y recor-

daba las palabras de Caroline—: Al fin, ¡ya está todo arreglado!
Volvió a acostarse y se durmió.

Soñaba:

Era una negrísima noche de hollín y de betún. La lucecilla
vacilante de un cirio iba y venía, subía y bajaba en la pavorosa
oscuridad. Por donde pasaba se iban encendiendo collares de
luz, como los anuncios luminosos de un bazar: letras rojas, verdes, blancas.

—Mamá, mamá, mamá...

Luego, otra vez la negrura pavorosa de la noche y un frío helado. ¿Era el limbo? Y una agitación de larvas y de alas. ¿Eran
los recién nacidos? Y luego suspiros y vagidos débiles:

—Mamá, mamá, mamá...

Y, en seguida, una gran figura blanca que pasaba apresurada:
un esqueleto vestido con un delantal de médico, con guantes de
goma y albo gorro sobre el cráneo pelado. La Muerte-Cirujano
apretaba en sus brazos un paquete que se movía y gemía:

—Mamá.

Despertó helada y sudorosa. Se levantó otra vez. Caminó a
grandes pasos por la estancia, y febril, llena de angustia, exami-
nó su alma.

—¿Es valiente la mujer que tiene un niño sin padre? —se preguntó;

¿Es valiente?

Sí, sí, es valiente. Pero, yo tengo uno, el de mi marido que
nunca lo ha querido ver, y no es valor lo que poseo sino amor,
amor e instinto, ternura e impulso. Y alegría. Y gratitud. No soy
valiente, no soy heroica. Soy feliz. ¿Qué le doy yo? Todo y nada. Y él, débil, pequeñito, indefenso, me da sus risas, su alegría,
la luz de sus ojos vivaces, la maravillosa vitalidad que le he transmitido. Me da el encanto, la ilusión, la poesía. Él idealiza hasta el
dinero: los billetes asquerosos y manoseados que recibo, los pal-
po con nerviosa impaciencia, con avidez y deseo, como si fueran
de raso y de satén: son sus zapatitos, sus juguetes, sus bombones,
son sus manitas ansiosas de recibir y sus pupilas interrogantes y
colmadas de encanto presintiendo un regalo. Él es la suprema
dicha, la alegría nueva, la esperanza, la vida. No soy valiente.
Soy feliz.

El valor es otro. Terrible, espantoso, abominable. Es grandioso e infernal. Es el valor de no ser feliz, de matar la dicha, de cortar el encanto, de tajar la ilusión, de acuchillarse las entrañas y asesinar su propia vida.

—Yo voy a adorar a tu hijo.

—Mamá, mamá, mamá.

Mamá, ¡cuánto te quiero, cuánto! Todas las madres se sacrifican por sus niños. Yo soy el niño que voy a sacrificarme por ti. Mamá, mamacita, yo no te voy a molestar nunca. Nunca vas a oírme llorar y vas a impacientarte por eso. Nunca voy a arrancar las hojas de tus libros, ni voy a quebrarte un florero. Nunca vas a llorarme enfermo. No tendrás que desesperarte si no puedes comprarme un juguete. Yo no seré jamás díscolo, ni desaplicado, ni incómodo. Yo soy el niño dócil, el niño bueno. No te molestaré con mis juegos revoltosos, ni perderás tu tiempo en vestirme, en lavarme, en darme de comer. ¿Quieres que me vaya mamacita? Yo soy el niño obediente. En lugar de la cuna abrigada y de tus cantos amorosos, me perderé en el frío, en la noche, en lo desconocido... Tú quieres que me vaya, y me iré. Te quiero tanto mamacita, mamá, mamá, mamá...

Tercera cultura*

María Luisa Mendoza

México

Haber estado. Estado siempre fuera, o en medio, o al margen. El caso es que haber estado le propinaba en el abdomen choques de sofocos que, cuando los recordaba en el sueño, el grito, la lágrima y el pavor rebrillaban por su presencia, como si todo fuera igual, como si estuviera siendo otra vez. El haber estado. En el sueño sólo ya, nunca o casi nunca de pronto en el cuero del codo del brazo izquierdo que recargaba a veces, muy de a veces, en la ventanilla del autito al ir a tratar de estar en diferentes partes en donde, al final de cuentas, tampoco estaba. Estaban nada más los papeles suaves y tronadores, los lápices con puntas neuróticas, la regla que gustaba de lengüetear porque era trinquete suavecito con números, triángulo estrella, escalímetro reductor de terrenos que, así como se ven, no se alcanzan a quedar en los ojos de un trancazo, solamente meneándolos de un lado a otro, al cálculo sus cien mil metros cuando más, cien mil hectáreas la tierra del Ojo de Agua, cien balcones en el frente de la casa de Tres Guerras.

Luego estaban. Estaban las libretas de apuntes, las máquinas de escribir, los demás todos, que sí estaban de noche y de día, como melodía. Estar estando. Nunca le sucedía ya. Y al sobre-

* María Luisa Mendoza, *Con él, conmigo, con nosotros tres*, México, Joaquín Mortiz, 2a. ed., 1971.

venir el haber estado en la noche de la tiniebla, se desesperaba
después del moqueo pensando en la vigilia que no había estado.
No estar, como una tras otra de las noches de su vida recogidas
enteras en una sola cama del tamaño de las sábanas individuales
que tenían ya la proporción estándar de las de hoy que venden
en cualquier almacén del ramo, pero que antes se cosían en casa
en una desvencijada máquina de pedales, cortando con mesura
luego los hilos sueltos de los bordes para hacerles las bastillas a
hilo, a mano, con dedal en el anular para que el ojo de la aguja
fuese empujado y no se lastimaran las yemas de los dedos y se
manchara de sangre la cabeza de indio de las sábanas que se
dobladillaban anualmente en tiempos de aguas, que es el tiempo
en que las muchachas no tienen la tentación de salir a la calle a
jugar con los muchachos y a chacotear subiéndose a los árboles
enseñando todos los calzones, y los gandules abajo gritando que
ya los retrataste y tú iniciando el vergonzante camino de las niñas que enseñaron alguna vez los calzones y se deshonraron
inmediatamente sin más con todo y las confesiones de los jueves
primeros y las sábanas sin planchar que un escalímetro convierte en la medida del deseo que se te dé la real gana, luego,
cuando ya eres grande y puedes adquirir las sábanas en un dos
por tres.

Pensaba pues que ya no estaba la muina, el rescoldo, las ganas, y que nada más quedaba la calor. Y súbitamente esa noche,
la oscuridad, la quiebra de la electricidad, lo apagado, otra tiniebla más.

Y era tanta la calor que la ventana anegrada le hizo idear el
trópico entenebrecido, con sus olores salados y la guanábana de
pulpa y un huesito subiendo y bajando en el vaso que la contie-
ne —como los buzos, pensó— o las ansias de bajar despeñándose
al mar separado del sol, tan de agüísima cuando se acaba la luz
y se podía uno desnudar en la playa y a zancadas meterse entera
ahí en lo tibio, en la pulpa suavísima de las olas vencidas y en-
carceladas en minúsculas crestas como anchoas —el mar se en-
china el cabello, pensó—, pensaba, y pensar... pero nada de eso
estaba en su instante de escribir la novela que había planeado, y
que evidentemente no iba a continuar, por lo menos esa noche,
como el ininterrumpido desangramiento de su familia paterna
hasta venir a parar en esa otra liquidación de su sangre: la este-

rilidad del apellido, porque todos los hombres de la casta (a excepción de uno —su padre— por ser hijo de la sangre obstinada) engendraron hijas, y todas las mujeres parieron hijos, de apellidos distintos, y ella que pudo atreverse a darle a un hijo el Zebadúa y el Albarrán, no tenía ninguno, porque también su vientre estaba ya devastado y en él no crecían ni los chisguetes de agua que sabía hacer dentro de la tina en donde se bañaba los sábados y los domingos, que eran las fiestas de guardar agua en toneles misteriosos enjaretados en quién sabe qué sortilegios de los rincones del edificio de Tlatelolco, pero que salía por las llaves en chorros rotundos para llenar agluglutinando la tina blanca con flores de hule pegadas al piso, para que se vieran bonitas desde arriba si ella decidía tomar un baño para la calor, como esa noche de la negruridad en que se sentó a pasar en limpio su vida y a escribir la novela que debería terminar por el amor de Dios, ya que no empezó el hijo que tanto se hubo prometido a pesar del dicho de la bruja de Santa María la Ribera que nunca jamás un hijo, según la lectura de sus puños bien apretados, como para hacer precisamente el chorro dentro del agua. Dobleces sin mensaje, sin hijos ni nada, no como los demás, los demás sí. Ella estaba sin estar, siempre. Los aviones más intrincados de ruta la llevaban y la traían, arriba, abajo, por un globo de tierra cuyos contornos nunca ni adivinó, entre todas las cosas que no quiso saber bien, como los intríngulis de la política mexiana que capturaba de golpe, pero sin pretender reducirlos a su tamaño verdadero, temiendo que el primer impulso de adentro se fuera a dividir, a quebrar, a equivocar por una evidencia matemática de escalímetro lógico que no se le daba la gana de obtener. A pura clarinada, a pura golpiza de palabras y de emociones, al revés de los dibujos a escala que aprendió como nadie a realizar para meter en una hoja de papel cebolla de cuarenta por cincuenta centímetros, la exactitud de un mueble Reina Ana, dibujado con el lápiz H5, en su minucia de ensambles, tornillos y puntos para introducir el coito del machihembramiento, y todo esto volverlo a una escala natural, a los papelones que se enrollaban en el suelo y trepaban a la tabla del restirador, y ella con lápiz HB dejaba palpablemente perfectos y listos al ojo del buen carpintero, con los problemas resueltos si se miraban y estudiaban con el afecto debido y el amor de aquel que construye muebles no a golpe de vista, sino investigando cada milímetro del asunto para no ir a cometer un crimen en la gestación. De pie en el estudio de su casa y vestida con una especie de bolsa bordada, cortísima, de mangas zepelinas y cuello cerrado en los hombros, se levantó el túnico para que el aire refrescara su panza enchuecada por la operación y que se reencontró en la mañana al bañarse en la tina y estar piense y piense en la novela que debería de escribir, para que el aire le subiera y le bajara entre los senos desnudos, bien duros y en los que ella cumplía credos de juventud, porque no iba a envejecer, lo decidió desde antes de los cuarenta años —¿cómo, si todavía me falta tanto por hijo, por libro, por ojos azules, por el tiro en la frente un día antes de la liberación, allá en la sierra de Cuba, porque en México las sierras las hizo Dios para otras cosas más importantes que las liberaciones, y además Cuba ya no va a tener lo que tuvo, y el tiempo de la sierra ya no es y yo de qué demonios estoy hablando si lo que tengo que hacer es escribir una novela, y no envejecer, por ejemplo—.

Las ratas *

Surama Ferrer

Cuba

Sentado en un rincón de la habitación contempló ávidamente la entrada de una rata de oscura pelambre y nervioso andar a saltos cortos. La siguió con los ojos, por el piso de ladrillos desajustados; olisqueando hacia el otro rincón, donde la cuna permanecía inmóvil. La rata dio vueltas en torno a los balancines del pequeño mueble y emitió chillidos penetrantes, como para darse valor y escalarlos . . . A sus chillidos contestaron, de la habitación contigua, otros . . . El corazón le latió apresurado.

—Van a venir más —se dijo—. Y esperó anhelante.

Dos animales grisáceos, enflaquecidos, asomaron sus ojillos relucientes, interrogantes, temerosos de imprevistos peligros. Él permaneció inmóvil, diciéndose:

—Si me muevo, huirán . . . Me estaré quieto, para darles confianza y que entren . . . ¡que entren!

Contuvo la respiración sin quitar la vista de los ojillos inquisitivos. Entró una rata y se detuvo. Chilló y echó a andar . . . Él contó:

—Una.

—Dos, tres, cuatro . . . Se animan, vienen más . . .

—Cinco, seis, siete, ocho. ¡Ocho! Qué flacas están . . .

* Surama Ferrer, en: Salvador Bueno, *Antología del cuento en Cuba 1902-1952*, La Habana, Dirección de Cultura del Ministerio de Educación, 1953.

—Nueve . . . ¡Nueve fieras hambrientas!

La plaga de roedores atravesó desordenadamente la habitación distrayendo a cada paso el olfato, la vista y el apetito con alguna migaja o alguna pieza de ropa tirada bajo los muebles.

Él pensó:

—Qué despacio van, para estar tan hambrientas . . . Se distraen con cualquier cosa. Es que tienen miedo, ¡cobardes! ¡asquerosas! Lo huelen todo . . . Y mira aquélla, todavía rondando la cuna, sin atreverse a subir . . . ¡cochinos ratones!

En un montón de ropas se detuvo una de ellas . . . Chilló fuerte. Acudieron las otras y se metieron por los repliegues de las telas. Revisaban meticulosamente cada oquedad, asegurándose la salida. Desenvolvían las telas, se enredaban, tiraban de sus extremos. Una roía una tira y se alejaba de las otras . . .

¡Animales! Entretenerse con los trapos de ella, llenos de sangre. —Reflexionó: —Le metieron muchos y todos se empaparon de sangre. Cuanto más crecía la tonga de trapos ensangrentados, más se me moría ella . . .

Olvidó las ratas adueñándose de la habitación en penumbras y revivió a su mujer, desfigurada por el dolor, desfalleciendo encima de la mesa, y él con las manos inútiles, sin poder hacer nada. ¿Qué sabía un hombre de partos y de dolores de las mujeres? Sólo veía que ella estaba mal. Se lo veía en los ojos, cuando sus dos pupilas negras, tan redondas y luminosas, se opacaban y daban vueltas y más vueltas por el globo del ojo, hasta que se quedaron fijas definitivamente. Fijas y cristalinas, perdiendo la luz y el color.

—Yo quisiera hacer algo. Yo le dije a la Comadre:

—Comadre, ella está muy extraña ¿qué le pasa? ¿no le puede hacer algo? —Y ella me dijo, haciendo que se encolerizaba:

—Los hombres no saben de esto . . . Yo sí. Aquí en la Ciénaga todos los que han nacido en los últimos diez años, los he sacado yo . . .

—Pero se demora mucho, y ella es débil y está sufriendo . . . ¡Óigala cómo grita! ¡No puedo soportar sus gritos! ¡Déjeme acercarme a la mesa! . . . Me horroriza esa sangre, pero déjeme acercarme a ella.

—No. ¡Salga, salga! La va a poner nerviosa . . . Yo sé lo que hago . . .

—Pero ella no puede más, lo sé . . .

—De todos modos yo le saco el muchacho . . . Es cuestión de tiempo. ¡Si habré sacado yo muchachos en esta Ciénaga! ¡Si sabré yo cómo se ponen los hombres furiosos cuando pierden el hijo, y les queda la mujer! . . . Primero el chiquito, el chiquito, me gritaban. ¡Puah!

Él se calló y estuvo muy quieto mirándola desde allí, desde la misma puerta por donde entraron las ratas . . . ¡Las ratas! . . . Miró alrededor y las vio en círculo, rodeando la cuna, chillando y chocando unas con otras, sin decidirse a subir. Retornó a sus recuerdos . . . Ella seguía gritando y su voz era un sonido horripilante en la quietud de la madrugada . . . Los gritos salían por todas las puertas de la casucha miserable y volvían a entrar y se llenaba la casa de gritos que le helaban el sudor en los poros . . . La voz se debilitaba. Sonó uno de hembra herida, desgarrada. Fue el último . . . Entró en el cuarto y vio a la Comadre afanosa, con algo rojizo entre las manos.

—¡Un macho! —le dijo por encima del hombro—. . . Toma, cógelo, y ponlo en la cuna . . . Después échame acá todos los trapos del armario . . . Le sale mucha sangre . . .

—Sí . . . Sí, los trapos . . .

Eran aquellos mismos trapos que las ratas revolvieron como si fueran golosinas. Los trapos con la sangre de ella. ¡Con toda la sangre de ella! Él quiso gemir, y los recuerdos se interpusieron a su necesidad de desahogarse . . .

—¡Más trapos . . . más trapos! —jadeaba la Comadre—. ¡Pronto, que se desangra, la muy boba! . . . ¡Más!

Él corrió de la mesa al armario. Lo vació; abrió después el baúl y sacó su ropa, sus vestidos ingenuos, con cintas descoloridas y un olor suave a sudor de mujercita desflorada . . .

Así transcurrió mucho tiempo. Él hurgando por todas partes y la Comadre pidiendo más y tirando al suelo los trapos rojos, pegajosos . . .

—No más . . . Ya no más, —oyó que le dijo a sus espaldas, y puesto en pie miró a la Comadre . . .

—¿Qué? . . .

—Que no más trapos, ya no hacen falta . . .

—¿Por qué? . . .

—Porque está muerta . . . Se desangró como un pollo . . .

Sin remedio, sin remedio!

Entonces, no supo lo que le sucedió. Se fue acercando a la mesa y le miró la carita blanca, afilándose por momentos . . . Blanca y larga como la hoja de una daga mora. Y los ojillos negros haciendo una cruz con la línea de la nariz . . . Estaba desnuda, con las manos crispadas en sus senos chiquitos, de mujercita recién desflorada . . . Y entre las piernas abiertas, aquel infierno rojo angular, hirviente . . . Tenía que taparla, y se le echó encima a llorar, cubriéndola toda . . .

La Comadre le decía desde lejos:

—No debes llorar. Los hombres de aquí de la Ciénaga no lloran . . . Ahora tienes que atender al crío. Yo le voy a dar leche, pero cuando me vaya, si grita, se la das en esta botella . . . ¡pobrecito! ¡mira cómo se le llena la boca con la chupeta! ¡y cómo se embarra! La mujer se reía, ¡se reía!, ¡con ella muerta encima de la mesa!

¡Ah! ¡Qué bestia era aquella Comadre! ¡Ocuparse del macho que la mató a ella! Y la mujer seguía hablando:

—Este machito, necesita de una mujer que lo cuide . . . ¡sí señor! Cuando se la lleven a ella al amanecer, cuando yo vaya y dé el aviso, te debes buscar otra en seguida . . . —pensó un momento: —¡Ajá! ¡Ya sé: la hembrita del botero, la más chiquita, tiene catorce años, pero puede servir . . . ¡puede servir para los dos!

Él se dijo: todavía se ríe, se ríe, la muy cínica, con ella muerta aquí arriba de la mesa . . .

—Ya está. Se embuchó la leche . . . ¡Bueno! ¡Me voy! Te acompaño en el sentimiento . . . Cuando venga por la mañana la envuelves con algo y ellos se la llevan para la Ciénaga . . . Allí están enterrados todos los de aquí, en la tembladera del centro . . . Una piedra en los pies, y ya está . . .

Él seguía llorando.

—¡Ah! Antes que se me olvide . . . No te estés ahí tirado encima de ella, la pobre, déjala descansar . . . Júntale las piernas . . . Cuida al crío, que las ratas del cayo son unas fieras y se meten en las casas y le comen pedazos a la gente . . . Ten cuidado con el machito y esas ratas de manigua . . .

Todo pasó tan rápido . . . Se la llevaron. Se quedó solo con el machito que dormía en la cuna . . . Dio unas vueltas por la casa y no quería acercarse a la cuna . . . Pasó el día y no hizo na-

da, sólo podía pensar en aquello mismo, oyendo sus gritos . . .
El último, sobre todo, el último que fue la despedida. Se cansó
de dar vueltas y se tiró en el rincón del cuarto, vigilando la cuna . . . Se dijo que no valía la pena estar toda la vida vigilando
aquello, que le mató a la mujer . . . El machito era culpable, no
debía cuidarlo. ¿Para qué? . . . De pronto se acordó de las ratas . . .
Sí . . . allí estaban, revolviéndolo todo. Entraba poca luz, casi
no las veía, pero escuchaba el ruidillo de sus uñas en los ladrillos . . . No se decidían a la faena . . . Porque, ¿qué se haría él
con un crío? El hijo la mató a ella y debía morir también . . .
Pero él no sabía matar. No podía matarlo . . . Las ratas sí sabían:
roe que roe la carne blanda, las venitas débiles, los pulmones
chiquitos, el corazón vivo. Ellas sabían. Y él tenía que esperar
a que acabaran, para estar libre de aquello . . . Tenía que esperar.
Se balanceó la cuna. Los chillidos de los roedores lo paraliza-
ron. Oía atentamente.

—Están subiendo por los balancines de la cuna . . . Se empu-
jan . . . Se demoran . . . ¡animales! . . . No . . . ¡Llegan!

La cuna se movió con rapidez. Ellas chillaban fuerte . . . Un
grito inarticulado comenzó a invadir la cuna. Se fue dilatando,
haciéndose continuo y desesperado . . . Él respiró hondo desde
el rincón:

—Lo están mordiendo . . . ¡Cómo grita!

El grito del recién nacido se ahogaba, para resonar con más
intensidad . . . Las ratas se disputaban las porciones más suculen-
tas . . . La cuna saltaba sobre los balancines al empuje de las bes-
tezuelas, devorando al infeliz ser humano indefenso. A medida
que aumentaba la furia del ataque y arreciaba el grito animal del
hijo, él comenzó a sentirse mejor:

—Qué alegría . . . Cómo trabajan estas ratas cochinas . . . Están locas con el olor a leche del crío y con las masitas blandas . . .
Me están librando . . . En cuanto acaben me largo a la Ciénaga, a
tocarle a ella los senos, debajo del fango . . . ¡Pobrecita! Me es-
tará esperando . . . ¡Qué se lo coman de una vez! ¡asesino! Mató a su madre . . .

El balanceo de la cuna disminuía. El grito enronquecido se
ahogó definitivamente. Una rata saltó al suelo y huyó a la manigua . . . Le siguieron las otras . . . El cuarto se adormiló en un silencio roto a intervalos por una risa reposada . . . Se alzó y rió

con más frecuencia . . . Alargando sus carcajadas en una a abierta, gutural . . . Se agarró los cabellos . . . Después abrió los brazos y riendo echó a correr por la manigua. Entró en el caserío sorteando las casas y las gentes que se quedaban mirándole boquiabiertas . . . Enfiló hacia el puente de tierra, que moría en la tembladera del centro . . . Un carbonero acertó a gritarle:

— ¡Por ahí no, animal, que te entierras en la tembladera . . .!

Rió más y contestó:

— ¡Las ratas! Las ratas . . . ¡Ya voy . . .!

Faltó la tierra apisonada del puente bajo sus pies . . . Saltó, y cayó rígido, como una saeta hendiendo la tersura de la Ciénaga . . . El regazo oscuro corrompido del fangal acogió la risa loca del hombre suicida, y la devolvió lentamente a la superficie, en burbujas semiesféricas, de un gris opaco . . .

La mujer de la brasa[*]

Comprendéis, comprendéis, señor
lo que significan estas palabras: "no
tener ya adónde ir" ¿No? ¡Todavía
no comprendéis esto!

Crimen y castigo
Dostoievsky

Carmen Lyra

Costa Rica

Se llamaba Ramona, como se llaman muchas de esas mujeres del pueblo que uno se encuentra a menudo en el camino —atareadas y humildes en el cumplimiento del deber cotidiano— el cabello lacio recogido de cualquier modo, a prisa porque coge tarde, calzadas sin coquetería, por cubrirse los pies no más, con unos zapatos torcidos, la punta vuelta hacia arriba como en demanda de resignación de Dios ¡Ramona, nombre bueno para un pedrón de la calle! A las madres del pueblo no les queda tiempo para leer novelas ni de ser románticas, y dan a sus hijos el nombre del santo del día en que nacen, y rara vez ponen el magín a decidir entre una Julieta o una Roxana; un Marco Tulio o un Rolando. Su filosofía natural y recóndita les aconseja llamarlos con los nombres casi siempre duros, cándidos o bobalicones de los mártires aguantadores de vainas que llenan el calendario. Lo más probable es que lleven una existencia semejante a la de esos bienaventurados, si bien nadie los canonizará, aunque al desenterrarlos encuentren que la muerte respetó más su cuerpo que lo que lo respetó la vida, y jamás su imagen rodeada de aureola aparecerá en altar alguno.

Pues bien, esta criatura se llamaba Ramona y era una de las

* Carmen Lyra, en: Hugo Lindo, *Antología del cuento moderno centroamericano*, San Salvador, Universidad Autónoma del Salvador, 1949.

tantas sombras heroicas que pasan por la vida soportando casi en silencio el peso de la Santa Pobreza, esa vieja doncella enjuta e hipócrita con huesos y manto de plomo, que no se sabe cómo pudo hallar gracia ante los ojos de San Francisco de Asís.

Llevaba ya quince años de casada y diez partos, lo cual la había convertido en un ser desvaído y escurrido. La maternidad se había encargado de exprimir de su cuerpo el encanto y la carne de su juventud, todo ello trasegado ahora en aquellos ocho cantarillos humanos, en sus ocho hijos, de trece años el mayor. Sólo ánimo le iba quedando a la infeliz.

Madrugaba más que el alba para poder dar abasto con el trajín que diez cuerpos demandan y cumplir con las ropas ajenas que lavaba y planchaba. ¡Cuántas noches no supo lo que era poner la cabeza en la almohada por estar arrollando cigarrillos de encargo o dándole a la plancha! Y eso, estuviera como estuviera, en ocasiones con las piernas tan hinchadas cual vástago de plátano. Y no había más remedio, porque al pasmadote de su marido se le paseaba el alma por el cuerpo y no era capaz de salir avante con semejante ejército.

Eso sí, él siempre dormía sus noches desde el toque de queda en los cuarteles hasta que el pito de la estación del Atlántico anunciaba las seis de la mañana.

Pero el marido no tomaba en cuenta los sacrificios de su mujer, y si no podía trabajar como era debido en vista de los ocho picos siempre dispuestos a engullir, sí tenía fuerzas para insultarla a cada rato y hasta para maltratarla de hecho si así se le antojaba. Y sobre esto la suegra, ¡Santo Dios! que no la podía ver ni pintada en la pared, porque creía que su hijo había descendido desde el trono del Altísimo al profundo abismo en donde Ramona había nacido, para casarse con ella. ¡A saber las malas mañas de que se había valido la tal por cual para engatusar a su muchacho! Siempre le estaba sacando los ojos con su otra nuera. Esa sí era toda una señora, de la misma clase de ellos, si no es que un poquitín más elevada.

Y esta vida de trabajo y tormentos, añadida a cierta irritación nerviosa debida a sus muchos alumbramientos, habían terminado por agriar el carácter de Ramona. Le costaba ya hablar con dulzura a los niños: los amenazaba a gritos por naderías y sin motivo les sacudía el polvo. Los mayores le tomaron por ello cierta inquina, se declararon sus enemigos y cuando los castigaba, la amenazaban con irse a vivir donde la abuela. Tiraban para allá porque la abuela era mujer de bien pasar. Allí nunca tenían hambre, y su tía, la nuera, señora a quien Dios no diera hijos, los mimaba. Esto ponía fuera de sí a Ramona.

¡Ay!, aquella vieja bandida y aquella otra inutilona con nueve años ya de casada sin saber lo que era echar un hijo al mundo! ¡Lo que sí podía, era jalarse los ajenos!

Cada hora de almuerzo y de comida era una borrasca: el hombre vociferaba, ella lloraba y el histerismo la convulsionaba, los pequeños gritaban y huían como pollitos perseguidos.

Él la había despedido muchas veces:

—Andavete, andavete de aquí. No hacés falta. Los chiquillos estarán mejor con mi mamá y con Lola que con vos. Aquí no hacés falta.

Por fin un día no pudo más.

—Sí, sí, valía más separarse. ¡Eso no era vida; y el mal ejemplo para los chiquillos! ¡Que se los llevaran, que la dejaran sola! ¡Ella sabía trabajar, se concertaría!

Y se fue al solar a dar gritos. Los niños la miraban con terror y ni Pedrillo, que era el más apegado, ni Juancito, el menor, que siempre andaba colgado de ella como un arete, quisieron acercársele y la contemplaban de lejos lo mismo que a una extraña.

Cuando se calmó volvió a la casa y encontró todo revuelto. El marido estaba cargando en un carretón lo más pesado: la mesa, el armario, las cuatro sillas, las camas de los niños, la cama de matrimonio. ¡La cama en donde nacieron sus diez hijos!

¡Dichosos los dos muertos! ¡De la que se habían librado! ¡Dichosos de ellos!

Las cosas menudas las llevaban los niños. Se asomó a la puerta para verlos partir. Ninguno le dijo adiós. Iban uno tras otro; parecía un caminito de hormigas: unos con los cuadros de los santos, otros con motetes en la cabeza. Hasta Juancito llevaba algo: el candelero de hojalata, con un cabo de candela todavía pegado. La candela que la noche anterior había alumbrado la última vigilia al lado de sus chacalincillos.

Caminaban despacio con la carga porque Juan —de la mano de María, la mayor de las mujeres— no podía marchar más aprisa.

La cabecita rojiza de Pedro iba al frente de la tropa y oscilaba semejante a una llama que fuera alumbrándoles el camino.

—¡Pedro, Pedrito! —gritó Ramona.

Pedro se detuvo y quiso volverse, pero Nicolás, el mayor, le metió un pellizco y el chiquillo emprendió carrera y desapareció.

—¡Nicolás, Nicolás! —llamó la madre. El muchacho ni siquiera volvió la cabeza y cruzó con paso rápido la calle, porque ya le preocupaban las apariencias y no quería que la gente lo viera a la cabeza de la procesión de mocosos.

—¡Juancito! ¡Juancito! ¡Mi muchachito!

El chiquitillo comenzó a llorar con voz lastimera y no quería caminar, María lo llevó de rastras y hasta que cruzaron, Ramona entrevió la sucia carita vuelta hacia ella.

Con las manos en la cabeza entró. El marido salía con los últimos trebejos.

Le dijo irónico: —Te dejo lo que llevaste el día en que nos casamos.

La casa estaba vacía. Ella nada había llevado consigo el día que se casaron.

¡Era tan pobre! A no ser que su juventud y su frescura que habían quedado enredadas en los abrojos del camino.

Anochecía. Las piezas se llenaban de silencio y de sombra.

Ramona se metió en la cocina y se dejó caer en una piedra abandonada en un rincón. Lo único vivo en torno suyo era una brasa que había quedado entre las cenizas del hogar. Y la mirada de la pobre mujer se agarró ansiosa de aquella luz mortecina y su corazón se tendió, como un animal herido por el frío, hacia el pedacillo de calor que brillaba en la oscuridad.

En su cabeza giraba un torbellino. Ella era un árbol, el viento había desprendido todas sus hojas y éstas danzaban vertiginosas en torno suyo. Los dientes castañeteaban.

¡Qué frío hacía, Señor mío Jesucristo!

En alguna parte, ¿dónde?, un desfile de cabezas infantiles . . .

Una tenía el cabello rojo y parecía un fogoncito. Esa era la que estaba más cerca de ella, entre la ceniza.

En el silencio, ocho pares de piececitos golpeaban al caminar sobre el empedrado.

Pero el empedrado ¿no estaba dentro de ella, en el corazón?

La brasa acabó por extinguirse entre la ceniza.

Esta edición de 2 mil ejemplares
se terminó de imprimir en la ciudad de México el 3 de marzo de
1983, en Bdemex, S. A.